De pulpos y de hombres

MISHA BELL

♠ MOZAIKA PUBLICATIONS ♠

Este libro es una obra de ficción. Los nombres, personajes, y situaciones narrados son producto de la imaginación del autor o están utilizados de forma ficticia, y cualquier parecido con personas reales, vivas o muertas, establecimientos comerciales, acontecimientos o lugares es pura coincidencia.

Copyright © 2024 Misha Bell
www.mishabell.com/es/

Todos los derechos reservados.

Salvo para su uso en reseñas, queda expresamente prohibida la reproducción, distribución o difusión total o parcial de este libro por cualquier medio o procedimiento, ya sea electrónico o mecánico, sin contar con la autorización expresa de los titulares del copyright.

Publicado por Mozaika Publications, una marca de Mozaika LLC.
www.mozaikallc.com

Traducción de Isabel Peralta

Portada de Najla Qamber Designs
www.qamberdesignsmedia.com

Fotografía por Wander Aguiar
www.wanderbookclub.com

ISBN-13: 978-1-63142-898-2
Print ISBN-13: 978-1-63142-900-2

CAPÍTULO
Uno

El cimbreante tentáculo del pulpo se desliza entre las piernas de la joven.

Yo lanzo una rápida mirada de reojo a mi abuela, mosqueada.

Quién lo diría. Mientras que a la mayoría de las abuelas les daría un infarto al ver algo así, la mía está contemplándolo tan fascinada como una ginecóloga en prácticas.

Un segundo tentáculo se une a la fiesta.

Eso aumenta la fascinación de la abuela, que ahora alcanza el nivel de un proctólogo en prácticas.

Mi vista pasa alternativamente de la tele a ella. Al final pregunto con cautela:

—Abuela... ¿Por qué estamos viendo porno con tentáculos?

Ella frunce ligeramente el ceño mientras pulsa el botón de pausa.

—Se llama *hentai*. Estos dibujos animados se hacen en Japón.

¿En serio? ¿Japón? ¿No os basta con comer pulpo crudo? ¿Ahora también tenéis que corromper a mi abuela, que ya estaba de por sí incómodamente obsesionada con el sexo?

Suspiro.

—¿Por qué estamos viendo *hentai*?

Ella menea sus cejas perfectamente arregladas.

—Es algo que nos gusta a tu abuelo y a mí. Me había imaginado que sería de tu rollo.

¡Que Cthulhu me ayude! Si la expresión «dar demasiada información» pudiese tomar forma humana, esa sería mi abuela. Es incluso peor que su hija, mi madre.

—¿Que te ha hecho pensar que el porno con tentáculos sería «de mi rollo»?

Ella dirige una rápida mirada en dirección al enorme acuario junto a la ventana, donde vive Piquito, mi mejor amigo, que casualmente resulta ser un pulpo gigante del Pacífico.

—Adoras de verdad a esa cosa, y has estado pasando una temporada de sequía así que...

Me aclaro la garganta sonoramente, con toda intención.

—¿Me estás sugiriendo que me pase a la zoofilia?

Sí que me encanta todo lo tenga que ver con los pulpos. Como soy bióloga marina y una de ocho hermanas, tiene toda la lógica. Pero eso no significa que quiera tener relaciones sexuales con ellos.

Ella se encoge de hombros.

—Como le dije el otro día en el bingo a mi amiga escatofílica: yo no me meto con nadie por sus fetiches sexuales.

Me pellizco el puente de la nariz.

—No tengo ningún fetiche de «acostarme con los pulpos». Ni siquiera estoy segura de que *exista* tal cosa.

Ella sonríe.

—Se llama la Regla 34. Si eres capaz de concebirlo, alguien habrá hecho porno con ello.

Yo hago un mohín.

—Si alguien tiene relaciones sexuales con cualquier ser vivo sin su consentimiento, yo me reservo el derecho a meterme con ellos. Y me da igual que abusen de un pulpo, de una cabra o de una cucaracha.

La abuela señala con la cabeza a Piquito.

—No paras de decir lo inteligente que es. ¿Tal vez podría hablar en lengua de signos con los tentáculos?

Es tan difícil discutir con ella como con mi hermana Gia. Lo que no es de extrañar, teniendo en cuenta que a Gia la llamaron así por ella. Igualmente lo intento.

—Piquito y yo somos solo amigos.

—Podéis ser amigos con beneficios.

Puaj.

—Somos amigos estrictamente platónicos.

—Bueno... el otro día estaba limpiando tu cuarto y me topé con tu vibrador con forma de tentáculo.

Para mi sorpresa, parece un poco avergonzada

mientras me dice eso... decididamente, es la primera vez que la veo así.

Me sonrojo, y alcanzo el mismo tono que adopta Piquito cuando está intentando parecer amenazador. Luego recuerdo que Florida es famosa por sus socavones.

¿No podría tragarme uno justo ahora mismo?

—Me lo compré en plan de broma, abuela. Además, los pulpos no tienen tentáculos. Estás pensando en los calamares y las sepias.

—¿Ah, sí? —Ella estudia el acuario, confusa—. ¿Entonces como llamas tú a esos ocho apéndices?

Me acerco al acuario y cojo el control remoto.

—Brazos.

Ella me mira y pestañea.

—¿Cuál es la diferencia?

Sé que me estoy poniendo en modo bióloga marina delante de la audiencia inadecuada, pero no puedo contenerme.

—Si las ventosas lo recubren por completo...

—Mmm, ventosas, ¿con buena succión? —menea las cejas.

—¡Ay, abuela, para! Como iba diciendo, si tiene ventosas por todas partes, se llama brazo. Si solo están en la punta, se llama tentáculo. Los brazos también poseen un mejor control motor, mientras que los tentáculos son alargados y...

—Vale, vale, perdón —me corta ella.

Entorno los ojos.

—¿Perdón por sugerirme que tenga relaciones con

mi pulpo? ¿O perdón por haber fisgado en mis cajones privados?

Su sonrisa es tan pícara como la de una niña traviesa.

—Perdón por haber preguntado.

Resoplo, activo el motor de la parte de abajo del acuario y todo el trasto empieza a moverse.

—En caso de que no esté claro: Piquito y yo nos vamos a dar un paseo.

Mi abuela se despide con un gesto de la mano y vuelve a centrarse en su porno, con el mismo aire fascinado de antes.

Oye, no la estoy juzgando. Yo veo y reveo *Aquaman* siempre que me siento juguetona.

La chica de anime gime con el timbre chillón y agudo característico del género. ¿Es que los hombres japoneses encuentran sexis las voces infantilizadas?

Vale. Tal vez sí que esté juzgando un poco.

Como ya llevo aquí más de lo que me conviene, guío el acuario motorizado de Piquito a la zona del comedor, donde me encuentro a mi abuelo sentado a la mesa, montando amorosamente las piezas de un rifle de francotirador. Igual que mi abuela, está en una forma estupenda, especialmente tratándose de un octogenario. Con su abundante cabello y sus brazos musculosos, podría ser donante de testosterona para algunos hombres más jóvenes.

Él levanta la vista del rifle y una sonrisa se dibuja en sus labios curtidos.

—Ah, Alcaparrilla. ¿Qué estás tramando?

Yo sonrío. Mi nombre es Olive, oliva en inglés (mis padres son malvados, con todo ese rollo hippie suyo) y cuando el abuelo me llama Alcaparrilla, queriendo decir «pequeña oliva», me hace volver a sentirme como una niñita. Por supuesto, nunca le diré que el apodo que me da es botánicamente incorrecto: las alcaparras son las flores de un arbusto, mientras que las olivas son un fruto arbóreo de una especie totalmente distinta.

—Voy a sacar a pasear a Piquito —le respondo, señalando el acuario con la cabeza.

El abuelo mira hacia el cristal con los ojos entornados, y Piquito escoge ese preciso momento para adoptar la forma de una roca... igual que hace siempre que el abuelo intenta verle.

El abuelo se frota los ojos.

—¿De verdad hay un pulpo ahí dentro? Me parece como si tu abuela y tú estuvieseis intentando hacerme creer que me estoy volviendo chocho.

—No. Es Piquito el que intenta enredarte.

No puedo culpar a mi abuelo por no ser capaz de ver a mi amigo de ocho brazos. Cuando se trata de camuflaje, los pulpos arrasan comparados con los camaleones, por goleada. Además, si un camaleón estuviese literalmente metido en el agua, no habría camuflaje alguno que le librara de convertirse en el almuerzo de un pulpo.

El abuelo menea la cabeza.

—¿Por qué?

Me encojo de hombros.

—Es una criatura con nueve cerebros, uno en la

cabeza y uno en cada brazo. Intentar averiguar cómo piensa solo podría darle dolor de cabeza a cualquiera.

El abuelo vuelve a entornar los ojos y a mirar al acuario, pero Piquito se queda con su forma de roca.

—De todas maneras, ¿por qué le paseas?

—Para evitar que se aburra. Lo que en realidad necesita es un acuario más grande, pero por ahora, tendrá que conformarse con un cambio de paisaje.

—¿Aburrirse?

—Oh, sí. Un pulpo aburrido es peor que un niño de siete años con un subidón de cafeína y pastel de cumpleaños. En Alemania, un pulpo llamado Otto se cargó varias veces todo el sistema eléctrico del Acuario Sea Star salpicando los focos de 2000 vatios del techo con agua. Porque estaba aburrido.

El abuelo enarca sus pobladas cejas.

—¿Pero no fabricas tú puzles para él? ¿No le dejas ver la tele?

Yo asiento. De hecho, soy famosa por crear puzles para pulpos, y esa es la razón por la que conseguí mi actual empleo.

—Los juguetes y la tele ayudan —le digo—, pero sigo teniendo la sensación de que se siente encerrado.

Gruñendo, el abuelo se mete la mano en el bolsillo y saca una pistola del tamaño de mi antebrazo.

—Llévate esto contigo —dice, tendiéndomelo.

Yo pestañeo ante ese instrumento de la muerte.

—¿Para qué?

—Protección.

—¿Contra qué? Estamos en una urbanización vallada.

Él sacude el arma para que la coja con más energía.

—Es mejor tener un arma y no necesitarla.

Yo no cojo lo que me ofrece.

—La tasa de criminalidad en Palm Islet es diez veces menor que la de Nueva York.

El abuelo saca el cargador del revólver, lo examina, mete una bala extra y vuelve a cerrarlo.

—Me haría sentirme más tranquilo que te lo llevaras.

—Por Cthulhu —murmuro entre dientes.

—¡Jesús! —Exclama el abuelo.

—Eso no ha sido un estornudo. He dicho: «Cthulhu». —El abuelo me mira con gesto de no entender y yo suelto un suspiro—. Ese es un ente cósmico ficticio creado por H. P. Lovecraft. Con rasgos de pulpo.

—Oh. ¿Es ese que sale en los dibujos animados sexis de tu abuela?

—Rotundamente no. —Me estremezco al pensarlo—. Cthulhu mide cientos de metros de alto. Es uno de los principales entes Primordiales, así que sus atenciones partirían a cualquier mujer en dos, al tiempo que la harían enloquecer.

—Está bien. —El abuelo vuelve a intentar que yo agarre la pistola con las manos—. Cógela y vete.

Escondo las manos detrás de la espalda.

—No tengo ninguna clase de licencia.

—Me tomas el pelo. —Me mira, incrédulo—.

Mañana mismo te llevo a una clase para que aprendas a llevar armas ocultas.

Reprimo un gesto de exasperación del tamaño de Cthulhu.

—Mañana estaré algo ocupada, con todo eso de empezar en un nuevo empleo y demás.

Él frunce el ceño y se guarda el arma yo no sé dónde.

—¿Qué tal este fin de semana?

—Ya veremos —respondo yo, de la forma más evasiva que puedo, antes de coger el bolso del respaldo de una silla cercana y volver a pulsar el botón del mando para hacer que el acuario se mueva hasta el garaje.

Mis abuelos, como otros nativos de Florida, prefieren salir de sus casas por ahí en vez de, digamos, por la puerta principal.

En cuanto mi abuelo desaparece de su vista, Piquito deja de ser una roca, abre los brazos a tope y adopta un excitado tono de rojo.

—Tendrías que sentirte avergonzado —le digo, severa.

Somos el Dios y Emperador del Acuario, ordenados por Cthulhu. No concederemos la gloria de ver nuestro rostro a los indignos. Apresúrate, nuestra fiel sacerdotisa. Queremos que nuestras ventosas prueben el sol.

Pues sí. Ellen DeGeneres hablaba con un pulpo ficticio pensante en *Buscando a Dory*, mientras que mi pulpo de verdad me habla en mi cabeza. Y no estoy sola en esto de mantener conversaciones imaginarias. Mis hermanas y yo llevamos desde que éramos pequeñas poniéndoles voces a los animales. Dentro de mi cabeza, Piquito suena igual que nueve personas hablando al unísono (el cerebro central y los ocho que tiene en los brazos) y su tono es imperioso (después de todo, los pulpos tienen sangre azul). Oh, y sus palabras se escuchan con ese efecto de sonido vagamente parecido a las gárgaras que se utiliza en *Aquaman* siempre que los atlantes hablan debajo del agua.

Abro la puerta del garaje.

Ahí fuera hay muchísima luz a pesar de los antiguos robles que proporcionan gran cantidad de sombra.

Suspiro, saco del bolso un gran tubo de mi protector solar con base mineral favorito, y me cubro con una gruesa capa de la cabeza a los pies. El índice de radiación ultravioleta es de 10, así que espero unos minutos y vuelvo a ponerme una segunda capa. Lo hago así, furtivamente y en el garaje, para evitar que mis abuelos se metan conmigo por haber aceptado un trabajo en el estado del sol siendo una paranoica de la exposición a sus rayos.

Y no, no es que yo sea ninguna vampira... aunque mi hermana Gia se parezca sospechosamente a una, con todo ese maquillaje gótico que lleva y demás. Evitar el sol tiene sentido de forma auténticamente científica, dados los efectos dañinos de los rayos ultravioletas, tanto los A como los B, sin contar con la luz azul, los infrarrojos y la luz visible. Todos producen daños en el ADN. Este asunto entró en mi radar hace un par de años cuando Sushi, mi pez payaso, desarrolló un cáncer de piel, probablemente debido a que su acuario estaba al lado de una ventana. Llevo desde entonces siendo cuidadosa, y he llegado tan lejos como para pegar una triple capa de recubrimiento protector contra los rayos ultravioletas por fuera del acuario de Piquito.

¿Me doy cuenta de que me preocupo por el sol un pelín más que cualquier otra persona que no sea un dermatólogo paranoico? Claro. ¿Pero puedo parar? Pues no. Creo que mi ADN incluye en su programación cierto nivel de neurosis, al menos a juzgar por mis sextillizas idénticas. Pero bueno, cuando tenga más de ochenta años y parezca más joven que todas mis hermanas, veremos quién ríe la última.

Una vez he terminado con la protección solar, me pongo una chaqueta ligera con cremallera que cuenta con un recubrimiento químico contra los rayos ultravioletas, un sombrero de ala ancha y unas gigantescas gafas de sol.

Eso es. Si de verdad estuviese llevando esto demasiado lejos, me pondría uno de esos visores a lo Darth Vader, ¿verdad?

Mis latidos se aceleran cuando sigo al acuario de Piquito hasta donde pega el sol de lleno, pero me tranquilizo recordándome a mí misma que el protector solar hará lo que se supone que debe hacer. Cuando el acuario rueda por la calle hasta un paseo a la sombra al borde del lago, mi respiración se calma todavía más.

Por ahora todo bien. Solo espero que los vecinos no me hagan demasiadas preguntas molestas.

Un par de garzas levantan el vuelo ahí al lado mientras paseamos por la orilla del lago. Piquito las mira fijamente y cambia de forma unas cuantas veces.

Deseamos probar el sabor de esas cosas. Sé un buen entesacerdotisa y entréganoslas en el acuario.

Yo doy unas palmaditas en la tapa.

—Cuando volvamos, te daré unas gambas.

Los dos vemos un mapache excavando en la hierba de al lado del lago, posiblemente en busca de huevos de tortuga o de caimán.

Deseamos probar eso también.

—Te daré una gamba por fuera del puzle —le digo.

Normalmente le pongo los premios dentro de una de mis creaciones, para añadir un extra de diversión a sus comidas, pero si le ha entrado hambre al ver todos esos animales terrestres, no quiero retrasar su satisfacción.

Un caimán de metro y medio sale arrastrándose del lago.

Sí, decididamente estamos en Florida.

Al verlo, Piquito coge dos cáscaras de coco del fondo de su tanque, se mete dentro y las junta, aparentando para el mundo y para el caimán no ser más que un inocente coco.

—Esa cosa no puede cogerte estando dentro del acuario —le digo con tono tranquilizador—. Sin mencionar que está asustado de mí. Eso espero.

Las estadísticas de ataques causados por caimanes juegan a nuestro favor. En un estado con titulares de noticias como «Hombre de Florida le da una paliza a un caimán» y «Hombre de Florida lanza un caimán por la ventana de pedidos del drive-in de Wendy's », los caimanes han aprendido a mantenerse muy, muy lejos de los humanos.

Como Piquito no lee las noticias ni revisa las estadísticas online, su ojo me mira con escepticismo al asomar por entre las cáscaras del coco.

Vuelvo a dirigir mi atención al camino... y entonces le veo.

Un hombre.

¡Y vaya hombre!

Podría haber salido en *Aquaman* sustituyendo a Jason Momoa. Si fuese a hacer un casting para el protagonista de mis sueños húmedos, este tío decididamente conseguiría el papel.

La idea envía hilillos de calor hacia mis partes bajas, específicamente hacia esa en la que yo pienso como mi wunderpus, una palabra que quiere entremezclar las ideas de maravilla y chochete, en honor del *wunderpus photogenicus*, una asombrosa especie de pulpo que descubrieron en los ochenta.

Por cierto, yo una vez le hice una foto a mi wunderpus, y también resultó ser *photogenicus*.

Pero volvamos al desconocido. Unos rasgos fuertes y masculinos enmarcados por una barba impecablemente arreglada, unos ojos de un tono azul cian tan profundo como el océano, un cuerpo bronceado y musculoso vestido con unos vaqueros de cintura baja y una camiseta sin mangas que muestra unos brazos poderosos, el pelo abundante, rubio y con mechas que le cae hasta esos hombros anchos... tendría toda la pinta de ser un surfista de no ser por la expresión enfurruñada de su rostro.

Piquito debe de haberse olvidado del caimán, porque ha salido de su coco y está mirando al desconocido, fascinado.

Quién iba a decirlo. Aquaman tiene el poder de hablar con los pulpos, además de con el resto de criaturas marinas.

Me doy cuenta de que yo también estoy mirándole boquiabierta, y cuando se acerca, me pongo tensa. A diferencia de en Nueva York, donde lo normal es cruzarse con los desconocidos aparentemente sin notar su existencia, aquí en Florida todo el mundo saluda, como mínimo, a sus vecinos.

¿Qué le digo si me habla? ¿Me atrevo a abrir la boca siquiera? ¿Y si accidentalmente le pido que haga lo que quiera conmigo?

Espera un segundo. Creo que ya lo tengo. También está paseando a una macota, en su caso a un perro de la raza Dachshund, también conocido como perro salchicha, el miembro más fálico de la especie canina. Solo tengo que decirle algo sobre su salchicha... la que está moviendo el rabo, no su Aqua-manubrio.

Cuando el hombre solo está a una docena de pasos, parece verme por primera vez. De hecho, su mirada se clava en el acuario de Piquito, y su expresión sombría se torna auténticamente hostil: la mandíbula apretada, las comisuras de los labios apuntando hacia abajo, la mirada pétrea. Pero lo que es más una locura es que ni así parece menos sexi. Tal vez incluso más.

¿Pero qué me pasa? No es de extrañar que acabe saliendo con gilipollas como...

Su voz profunda y sensual es tan gélida como que parece capaz de poder generar un viento helado, hasta en medio de este ambiente húmedo como de sauna.

—¿Cuánto quieres por el pulpo?

Yo parpadeo y luego le miro con los ojos entornados, con los pelos del cogote erizándoseme igual que las espinas de un pez globo. ¿Quiere comprar a Piquito? ¿Por qué? ¿Querrá comérselo?

Este es el estado en el que la gente se come hasta los caimanes, las tortugas (incluso de especies protegidas), las ranas toro, las pitones birmanas, y la tarta de lima de los cayos.

Aprieto los dientes y señalo al perro que menea la cola junto a él.

—¿Cuánto por la salchicha?

Una sonrisa de suficiencia retuerce sus turgentes labios.

—Déjame adivinar... ¿neoyorkina?

¿Aquaman? Más bien Aqua-gilipollas.

—Déjame adivinar *a mí*. ¿Hombre de Florida? —Puedo imaginarme el resto del titular: «...roba un acuario con un pulpo e intenta mantener sexo con él».

Teniendo en cuenta lo que mi abuela me ha dicho sobre la Regla 34 y dónde estoy, no es algo tan inverosímil. Una vez leí un artículo sobre un hombre de Florida que intentaba vender a un tiburón vivo en el aparcamiento de un centro comercial. ¿Qué es el sexo con un pulpo en comparación?

Sus espesas cejas castañas se juntan en medio.

—Las historias a las que te refieres son sobre trasplantados. Nunca sobre hombres nativos de Florida de verdad.

—Oh, he leído de lo que hablas —digo, con un resoplido—. «Hombre de Florida recibe el primer trasplante de pene de caballo de la historia». Estoy bastante segura de que el artículo decía que ese valiente pionero había nacido y crecido en Melbourne... y eso está como a dos horas de aquí.

¡Ay! ¿Habré ido demasiado lejos? Al parecer, todo el mundo lleva pistola por aquí. Y como antes le he encontrado atractivo, dado mi historial amoroso, él podría resultar ser peligroso.

En vez de sacar un arma, el desconocido se frota el puente de la nariz.

—Me está bien empleado por intentar discutir con una neoyorquina. Olvídate de las noticias. Este acuario es demasiado pequeño para ese pulpo. ¿Qué te parecería tener que vivir tu vida metida en un Mini Cooper?

Cojo aire con fuerza y se me tensa el estómago.

—¿Qué te parecería *a ti* que te pasearan con una correa? —Señalo con la barbilla a su frankfurt, que ya no está meneando el rabo—. ¿O que te forzaran a ignorar la llamada de tu vejiga y de tus intestinos hasta que tu amo se digne a sacarte a pasear? ¿O que alguien te fastidiase los órganos reproductores?

Él me mira furioso.

—Tofu no está castrado. De hecho, él...

—¿Tofu? —Me quedo totalmente boquiabierta—. O sea, ¿un perrito caliente de tofu? ¡Y algunos hablan de crueldad contra los animales!

Esas venas que sobresalen de su cuello me distraen de tan sexis que son.

—¿Qué tiene de malo el nombre Tofu?

Antes de que yo pueda responder, Tofu gime con tono apenado.

—Buen trabajo —dice el desconocido—. Ahora le has disgustado.

—Estoy bastante segura que eres tú el que lo ha hecho. —*Llamando Tofu al pobre perro.*

—Esta conversación ha terminado. —Gira sobre sus talones y da un tirón a su correa—. Vamos, Tofu.

Tofu me dedica una triste mirada que parece decir: *no me gusta cuando mi papá y mi mamá discuten.*

Yo resoplo y conduzco el acuario de Piquito en dirección opuesta.

CAPÍTULO
Dos

Unos minutos después, mi sangre deja de hervirme un poquito, y caigo en por qué me he disgustado tanto. Aqua-gilipollas tenía razón en lo de que Piquito necesitaba un acuario más grande. Eso me ha estado suponiendo una fuente de estrés y culpa durante las últimas semanas.

No siempre he tenido a Piquito. El acuario marino de Nueva York en el que trabajaba se declaró en bancarrota, al parecer, de un día para otro, y no pudieron encontrarle un nuevo hogar. Así que le acogí. Por desgracia, en mi minúsculo apartamento no había espacio para su acuario original, y ellos me dieron este mismo, al que yo le puse el motor después. En mi defensa diré que Piquito podría haber acabado en peores condiciones, incluso podrían haberle sacrificado. Su bienestar es la razón principal por la que acepté el trabajo en el que empiezo mañana... el trabajo en el que arriesgo la piel, literalmente, ya que las probabilidades de coger un melanoma son mucho más altas aquí en Florida.

Mi esperanza es que los de Sealand, mis nuevos jefes, me permitan alojar a Piquito en uno de sus tanques grandes. Cuando mencioné este asunto durante el proceso de entrevistas, me dijeron que es algo que el propietario *debería* ser capaz de concederme, y que yo tendría que hablar con él después de incorporarme.

Lo que me recuerda... saco el móvil y miro el correo electrónico.

Pues no. Nada de Octoworld, el sitio en el que no dejo de pedir trabajo a diario. Trabajar en Octoworld es uno de mis sueños porque, tal como su nombre sugiere, se especializan en pulpos, mientras que Sealand, como muchos otros lugares, se centra más en los mamíferos marinos, como los delfines.

No me entendáis mal. No odio a los delfines pero me ataca los nervios cada vez que ellos son lo único de lo que todo el mundo quiere hablar en cuanto se enteran de que soy bióloga marina. Por supuesto, eso lo hacen por su cuenta y riesgo. Me gusta contarle a la gente hechos poco conocidos sobre el comportamiento de los delfines, como la manera en que a veces matan a las marsopas por diversión, y como a menudo juegan con (léase: torturan a) su comida (son particularmente crueles con los pulpos). En ocasiones también matan a los recién nacidos de su propia especie, y por último, pero no por ello menos importante, pueden ser sexualmente agresivos, a veces incluso con los humanos.

Me doy cuenta de que he dado un círculo completo alrededor de la manzana y conduzco el acuario hasta casa de mis abuelos. No quiero arriesgarme a volver a toparme con Aqua-gilipollas.

Cuando entro con el acuario, oigo *All by myself* de Celine Dion sonando a todo volumen en el móvil de mi abuela.

—¿Se ha marchado el abuelo? —pregunto, gritando por encima de la música.

—No, ¿por qué?

Yo sonrío.

—Da igual.

Ella para la música.

—¿Qué tal ha ido el paseo?

Noto como se me agría el gesto.

—He conocido a uno de tus maravillosos vecinos.

La abuela me mira como si estuviese a punto de ponerse a dar botes de entusiasmo.

—¿A cuál?

Suspiro.

—En realidad él no tenía nada de maravilloso. Creía que a estas alturas ya habrías aprendido a identificar el sarcasmo.

Su entusiasmo se apaga.

—¿Quién era?

—Un tío de veintimuchos o treinta y pocos. De pelo largo. Gilipollas.

¿Debería mencionar que es tan irritantemente sexy que la abuela podría usarlo como sustituto de su porno con tentáculos?

Ella parece pensativa.

—¿Se trata del joven que vive en aquella casa con todos esos paneles solares?

—No tengo ni idea de en qué casa vive.

La abuela señala por la ventana.

—Esa.

Yo miro. Pues sí. Tiene el tejado totalmente recubierto con paneles solares. Si esa es la casa de Aqua-gilipollas, debe de gustarle poquísimo pagar por la luz.

—Pobre hombre. Apuesto a que la comunidad de propietarios va a ir a por él. —La abuela menea la cabeza.

Oh, no. No quiero otra diatriba más sobre la asociación de propietarios. En base a lo que he escuchado de mis abuelos hasta el momento, tratar con la comunidad de propietarios de la urbanización es todavía menos divertido que acariciar a un tiburón duende.

—¿Cómo se llama? —le pregunto a la abuela, en parte para cambiar de tema y en parte porque siento una curiosidad morbosa.

—Me avergüenza decir esto, pero no tengo ni idea —me dice ella—. Nos saludamos todo el tiempo, así que creo que debería saberlo.

—Oh, bueno. No pasa nada. —Puedo seguir refiriéndome a él como Aqua-gilipollas. Aunque ahora que lo pienso eso suena un poquito a como si tuviese algo que ver con unas estúpidas gallináceas acuáticas.

A la abuela le brillan los ojos.

—¿Te ha gustado?

—No. Todo lo contrario.

Ella hace un mohín.

—¿Por qué no? ¿Tienes algún novio en Nueva York?

Debo parecer tranquila. Lo último que ella necesita saber es lo de la orden de alejamiento contra el idiota de mi ex.

—Estoy solterísima.

Su sonrisa vuelve a ser traviesa.

—Entonces, tal vez puedas volver a empezar de cero aquí en Florida. Encontrar el amor. Echar raíces...

—Vale. Claro. Cualquier cosa es posible —digo, y finjo bostezar—. Será mejor que me prepare para mañana.

Dudo que la abuela quiera escuchar la verdad: que he decidido ser una solitaria, igual que un pulpo. La idea que un pulpo tiene del romance es una cita con cena, en la que después de practicar sexo, uno de los participantes a veces acaba *siendo* la cena. Si voy por libre, no tendré que compartir mi manta con nadie. Y podré acostarme con quien yo quiera... sin la parte del canibalismo. Además, y este es un punto clave, podré centrarme en mi carrera.

Si quiero conseguir ese empleo en Octoworld algún día, necesitaré buenas referencias de Sealand, mi nueva empresa. Eso significa que debería irme a la cama temprano, para poder causar una buena impresión mañana.

Después de llevar el acuario al cuarto de invitados donde duermo, le doy a Piquito el premio que le había prometido antes.

Aceptamos esta ofrenda, ente-sacerdotisa. Pero si pudieras hacer que supiese a ese ente-perrito caliente de tofu, le hablaríamos bien de ti a Cthulhu, benditos sean sus tentáculos.

Sonrío y estoy a punto de ofrecerle un abrazo cuando veo un hilillo como un espagueti saliendo por su sifón.

Puaj. Está haciendo caca. Doble puaj: Hulk, la anémona verde que es compañera de Piquito en el acuario se está comiendo la caca. Lo sé, no puedo meterme con ningún animal por su naturaleza, pero aun así... Como humana, me resulta asqueroso ver a Hulk deleitarse con el espagueti de caca de Piquito.

El abrazo de pulpo tendrá que esperar.

Por desgracia, cuando me meto en la cama, estoy totalmente despierta. Supongo que estoy ansiosa acerca de mi primer día en el nuevo trabajo. Caca de carpa. ¿Por qué cuando más necesitas dormir va y sucede esto?

Cuento pulpos mentalmente.

Ni gota de sueño.

Saco el portátil y pongo *Buscando a Dory*, una película que siempre parece calmarme.

Ni siquiera eso ayuda.

¿Debería ver alguna otra cosa?

Echo un vistazo rápido a mi colección.

En lo que a ficción se refiere, siento pasión por el mar, justo como en mi vida real. Bueno, más bien obsesión. Vale, lo admito. Si una experta en perfiles del FBI viese esos títulos concluiría que quiero convertirme en sirena, y eso no estaría lejos de la verdad. Cuando era pequeña, quería ser un pulpo, pero al crecer, decidí que mi sueño es ser una sirena.

Sonrío al recordar la primera vez que vi *La sirenita*. Odié esa película. Si fuera por mí, los dos protagonistas románticos deberían intercambiar sus líneas argumentales. Ariel se quedaría siendo una sirena, mientras que el sexi príncipe Eric se convertiría en un sireno para ella. ¿Es incestuoso por mi parte imaginarme al personaje resultante con la pinta del Rey Tritón, el padre de Ariel, de joven? Oh, y no hace falta decirlo, pero el malo de la historia no se parecería tanto a un pulpo. En vez de eso, Úrsula sería la sabia maestra de Ariel, y el malo de la peli sería un delfín.

Pocos saben esto, pero en origen esa película iba a incluir un delfín. Sin embargo, Disney descartó la idea... probablemente porque el delfín era demasiado agresivo sexualmente.

Bostezo.

Sí, esa es una buena señal.

¿Tal vez suceda ahora?

Cierro los ojos, pero el sueño me elude durante otra hora.

Caca cacosa de carpa. ¿Y si hiciese algo más activo? ¿Como ir a nadar? La playa está a un paso, y podría llevarme mi cola de sirena...

Pero no.

Ya son las dos de la mañana y tengo que levantarme a las ocho. Aunque me duerma de golpe en este mismo instante, apenas me levantaría lo bastante bien como para funcionar.

Suspiro. ¿Por qué no pueden los humanos ser iguales que las ballenas y dormir con medio cerebro despierto?

En fin. Hay un sistema infalible para dormir al que podría recurrir.

Saco el vibrador con forma de tentáculo.

Eso es. Voy a por un orgasmo. Tal vez dos.

Lo más importante es no pensar en Aqua-gilipollas al correrme.

En Aquaman sí, claro. El Rey Tritón de joven, también resulta aceptable. Hasta Silver Surfer, un villano de *Los Cuatro Fantásticos* sería preferible al irritante vecino de mis abuelos.

Pues no.

Fracaso mayúsculo.

Justo cuando estoy llegando al punto culminante, los fuertes músculos y la larga cabellera que me cruzan por la mente no son unos de ficción. Pertenecen al hombre en el que estaba intentando no pensar.

Aqua-gilipollas.

Maldigo por lo bajo. Oficialmente, hay algo en mí

que no funciona correctamente. Pero espero que al menos ahora pueda dormir.

A gusto por fin, cierro los ojos y me duermo.

CAPÍTULO
Tres

Me despierto con un rayo de sol dándome en la cara.

¡Que me follen con un erizo de mar! Tendré que empezar a ponerme protector solar antes de irme a la cama.

Cojo el móvil para ver la hora.

¡Caca de carpa en carraca!

Se ha quedado sin batería.

Me levanto de golpe. Se suponía que el móvil iba a hacerme de despertador, así que si se ha quedado sin batería, puede que ya esté llegando tarde en mi primer día.

Después de hacer mis rutinas mañaneras volando, entro corriendo en la cocina y miro la hora en el microondas.

Vale, si me salto el desayuno y el límite de velocidad, puedo hacerlo.

El abuelo entra en la estancia.

—Buenos días, Alcaparrilla.

Le dedico una gran sonrisa.

—Por favor, dime que el coche que me dejáis está listo para usar.

Él asiente.

—Le cambiamos el aceite el otro día y tiene el depósito lleno. Hasta te he metido una Glock en la guantera... no necesitas licencia para eso.

Como llego tarde, no voy a discutir con él sobre el arma.

—¿Has desayunado? —pregunta el abuelo.

Yo digo que no con la cabeza.

—Cogeré algo por allí.

Él frunce el ceño, abre la nevera y saca una fiambrera cubierta de pegatinas de sirenas y pulpos.

—Tu abuela se ha figurado que podrías andar con prisas. Aquí tienes el almuerzo, pero te lo puedes comer de desayuno.

Una cálida sensación me inunda el estómago. Esta es mi antigua fiambrera: la han estado guardando todos estos años.

La cojo y le planto un beso en su mejilla sin afeitar.

—Dile a la abuela que es la mejor. Igual que tú.

—Eso haré. Ve, corre.

Voy volando hasta el garaje, luego hago una carrera por la A1A, una carretera con bonitos paisajes que ni siquiera llego a disfrutar por las prisas.

Llego a Sealand solo un minuto antes de que den la hora.

Hay una mujer esperándome. Es una rubia joven y

bonita con piel precancerosa y una falsa sonrisa que la hace parecerse a un delfín.

—¿La señorita Hyman? —pregunta con un tono de voz demasiado alegre considerando lo temprano de la hora.

Me resisto al impulso de horrorizarme.

«Señorita Hyman» me suena a prostituta cansada lamentándose por los buenos y viejos tiempos en que era virgen. Tampoco es que mi nombre completo sea mucho mejor. «Olive Hyman», con Olive casi siendo oliva y Hyman sonando tan parecido a himen, me hace pensar en una membrana virginal con sabor mediterráneo, algo que servirías con un acompañamiento de placenta a la vinagreta.

Le ofrezco mi mano.

—Por favor, llámame Olive.

Cuando me la estrecha, su piel es fría y húmeda.

—Soy Aruba.

Y solo con eso, ya vuelvo a tener esa vieja canción de los Beach Boys metida en la cabeza. Si alguien más en este sitio se llama Jamaica, Bermuda, Bahama o alguna variación de «pretty mama», me tiro al tanque de los tiburones.

—La Sra. Aberdeen siente no poder salir a recibirte ella misma —dice Aruba—. Está ocupándose de una emergencia.

Rose Aberdeen, que insistió mucho en que la llamara Rose, es quien me entrevistó para este trabajo. Es una conductista de animales acuáticos, o una loquera para peces, como ella dice, y también la responsable de recursos humanos de facto aquí en Sealand.

Yo arqueo una ceja.

—Espero que todo vaya bien.

—Bueno, sí. Un borracho consiguió colarse en la piscina de Otteraction, no sabemos cómo. Le han mordido y se ha puesto a sangrar por todas partes.

—Ay, señor. ¿Qué es Otteraction?

Ella me mira como si acabase de preguntarle si el agua moja.

—Otteraction es nuestra atracción de nutrias, que como deberías saber, son Otters en inglés. —Casi puedes escuchar el no pronunciado: *obviamente*.

¡Guau! Puedo ver *ese* titular: «Hombre de Florida intenta comerse a una nutria». ¿O «acostarse con una nutria? Podría haber acabado de ambas formas.

—¿Están bien las nutrias? —pregunto. En lo que a mí respecta, el humano se merecía que le mordieran.

—Peanut estaba traumatizado, pero la Sra. Aberdeen está en ello.

Yo suelto un resoplido.

—Ven. Déjame darte un tour.

La sigo, portándome lo mejor que sé.

Sealand resulta ser al menos el doble de grande que mi anterior lugar de trabajo, con una mayor variedad de animales.

No me sorprende que como última parada Aruba me lleve a los delfines, y su sonrisa se vuelve auténtica por primera vez hoy.

—Estos son mis protegidos.

—Ah, vale. —La expresión de mi cara es la misma que la gente adopta cuando un amigo les enseña la foto de su nuevo bebé o su nueva mascota—. ¿Los entrenas tú?

Sus ojos se vuelven vidriosos.

—Prefiero pensar que ellos me entrenan a mí.

Apuesto a que esos maquiavélicos manipuladores hacen precisamente eso.

—No he visto pulpos —le digo.

—En latín son *pulpi* —dice ella.

—No, no lo son. Solo algunas palabras del latín tienen esa terminación en plural, como alumno que se cambia a *alumni*. Pulpo es de origen griego así que en ese caso no se aplica la misma norma. Si quisieses darle una terminación griega, tendrías octópodos, pero por favor, no emplees eso. La vida ya es lo bastante complicada por si sola.

En su frente aparecen unas arrugas.

—Los llames como los llames, no los tenemos y espero que jamás lo hagamos.

—¿Por qué?

—Una vez tuvimos uno, una hembra —dice ella, y sus palabras rezuman desagrado—. Se escapó y terminó aquí, en el recinto de los delfines.

Se me encoge el corazón de golpe.

—Oh, no. Pobrecilla. ¿Qué pasó?

—Fue horrible —su expresión desolada le hace ganar unos cuantos puntos en mi valoración. —Perdimos a Flipper.

Pestañeo varias veces.

—¿Alguien le puso a un pulpo el nombre de Flipper?

—No el nombre de esa zorra era Athena. Flipper era el delfín al que estranguló y mató.

Yo me pongo en plan pez globo, cruzando los brazos sobre el pecho.

—¿Por casualidad no asfixiaría Athena a Flipper cuando él intentaba comérsela?

—En la naturaleza, los delfines comen pulpos todo el tiempo.

Sí, pero esos delfines están hambrientos. Los de aquí probablemente estén mejor alimentados que yo.

Aprieto los dientes.

—Asumo que Athena no sobrevivió, ¿verdad?

—¿A quién le importa eso? Pobre Flipper. Él...

Intento no escuchar el resto porque lo último que querría hacer sería estrangular a Aruba. Esa no es la buena primera impresión que quiero dar aquí. Para cambiar de tema, le pregunto:

—¿Tenéis espectáculos de con delfines abiertos al público?

Aunque no sea fan de los delfines, especialmente después de la historia de Flipper, sigue sin encantarme la idea de convertir los acuarios en circos.

Para mi sorpresa, me hace un gesto de negación con la cabeza.

—El Dr. Jones no aprueba esas cosas. Yo entreno a mis bebés para que se porten bien, por ejemplo cuando participan en alguna investigación... o esa clase de cosas.

Ah, el misterioso Dr. Jones. El que estaba demasiado ocupado pero que me fue mencionado a menudo y con reverencia. En base a lo que he escuchado, me lo imagino con el cerebro de Einstein y el cuerpo de Davy Jones en *Piratas del Caribe*: una barba que recuerda a un pulpo, una pinza de cangrejo por brazo y tentáculos en lugar del otro.

—¿Crees que hoy conoceré al Dr. Jones? —pregunto. Es el único que puede decidir sobre la residencia de Piquito, así que estoy ansiosa por reunirme con él.

La sonrisa de Aruba vuelve a hacerse falsa.

—Lo dudo muchísimo. Siempre anda muy liado los lunes. Y los martes también. A mí me costó dos meses conocerle... y mi trabajo es más útil que el tuyo. Sin ofender.

No puedes decir mierdas así y luego añadir «sin ofender» al final para quedar mejor. Hasta los delfines saben eso.

—¿Tu trabajo? —le pregunto—. Entonces entiendo que no eres solo una entrenadora, ¿verdad? ¿También eres investigadora?

Su sonrisa de delfín se desvanece.

—Cualquier cosa es mejor que hacer juguetes para peces dorados.

¿Por qué cree la gente que la palabra «juguetes» es ofensiva? Puzles, juguetes... a mí me da igual cómo les llamen, siempre que hagan más felices a las criaturas marinas.

—Olive es una experta en enriquecimiento de

acuarios con muy buena reputación —mete baza una voz que conozco, haciéndome dar un respingo—. Debe ser tratada con respeto.

Me doy la vuelta y veo a Rose... al parecer, la Sra. Aberdeen para Aruba.

—Los delfines no necesitan ningún enriquecimiento —dice Aruba—. Me tienen a mí.

Respiro hondo, y suelto el aire poco a poco.

—Parece que tú eres el enriquecimiento, entonces. Si cada acuario pudiese permitirse dedicar a un solo humano a entretener a cada animal, yo no tendría trabajo, y estaría feliz por ello.

—Por desgracia, no podemos permitirnos esa solución —me dice Rose—. ¿Qué tal si vamos a mi oficina y hablamos de lo que *sí* podemos hacer?

Asiento y dejamos a Aruba atrás, hasta que entramos caminando en un pequeño edificio con el techo resplandeciente de paneles solares. Supongo que eso debe de ser algo típico aquí en el Estado del sol.

—Siéntate. —Rose señala una silla de despacho delante de un escritorio desgastado por el uso.

Me incorporo.

—He oído lo de la emergencia.

—Sí sí. Ha sido todo un caos, otro hombre de Florida en acción. —Bueno, al lío—. Mete el brazo bajo su escritorio y saca un fardo de ropa color caqui y blanco. —Puedes empezar a ponerte esto mañana.

Me lo alcanza.

Es un uniforme que consiste en una camiseta y unos pantalones cortos, el que he visto que todos llevan aquí.

Se me corta el aliento, y tengo que recordarme a mí misma que esto no es nada en comparación con lo que mi ex me decía que me pusiera. Los uniformes son la norma en sitios como este. Mi último jefe era la excepción, no la norma.

—Vale. Mañana me lo pongo —digo con el tono más calmado que puedo.

Luego ella me da un portátil.

—Está todo configurado para ti.

—Gracias. —Lo enciendo y accedo siguiendo sus instrucciones—. ¿Debería pasarme el día de hoy aprendiendo como funciona vuestra intranet?

Ella hace un gesto desdeñoso con la mano.

—No hay mucho que ver allí.

—Entonces, ¿qué es lo que tengo que hacer?

Ella se rasca la barbilla.

—Le he hablado al Dr. Jones de ti, y su visión es que tú y yo trabajemos juntas en las dos facetas del mismo problema.

—¿Ah, sí?

—Yo me centraré en el enriquecimiento mental para preparar a los animales que planeamos liberar, con tu ayuda cuando haga falta. Entretanto, tu enfoque será hacer las vidas de nuestros protegidos más plenas y divertidas mientras estén aquí.

¡Guau! Me gusta la forma en que el Dr. Jones y Rose han ideado esto, especialmente porque esa es la tarea en la que yo puedo brillar más, especialmente en lo que se refiere a los pulpos.

—Eso suena genial —le digo—. ¿Y qué es lo que

estáis haciendo ahora?

Ella enumera una larga lista. La mayoría de las cosas son normales y aburridas, como darles pelotas de ping-pong a los peces y utilizar tubos, túneles, burbujas y todo eso.

—¿Qué presupuesto tengo? —pregunto.

—¿Por qué?

—Hay algunas cosas divertidas y baratas que podemos hacer, como añadir espejos en los acuarios, pero si podéis permitíroslo, una tablet sumergible sería un gran juguete para la mayoría de las especies... o al menos una tele fuera del tanque. A mi pulpo le gustan las dos cosas.

Lo que no menciono es que la aplicación favorita de Piquito es el Tinder. Usa sus brazos para pasar hacia la derecha o la izquierda las fotos de tíos cualquiera usando mi cuenta, pero como yo no estoy preparada para salir con nadie, me toca ignorar todos los mensajes y fotos de pollas resultantes. Esto último puede ser en realidad lo que anda buscando Piquito, porque puede que le recuerden a algo delicioso, como las almejas panopeas del pacífico, con forma de pito.

—¿Funciona eso con los peces? —pregunta Rose.

Yo asiento.

—En el último sitio en el que trabajé había una hembra de pez cirujano azul que parecía deprimida. Después de que yo donara mi vieja tablet para emplearla en su pecera, y la configurara para reproducir en bucle algunos contenidos cuidadosamente seleccionados, se animó enormemente. A algunos peces también les gusta la música y...

—Tienes un presupuesto decente. —Le da la vuelta a su portátil para enseñarme la cifra—. Si necesitas gastar más, tendrías que hablar con el Dr. Jones, porque él es quien toma al final todas las decisiones presupuestarias.

—Genial. Con esa cantidad ya tengo para empezar. ¿Qué tal si me doy una vuelta por ahí a ver si hay algo de lo que deba encargarme con más urgencia?

—Perfecto. —Ella se levanta y me ofrece su mano. Veo que vamos a pasárnoslo bien trabajando juntas.

Yo se la estrecho con entusiasmo.

—Antes de irme... quería hablarte de mi pulpo.

Ella me suelta la mano.

—Supongo que Aruba te habrá mencionado ya el follón con Flipper y Athena, ¿verdad?

—Lo ha hecho, pero quería recordarte que hacer que los recintos estén a prueba de pulpos es mi especialidad. Mi pulpo no se ha escapado ni una sola vez... ni ningún otro pulpo en los acuarios que utilizan mis diseños.

Ella baja la vista hacia la mesa.

—¿Y si en vez de a mí se lo comentas al Dr. Jones?

Caca de carpa. Creía que esto era solo una formalidad, pero ahora estoy empezando a preocuparme en serio.

—En ese caso, ¿me puedes presentar al Dr. Jones? Me gustaría hablar con él ahora mismo.

Ella palidece.

—El Dr. Jones es un hombre muy ocupado. Tendrías que pedir cita.

Suspiro.

—¿Y con quién tengo que hablar para eso?

—Con Recursos Humanos.

Frunzo el ceño.

—¿No eres tú eso?

Ella hace el gesto de ponerse una gorra.

—Ahora sí. —Vuelve a dejarse caer en su silla y teclea en su ordenador—. Hoy tiene el día completo —murmura—. Mañana también. Ah. Aquí. ¿Qué tal a las once de la mañana, dentro de dos días?

—Muy bien —digo, ocultando mi irritación.

Esto significa dos noches más sin dormir.

—Genial. —Ella me señala la puerta.

Estoy a punto de marcharme cuando carraspea.

—Como todavía llevo puesta mi gorra de Recursos humanos, debería mencionar que tenemos una política muy estricta en contra de que los empleados confraternicen entre sí.

Casi le digo que eso no es ningún problema, porque no me han gustado ninguno de los tíos que he visto en el tour, pero en vez de eso me contento con una poco comprometida ceja arqueada.

—Deberías tener esta política en mente sobre todo cuando trabajes con las nutrias.

—No hay problema. —Salgo de su despacho, de repente muerta de ganas de ir a ver el hábitat de las nutrias.

Ha sido la única parada no disponible en el tour que

me ha dado Aruba... y ahora creo que había otra razón aparte del caos del hombre de Florida.

Así es. El tío que trabaja con las nutrias se llama Dex, y es decididamente mono. Pero no es mi tipo. De hecho, me recuerda un poco a los animales que cuida, sin olvidarme de su pariente cercano, la comadreja.

—Sus juguetes favoritos son bloques de hielo con pescado dentro —me cuenta Dex cuando le pregunto sobre las actividades de enriquecimiento actuales para las nutrias—. En cuanto a cosas no comestibles, les encanta jugar con el Frisbee, que les remojen con una manguera con agua templada y jugar con juguetes flotantes de plástico y cáscaras vacías de coco.

Yo le sonrío. A Piquito también le gusta eso último.

—¿Has intentado utilizar un puntero laser para jugar con ellas?

Él se frota los bigotes con sus manitas.

—¿Te refieres a como los que usa la gente con los gatos?

—Bueno, sí. Lo intenté en el último sitio donde trabajé y a las nutrias les encantó.

Sus ojos se agrandan.

—Esa es una excelente idea. Puedo conseguir uno e intentarlo mañana. No puedo esperar.

—Genial. Espero que les guste. Ahora, si me disculpas, voy a irme para ver el resto de hábitats.

Y lo que es más importante, no quiero que Rose me vea aquí y crea que ya estoy poniendo a prueba esa sagradísima regla de los recursos humanos.

Dex vuelve a darme las gracias por mi idea y yo me

largo. Después de encontrar una zona a la sombra, vuelvo a ponerme protector solar y por fin me como mi almuerzo para desayunar.

Aunque parece un poco una locura hacer esto en mi primer día en Sealand, miro si hay alguna vacante nueva en Octoworld. Por desgracia, no hay ninguna.

Suspiro y hago lo que hago a menudo después, reviso las páginas en redes sociales de la fundadora de Octoworld (y mi ídolo) Ezra Shelby. Ezra es una bióloga marina legendaria y es a los pulpos lo que Jane Goodall es a los chimpancés.

Frunzo el ceño ante el post educativo más reciente de Ezra. Siendo fan de *Buscando a Dory*, no estoy segura de cómo sentirme sobre lo que está diciendo:

Lo primero es lo primero (cuidado, spoiler): Buscando a Nemo *empieza con una pareja de peces payaso, macho y hembra, cuidando de sus huevos, y entonces una barracuda se come a la hembra y todos los huevos desaparecen menos uno:*

Dejo de leer un segundo para retomar el aliento. Esa escena me causó daños psicológicos y por eso prefiero enormemente la secuela más alegre sobre Dory.

Ahora, hablemos de cómo sucederían las cosas si la película estuviese basada en auténtica biología marina, prosigue el post de Ezra. *Olvidémonos por el momento de que los peces payaso macho se comen los huevos dañados, así que Nemo, con su diminuta aleta, podría no haber nacido en primer lugar. Pero suponiendo que naciera, Nemo habría sido un hermafrodita sin diferenciación sexual, igual que el resto de miembros jóvenes de su especie. Con la hembra desaparecida y ningún otro pez payaso alrededor, el padre de Nemo se habría vuelto hembra. Y así, de nuevo, en ausencia de otros peces payaso en el entorno, Nemo crecería como macho y luego se aparearía con su padre.*

Suelto una risita. Por mucho que respete a Ezra, tiene que darle un respiro a Pixar. Las criaturas marinas tampoco hablan las unas con las otras: es una licencia poética. Aunque están los *mormíridos*, también conocidos como peces elefante. Tienen unos cerebros gigantescos y se comunican entre sí mediante pulsos eléctricos, además de...

Una videollamada ilumina mi móvil.

Es Blue, una de mis sextillizas.

Lo cojo.

Aunque nuestros rostros sean idénticos, el cabello corto de Blue hace imposible que la gente nos confunda como hacían cuando éramos pequeñas.

Ella tiene a su gato Machete en el regazo, lo que la hace parecerse un montón a una mala de las pelis de Bond... una comparación que a ella le encantaría porque es superfan de esa saga.

—Hola —saluda Blue—. ¿Qué tal te está yendo en tu primer día?

Yo le sonrío. Blue es ahora mismo mi hermana favorita, porque me dejó quedarme con ella después de abandonar al gilipollas de mi ex. También se ha asegurado de que se lo piense dos veces antes de acercarse a mí.

—Compruébalo por ti misma. —Giro el móvil para

que pueda ver los recintos de las nutrias y los manatíes a lo lejos—. Estoy rodeada de Florida, para bien o para mal.

Ella sonríe.

—Supongo que estarás encargándote de mantener el negocio de algún afortunado fabricante de protector solar tú solita, ¿no?

Pongo los ojos en blanco. Que sea mi favorita no quiere decir que pueda meterse conmigo y salir indemne.

—¿Tienes alguna idea de cuántas garzas he visto desde que he llegado?

Su sonrisa desaparece de golpe, y yo siento una ligera punzada de culpabilidad. A diferencia de mi perfectamente razonable asuntillo de prevenir el daño causado por el sol, Blue tiene miedo de los pájaros... hasta de los más monos, como los pingüinos.

—¿Cuántas? —Ella estruja al monstruo de su gato y él le bufa antes de dar un salto y alejarse—. ¿Una colonia?

Yo digo que no con la cabeza.

—Si con lo de colonia te refieres a un montón de ellas, entonces no. Solo han sido un par, y de lejos. Estoy bastantes segura de que Piquito quería comérselas.

—¿Cómo está? —pregunta ella—. ¿Le has conseguido un acuario más grande?

Le digo que todavía no. Luego ella pregunta por nuestros abuelos, y la pongo al corriente rápidamente.

—Bueno, mantenme informada —me dice—. Oh, y

aviso: Fabio me ha dicho que Lemon y él están planeando ir pronto de vacaciones a Florida. ¿Adivinas dónde pretenden quedarse?

Caca de carpa. La respuesta es con mis abuelos, obviamente.

Fabio es nuestro amigo de la infancia, que también resulta ser una estrella del porno, y Lemon es otra de mis sextillizas. Irónicamente, a pesar de su ácido nombre, que significa limón en inglés, es la más golosa de todas nosotras.

—Parece que dentro de nada mi estilo se va a ir a la porra. —Me seco una gota de sudor de la frente con una servilleta.

—¿Ah, pero tienes estilo? —Blue me mira fijamente.

Yo finjo estar escuchando un sonido a lo lejos.

—¿Acabo de escuchar a alguien diciendo «Mío, mío, mío»?

Ella se encoge, lo que significa que ha pillado la referencia a las gaviotas... el motivo por el cual todavía no ha acabado de ver *Buscando a Nemo* hasta el final.

—Será mejor que me vaya —dice ella.

—Sí, gracias por llamar —le digo y cuelgo, solo para recibir otra llamada al instante.

Es mi padre, llamando sin vídeo, como un cavernícola.

—¡Hola Papá! —saludo.

—Cosita cinco —dice, empleando su diminutivo cariñoso para mí—. Estás en modo altavoz. Tengo aquí a tu madre también.

—Hola, mamá.

—Namasté, solete —replica ella—. ¿Qué tal te encuentras?

Me alegro de que estemos haciendo esto sin vídeo para que no pueda verme encogerme. Entre la ruptura con mi ex y mi mudanza a Florida, soy oficialmente la hija de la que mis unidades parentales han decidido preocuparse.

—Estoy genial. —Me obligo a sonreír, esperando que eso haga que mi voz suene más alegre—. Todo es fabuloso.

Sé que sueno igual que esa canción de *La LEGO película*, pero si no sueno lo bastante animada, mamá me inundará con una tonelada de consejos no requeridos, la mayor parte de ellos relacionados con el orgasmo.

—Es bueno escucharlo —dicen los dos, aunque mamá suena menos convencida que papá.

—¿Y qué hay de nuevo con vosotros, chicos? —pregunto, rogándole a Cthulhu que acepten el cambio de tema.

—No mucho —dice papá—. Excepto porque... ¿te hemos contado que nosotros también vamos a estar en Florida?

—¿Ah, sí?

¿Es que queda alguien en mi familia que *no* vaya a venir al Estado del sol?

—Sí, vamos a ir de visita donde mis padres —dice papá.

¡Fiuu! Un paquete distinto de abuelos. Quiero a mamá y a papá, pero tenerlos a ellos, a Lemon, a Fabio, a la abuela y al abuelo, todos bajo el mismo techo, haría que me entrasen ganas de pegarme un tiro con una de las pistolas del abuelo.

—Espero que lo paséis muy bien —le digo.

—Bueno, sí —dice mamá—. Tenemos muchos planes.

Me cuentan su itinerario mientras yo termino de comer.

Después de colgar, me siento rejuvenecida, así que me paso el resto del día conociendo mejor a las criaturas marinas cuyas vidas espero hacer más divertidas en el futuro cercano.

Veo un montón de jugadas ganadoras fáciles. Algunos bichillos podrían beneficiarse de algo tan simple como una cabeza de Míster Potato, mientras que a otros podrían gustarles unas piezas de LEGO. En unos cuantos casos, los animales solo necesitan formas más interesantes de conseguir su comida.

De camino a casa, casi me siento bien sobre mi nuevo trabajo. Si consigo solucionar el destino de Piquito, podría disfrutar de verdad de trabajar aquí... aunque no se trate de Octoworld.

Hay un Tesla bloqueando la entrada cuando llego. Mis abuelos deben de haber invitado a unos amigos a cenar.

Aparco en la calle y me cuelo en la casa por el garaje. Se escuchan unas voces en la cocina que apoyan mi teoría de los «amigos».

Entro de puntillas en el cuarto de invitados, me pongo ropa cómoda y le lanzo a Piquito un cangrejo atrapado en un nuevo puzle que he diseñado.

El Dios Emperador acepta esta ofrenda, ente-sacerdotisa. Permitiremos que el mundo gire en torno al Acuario un día más.

Espero a ver si Piquito resuelve el puzle al instante... algo que ya ha sucedido en el pasado.

Pero no.

Se enrosca alrededor, mirando intensamente.

—Diviértete —le digo y salgo del cuarto.

Al acercarme a la cocina, escucho tres voces: las de mis abuelos y otra masculina que me suena vagamente.

Espera un segundo.

No puede ser. ¿O sí?

Al entrar en la cocina, no cabe duda de que mis globos oculares se parecen de repente a los del pez dorado de ojos de burbuja.

Es lo que me temía.

Por algún motivo insondable, Aqua-gilipollas está aquí, sentado a la mesa para cenar.

CAPÍTULO
Cuatro

Me quedo allí plantada, mirándole con la boca abierta, absorbiendo con los ojos ese cabello largo y con mechas doradas, esos amplios hombros y esos labios sexis y turgentes...

¿Estaba *tan* puñeteramente bueno el otro día? No, imposible que lo estuviese. Por un lado, hoy va mejor vestido, con unos pantalones color caqui, y un polo blanco que acentúa la línea fuerte y bronceada de su garganta y marca sus poderosos bíceps. A pesar de mi intenso desagrado hacia ese hombre (y espero que no por eso), deseo que me lleve a rastras al cuarto de invitados y me folle duro, igual que un delfín.

—¿Qué diablos está haciendo él aquí? —pregunto, a nadie en particular.

La abuela me sonríe.

—Me hiciste caer en la cuenta de que estaba siendo una mala vecina, así que he rectificado la situación.

Tendría que haberlo sabido. Sus ojos tenían ese brillito travieso cuando le hablé del Aqua-gilipollas.

Ablando de Míster Gili. Él levanta la vista del plato y me mira a la cara, entornando sus ojos color azul cian.

—¿Es *esta* la nieta que dijiste que se iba a unir a nosotros?

¿Por qué hasta *eso* me parece sexy? ¡Por las poderosas alas de Cthulhu! Será mejor que alguien le dé a ese delfín violador de Olives un poco de Viagra.

Antes de que mi calentón empiece a poder leerse en mi cara, me doy la vuelta con gesto exagerado.

—Disfrutad de vuestra cena. Yo paso.

Mi abuela ahoga teatralmente una exclamación, como si vivir en Florida le hubiese hecho internalizar la famosa hospitalidad sureña.

Un sonido de arrastre me hace mirar hacia atrás.

Aqua-gilipollas se ha puesto de pie.

—No. Ella debería comer con su familia. Soy yo el que se va.

Pongo los ojos en blanco.

—*Ella* sigue estando aquí.

El abuelo se levanta con una tormenta arremolinándose en su rostro.

—Gia lleva todo el día trabajando para preparar esta comida. Sois adultos. ¿No podéis al menos pretender ser educados durante una hora?

Caca de carpa. Tiene razón.

Hasta Aqua-gilipollas tiene un aspecto contrito... y eso que estos no son *sus* abuelos.

Vale. No seré egoísta y me cerraré en banda como una ostra. Pero, ¿podré cenar con este tío sin darle un bofetón (o un lametazo) en la cara? ¿O sin que mis abuelos hagan algo que me haga quererme morir de la vergüenza?

Poco probable. Pero no tengo elección.

—Me quedaré, si él promete no mencionar a mi pulpo. —A pesar de mi sentimiento de culpabilidad, la frase me sale con un tonillo petulante.

Aqua-gilipollas vuelve a sentarse.

—Nada de pulpos. También podemos evitar mencionar cualquier otro tipo de forma de vida marina por si acaso eso pudiese ofender tu delicada sensibilidad.

—Trato hecho —accedo—. También podemos evitar hablar de perritos calientes de tofu.

Él sonríe con suficiencia.

—No hará falta. Puedo soportar que se hable de mi mascota.

El abuelo se sienta también con un suspiro, mientras murmura algo así como «son como críos».

No respondo a la puya del abuelo porque mi más fantástico argumento en contra es: «empezó él». En vez de eso, le dedico una bonita sonrisa a nuestro invitado.

—¿Qué hay de las historias de las noticias?

Su sonrisita de suficiencia se desvanece.

—¿Qué pasa con ellas?

—¿Lo llevarías bien si citase algunos titulares reales aquí en la mesa? Es una tradición familiar.

—No, no lo es —dice el abuelo.

—En todo caso, es justo lo contrario —dice la abuela.

—No pasa nada. —Aqua-gilipollas se pasa la mano por su melena larga y veteada por el sol—. Podemos hablar de cualquier artículo de noticias que tú quieras.

¿Estoy mirando demasiado su pelo? Me muevo rápidamente, saco mi móvil y busco unas cuantas historias con las que poder provocarle.

Justo cuando levanto la vista y abro la boca para citar alguna, mi abuela dice:

—¿Qué tal si comemos antes de charlar?

Como si estuviese esperando a ese momento, mi estómago traidor hace un ruido que suena igual que «dame comida» en el idioma de las ballenas.

Vale.

Echo un vistazo a la mesa en busca de algo que meterme en la boca. Algo comestible que no sea un Aqua-manubrio, que es por lo cual optaría mi wunderpus.

Para mi desazón, hoy es el Día del Pescado para mis abuelos... algo que el médico de mi abuelo les recomendó. ¡Qué asco! Estaba deseando comer carne de verdad, con sustancia, pero como su nombre indica, el Día del Pescado significa que solo tienen salmón al horno en la mesa, algo que a mí no me sirve de nada, ya que sigo el lema del grupo de apoyo de los tiburones de *Buscando a Nemo*: «Los peces son amigos, no comida».

La buena noticia es que la abuela me ha preparado algunos de mis acompañamientos favoritos: quinoa con setas, arroz pilaf con dátiles, y nachos con salsa y guacamole. También hay una enorme ensalada, pero la evito. Lo último que querría es darle al abuelo un motivo para hacer bromitas relacionadas con el aceite de oliva a mi costa.

No estoy segura de si Aqua-gilipollas está intentando copiarme como una forma de sutil provocación o si es que no le gusta el salmón, pero en su plato hay lo mismo que en el mío.

Cuando la abuela escucha como mastico los crujientes nachos, asiente con aprobación.

—Buena chica. Dejadme que os presente. —Hace un gesto hacia Aqua-gilipollas—. Olive, te presento a nuestro vecino, Oliver. Oliver, te presento a nuestra nieta, Olive.

—Sí, sé lo que estás pensando —me dice el abuelo antes de que yo sea capaz de reaccionar—. Es casi más oliva que tú, a punto está de ser olivar.

Gruño y por poco me atraganto con los nachos.

—Me gusta el nombre de Oliver —dice la abuela—. Me recuerda a *Oliver Twist*, una de mis novelas favoritas.

¿Ah, sí? Creía que en su novela favorita saldrían tentáculos. Ahora que lo pienso, alguien que nunca hubiese oído hablar del clásico de Charles Dickens, podría pensar que ese Twist tendría algo que ver con la peli de Twister, la de tornados, arrasando un olivar.

Los ojos color cian de Oliver brillan divertidos, lo que me hace desear que pudiese hacerme lo mismo que un tornado... pero en la cama.

—Me pusieron el nombre de mi abuelo —dice.

El mío adquiere una expresión nostálgica. Él, mi padre y mi otro abuelo están todos decepcionados por la falta de varones en nuestra enorme familia.

—Una de las hermanas de Olive se llama como yo —dice la abuela—. Y la gemela de Gia se llama igual que su otra abuela.

—Cierto —digo yo, intentando mantener mi voz libre de amargura—. Mientras que a mí y a mi camada de sextillizas nos pusieron nuestros nombres al tuntún.

Los ojos de Oliver se agrandan hasta alcanzar el tamaño de sendos lagos, pero antes de que pueda preguntar nada, mi abuelo comenta entre risitas:

—No fue al tuntún del todo. Creo recordar que tus padres estaban en el restaurante Olive Garden cuando pensaron en todos vuestros nombres. Tal vez hasta hubo algún Martini seco con su oliva implicado.

Espero que eso sea una broma, aunque puedo imaginármelo sucediendo fácilmente. Tengo una hermana llamada Lemon, limón en inglés, y su nombre podría ser ese gracias a un vaso de agua con rodajita de limón que le sirviesen a mi padre. Honey, miel en inglés, puede que recibiera su nombre gracias a que eso es lo que mi madre quería en su té. Pixie, Blue y Pearl, (duende, azul y perla) puede que obtuvieran sus nombres gracias a una camarera con aire de duendecillo y ojos azules que ese día llevase un collar de perlas. Después de todo, a los dos miembros de nuestra unidad parental les gusta la peli *Sospechosos Habituales*, especialmente la parte en las que el entorno se empleaba como inspiración para sus alias.

—Entonces... ¿entonces tenéis en total ocho nietas? —pregunta Oliver, incrédulo.

Bien por este hombre de Florida. Sabe contar. Al menos hasta ocho.

—Pues sí —dice la abuela, radiante de orgullo—. La pareja de gemelas y luego el sexteto de sextillizas.

¿Debería estar poniendo a prueba la inteligencia de un hombre de Florida como este utilizando palabras como sexteto? Y ya puestos, ¿no tendría que haber usado «díada» en vez de «pareja» por coherencia?

—¿Y qué hay de ti? —le pregunta el abuelo a Oliver, quien parece estar todavía digiriendo la cosa rara que es mi familia—. ¿Algún hermano o hermana?

Él se recupera y asiente.

—Dos hermanos.

Interesante. Me pregunto si tendrán el mentón tan cincelado como el suyo. Y unos ojos tan...

Grrr. Debo controlarme. En serio, ¿por qué estoy babeando tanto por este tío en particular? Hay un montón de otros peces, mucho más educados, en el mar.

Me lleno la boca de comida e ignoro las siguientes preguntas de mis abuelos hacia Oliver. En vez de eso, le echo un vistazo furtivo al móvil para leer algunas historias sobre sus iguales. Mi esperanza es que con eso pueda aplacar mi libido hiperactiva.

«Conejito de Pascua le da una paliza a un hombre de Florida»... y hay un vídeo y todo. «Hombre de

Florida se masturba haciéndoselo con animales disecados en el Warmart» Qué encantador. Otro intentó dispararle a un cachorrito, que es algo ya malo de por sí, pero luego, en un giro de los acontecimientos que es puro Florida, el cachorrito puso una pata en el gatillo y sin querer acabó disparando al hombre. Otro hombre incendió su casa con una bomba que fabricó con una bola de jugar a los bolos. Otro robó una ambulancia de un hospital y la dejó atascada en un barrizal. Y otro más le rajó las ruedas a una señora de 88 años por haberse sentado en su silla favorita del bingo. Pero mis preferidos son: «Hombre de Florida afirma con orgullo haber sido la primera persona en vapear semen» y «Hombre de Florida baila sobre un coche patrulla para "librarse de los vampiros"».

—¿Qué es lo que tiene tanta gracia? —pregunta la abuela.

Caca de carpa. Pillada.

—Solo estaba leyendo artículos sobre hombres de Florida. —Miro a los ojos color cian de Oliver, con un gesto retador... y no he calculado bien, porque ahora desearía irme a hacer esnórquel en ellos.

La abuela aplaude, encantada.

—¿Hablan ahí de lo asombrosamente atractivos que son? Cuando nos mudamos aquí al principio, creía que seguramente tenía que haber algo en el agua.

Bueno, al menos no ha dicho que desearía que tuviesen tentáculos.

Compruebo si el abuelo muestra alguna señal de celos, pero está ocupado limpiando su plato... lo que espero que no signifique que tienen un matrimonio abierto.

—No —respondo—. Estos artículos van de crímenes. —Recito en voz alta los últimos que acabo de leer y luego añado—: Oh, y a los hombres de Florida les deben de gustar poco los coches. —Señalo con el dedo a mi pantalla— Uno disparó un mosquete contra ellos, vestido de pirata, mientras que otro tío se desnudó y les tiró piedras. —Veo como Oliver hace una mueca, así que agrego—: Hablando de estar desnudo, lo están a menudo, igual que el tío que se folló a un árbol y luego le pegó un puñetazo a un ayudante de sheriff.

Pues sí que vamos bien... Ahora me estoy imaginando desnudo al hombre de Florida que tengo delante, lo que resultaría en una historia en la línea de: «Injustamente apetitoso hombre de Florida se quita la ropa; todos los ovarios a su alrededor sufren una combustión espontánea».

—Aquí siempre hace calor. —Oliver deja el tenedor junto a su plato ahora vacío, con las cejas juntas en una expresión de seriedad que no pega con su aspecto de surfista—. Eso hace más fácil que los idiotas se desnuden. También hace que la gente salga y esté más en lugares públicos, lo que conduce a más crímenes. Apuesto a que cuando hace frío en otros estados, que es la mayor parte del tiempo, ellos se tiran a sus plantas domésticas en vez de a algún árbol que haya por ahí fuera.

¡Que Cthulhu le maldiga! Está consiguiendo parecer sexi durante un debate. Quiero alisar esa arruga entre sus cejas con el dedo y luego lamer el mencionado dedo.

—No pienso que el clima sea responsable por la enorme cantidad de artículos.

Él suspira.

—Eso tiene más que ver con la Ley Sunshine.

Yo me animo.

—¿Es para que la gente tenga que ponerse protector solar? Yo estaría totalmente a favor.

—No dejes que empiece a hablar de protector solar —le dice la abuela a Oliver con un sonoro susurro conspirador—. No si quieres poder volver a tu casa alguna vez... o volver a exponerte al sol.

El abuelo suelta una risita.

—La Ley Sunshine tiene que ver con la transparencia. Permite que los ciudadanos normales accedan fácilmente a los registros públicos.

¡Oh, no! Si dejamos que el abuelo empiece a hablar de política local (o de cualquier otro tipo de política), seguiremos estando aquí sentados cuando Cthulhu despierte.

—Correcto —prosigue Oliver—. Eso significa que los reporteros vagos tienen acceso instantáneo a los informes de arrestos y las fotos de las fichas policiales.

¿Lo deseo más cuando está en plan creído o en plan gruñón?

Miro mi teléfono.

—¿He mencionado la historia en la que un hombre de Florida armado con un cuchillo intentaba rescatar a su novia imaginaria de un camión de basura?

Oliver mira a todos excepto a mí.

—También somos el tercer estado más grande, y tener más gente significa más delitos.

—Depende de la gente —digo yo—. ¿He mencionado la historia en la que un hombre de Florida le pegó un tiro en el culo a su hermana con una pistola de aire comprimido porque ella le regaló un pastel de cumpleaños con forma de pene?

La abuela se da una palmada en la frente.

—¡Me había olvidado del todo del pastel!

Se levanta de un salto y corre a la nevera. Saca una tarta de queso y me la trae ceremoniosamente hasta la mesa.

Yo me sirvo un gran trozo mientras Oliver ignora el dulce y se sirve una gran ración de ensalada en vez de eso.

—Lo he comprado en la pastelería —me dice el abuelo—. ¿Qué te parece?

Pruebo el pastel.

—Ñam-ñam. No es tan bueno como los que se compran en Nueva York, pero...

Oliver gime, haciendo que todos le miremos... otro error por mi parte porque mis hormonas puede que no sean capaces de soportar mucho más de esto.

—¡Esa es una afirmación tan típicamente neoyorkina...!

Yo le miro mal, más por ocultar mis ganas de hundir mi cara en su barba que por estar enfadada.

—¿Ah, sí?

—Tenemos la mejor pizza —me dice con el acento

neoyorkino más falso que yo haya escuchado jamás—. También, los mejores bagels. Y perritos calientes. Sin mencionar los museos. Oh, y la pizza. ¿Y mencionado ya la mejor pizza?

—Bueno... —Corto otra rebanada de tarta de queso con el tenedor—. ¿Es culpa nuestra que esas cosas de verdad *sean* superiores en Nueva York?

Mientras me meto el pastel en la boca, no puedo evitar preguntarme qué pinta tendría si tuviese la forma del Aqua-manubrio de Oliver. Algo me dice que yo no querría dispararle al culo de nadie con una pistola de aire comprimido.

Oliver se termina su vaso de agua, consiguiendo parecer estar frustrado al hacerlo.

—¿Sabes a qué estado se mudan los de Nueva York en manada? —me pregunta—. Cincuenta mil solo el año pasado.

Hago un círculo con el tenedor.

—¿Supongo bien si digo Florida?

Él asiente.

—¿Y vuelven alguna vez a Nueva York? Tristemente, no.

—Nosotros no volveríamos —dice la abuela.

—De ninguna manera —asiente el abuelo.

—Traidores —digo, haciéndolo sonar como si fuese una tos.

Oliver se mete un trozo de lechuga romana en la boca y lo mastica sonoramente con el tipo de deleite que la gente normalmente le reserva al pastel.

—¿De dónde habéis sacado una lechuga así de

jugosa? —pregunta—. Me gustaría comprar un poco para Betsy. —Una cálida sonrisa curva sus labios apetitosos y plenos al pronunciar su nombre—. Es una gourmet de la lechuga.

Grr. Me hace falta toda mi fuerza de voluntad para no preguntarle: «¿Quién demonios es Betsy?» El impulso de celos que siento es tan irracional como la lujuria que ha estado nublándome el cerebro. Aun así, una parte de mí espera que mi abuela se lo pregunte por mí.

Dada la información limitada que poseo, Betsy la Gourmet de la Lechuga suena más delgada que yo y vagamente francesa. ¿Está mal que ya odie sus tripas adecuadamente nutridas de fibra?

—No puedes comprar esta lechuga. La he cultivado yo misma —dice la abuela, luciendo exactamente el mismo tipo de orgullo que ha mostrado al hablar de mis hermanas—. El truco está en el suelo. Necesitas mezclar turba y compost a partes iguales y luego añadirle perlita, humus de lombriz y MYKOS.

¿En serio, abuela? Lo único que tenías que hacer era preguntarle sobre Betsy.

La cálida sonrisa está de vuelta en el rostro de Oliver.

—No estoy seguro de poder cultivarla en las cantidades que a Betsy le gustaría, pero gracias por el consejo. He estado desperdiciando mi compost en mi césped. Tal vez ha llegado la hora de que empiece a cultivar algo.

¿Él composta? ¿Por qué no lo hace Betsy? ¿Sería sexista asumir que eso significa que no viven juntos?

Ahora que lo pienso, si vivieran juntos, ¿no la habría traído con él a esta cena?

El abuelo frunce el ceño.

—Si te pones un huerto, asegúrate de que quede detrás de tu casa, o si no la comunidad de propietarios se te echará encima.

—¿En serio? —Oliver deja el tenedor en la mesa—. ¿Por un huertecito de nada?

Bueno, ese ha sido un tremendo error. Por lo que parece durar una hora, mis abuelos se turnan poniendo a caldo el mal que supone su comunidad de propietarios.

En algún punto, Oliver aprovecha que la diatriba ha bajado un poco de intensidad y se levanta, desplegando su figura alta y musculosa y haciéndome babear otra vez.

—Ha sido un placer cenar con vosotros —mira solo a mis abuelos con toda intención.

¡Qué bonito! Podría haber dicho también que no era un placer compartir una comida conmigo... lo que no sería malo. El sentimiento es mutuo, especialmente si ignoras la humedad de mis bragas.

—Olive, por favor, acompaña a Oliver hasta la puerta —me dice la abuela, con los ojos brillando traviesos.

Espera un segundo. ¿Nos está intentando liar?

Así es. Dada la mirada de satisfacción que le dedica al abuelo, todo esto forma parte de un maquiavélico plan para conseguir nietos. Supongo que está muy elaborado. Tal vez hasta el porno con tentáculos formara parte de ello... una manera de asegurarse de que estaría toda suave y calentorra para esta cena.

Pero no. Fui yo misma la que le mencioné a este tío. Lo del porno fue antes de eso.

Me levanto de golpe antes de que Oliver pueda decir algo desagradable como «puedo encontrar yo solo la puerta». El problema es que, con las prisas, me tropiezo con la pata de la silla y empiezo a caerme, aleteando con los brazos igual que un muñeco hinchable con un escape.

Unas fuertes manos me agarran antes de que pueda partirme la cabeza.

Me llega un olor a fresca espuma de mar.

¡Guau! Eso es muy agradable.

—Ten cuidado —dice Oliver unos centímetros por detrás de mí, confirmándome que de hecho ha sido él quien me ha agarrado.

La ira me recorre como un latigazo mientras proceso sus palabras. Me retuerzo bruscamente para soltarme de sus manos.

—No me digas lo que tengo que hacer. —Mi respiración es rápida y tengo los dientes apretados.

Por Cthulhu, parece que no solo salto cuando alguien me dice qué debo ponerme. Qué debo hacer entra también en esa lista.

Puaj. Puede que en realidad sí que necesite algo de terapia por lo de mi ex, después de todo.

—Vale. —Oliver me vuelve la espalda—. La próxima vez adelante, cáete.

Vaya un caballero.

Procedo con la charada de acompañarle hasta la puerta, yendo tan lejos como para abrírsela y sostenérsela abierta, igual que el portero de un hotel.

—Gracias —me dice, saliendo y deteniéndose a mi lado. Parece decirlo en serio.

Con él tan cerca, el aroma del océano es más fuerte, y debe de contener algún tipo de feromona... o eso, o es que alguien me ha metido una medusa en las bragas.

Mi enfado se desvanece. Aun cuando mi nombre no fuese el que es, no ignoraría una rama de olivo tendida.

Cierro la puerta y le dedico una sonrisa casi sincera.

—Lo siento si todo esto te ha resultado tan transparente a ti como lo ha sido para mí.

Las comisuras de sus ojos se arrugan.

—¿Quieres decir el plan de casamentera de tu abuela?

—Pues sí. Eso...

Él se pone una mano en el pecho.

—No lo había notado en absoluto.

Me humedezco los labios, que de repente se me han quedado secos, pero no me sirve de nada. Creo que estoy experimentando deshidratación relacionada con el exceso de humedad de mi wunderpus.

—La abuela tiene buenas intenciones, pero obviamente, somos el peor emparejamiento de la historia.

Él mira hambriento a mis labios.

—¿Obviamente?

—Bueno, sí. —Yo miro dos veces por la parte de cristal de la puerta para asegurarme de que la abuela no esté espiando—. Somos como dos peces luchadores de Siam compartiendo una pecera diminuta.

Él da un paso adelante, envolviéndome aún más en sus feromonas con aroma a mar.

—¿Vuelve a estar permitido volver a hablar de acuarios pequeños?

—¿Lo ves? La peor pareja de la historia. —Me resisto al impulso de colocarle un mechón de pelo detrás de la oreja.

Él inclina la cabeza.

—¿A quién estás intentando convencer?

Siento como si algo me atrajera hacia él, como las olas hacia la costa con la marea.

No. De ningún modo.

Hago un esfuerzo y doy un paso hacia atrás.

Parece decepcionado por un instante y luego mira por detrás de mí y sonríe.

Al volverme, pillo a la abuela con la nariz aplastada contra el cristal de la puerta principal.

Aj, sabía que nos iba a espiar.

—Debería irme. —La mirada hambrienta de Oliver vuelve a posarse en mis labios.

Me resisto al impulso de lamerle dichos labios y le ofrezco mi mano.

—Que pases una buena noche.

Con una medio sonrisa sexi él extiende la suya para estrechármela.

¡Por la dopamina de Cthulhu! Cuando mi piel toca su palma encallecida, una sacudida de electricidad me recorre el cuerpo entero. Me recuerda a esa vez en que toqué una anguila eléctrica, solo que ahora es placer lo que me recorre las terminaciones nerviosas y no dolor.

Igual que con la anguila, sin embargo, mi corazón corre el riesgo de detenerse. Pero a diferencia de lo que pasa con la anguila, mis ovarios también están metidos en problemas.

En algún momento, él aparta la mano suavemente.

Vale. Es suya, así que es de justicia.

Con una niebla que me atonta, le veo acercarse a grandes zancadas hasta su Tesla, meterse dentro, y arrancar.

Le cuesta tres segundos aparcar en el camino de entrada vecino... en la casa con los paneles solares.

Me vuelvo a mirar a la puerta como para preguntarle a mi abuela qué es lo que acaba de ocurrir.

Está sonriendo como una idiota, y claramente no me va a ser de ninguna ayuda.

—¡Ay, niña! —me dice cuando vuelvo a entrar—. Eso ha sido patético.

CAPÍTULO
Cinco

Si la abuela funciona tan solo un poquito como mis hermanas, la mejor estrategia es quitarle hierro al asunto.

—¡Qué raro! —exclamo—. ¿Por qué habrá recorrido Oliver esa distancia tan corta en coche?

Ella se coloca con los brazos en jarras.

—Porque ha venido hasta aquí directamente desde el trabajo. Buen intento de cambiar de tema.

Qué astuta la abuela, metiendo así lo del trabajo. Por otras conversaciones que hemos tenido antes, resulta que sé que ella se opone firmemente a que las mujeres salgan con hombres que no tengan trabajo, a menos que «estén jubilados, como tu abuelo».

Finjo un bostezo.

—¿Qué hora es? Me siento hecha una mierda.

La abuela interpone su diminuto cuerpo en mi camino.

—No. Estamos hablando de este desastre de cita.

Vale. Aplicaré mi segunda mejor estrategia de lidiar con mis hermanas, la de «la ofensa es la mejor defensa».

—¿Una cita? —Hago que esa pregunta suene todo lo indignada que puedo—. ¿Quién dijo que estaba bien que me chuleases de esta manera?

La abuela pone los ojos en blanco, y es espeluznante lo mucho que se parece a mis hermanas en este momento.

—Por favor. Yo solo he invitado a un vecino a cenar.

Me parece que la señora protesta demasiado, y digo señora por decir algo.

Yo gimo en plan dramático y luego me recuerdo a mí misma que tengo que respetar a mis mayores.

Sí. Debo respetar a mis mayores, especialmente cuando resulta difícil hacerlo.

—Abuela. Él me odia —digo cuando consigo controlar mis reacciones instintivas—. Ya lo has visto.

Ella se atusa sus rizos blancos.

—Lo que he visto es a él mirándote igual que tu abuelo me mira a mí... como si quisiera cubrirte con nata montada y lamerte toda la noche.

¿Cómo es posible que una misma imagen resulte adorable y vomitiva?

—¿Te has fumado algo de aperitivo hoy? —le pregunto—. Sé que han legalizado la marihuana medicinal aquí en Florida, pero no sabía que tú le dieras tan fuerte.

—No me he fumado nada —replica la abuela—.

Hace un rato me he comido unos cacahuetes con sirope de arce y chipotle infusionados con cannabis, pero eso no cambia los hechos.

¡Guau! Solo estaba bromeando. ¿Mis abuelos se colocan? Tengo la sensación de que mis padres estarían encantados.

—Oliver y yo nos odiamos —digo con firmeza.

—Lo dudo. —Ella por fin se aparta de mi camino—. Pero aun así, todavía puedes tirártelo por odio, ¿no?

Yo salgo pitando sin dignarme a responder a eso último.

Sin embargo, mientras me preparo para meterme en la cama igual que todas las noches, la idea de la abuela se retuerce en mi cerebro como un pez-lombriz.

¿Podría tirarme a Oliver por odio? ¿Debería? ¿Eso sofocaría mi lujuria?

Tras una larga deliberación decido que: a) es una mala idea; y, lo que es más importante, b) él no querría participar en cualquier caso. Da igual lo que la abuela crea haber visto. Oh, y c) luego está Betsy. Si él es su hombre y yo le echo un polvo en plan odio, ella me odiará a mí con razón y esa es una extraña espiral de odio en la que no quiero entrar.

Lo que es un asco es que ahora no tenga ni pizca de sueño, lo que me hace temerme que se repita lo de anoche.

Bueno, tal vez hoy pueda adelantarme a la

situación. Saco el vibrador con forma de tentáculo de la mesita de noche. ¿Se considera sexo por odio si yo me odio a mí misma por imaginarme a Oliver mientras me masturbo?

Por el rabillo del ojo pillo a Piquito haciendo ondear sus brazos.

Yo le sonrío.

—Oye, colega, ¿querías un abracito?

Piquito se vuelve blanco.

¿No es el Acuario el centro del universo? ¿No gira todo el universo en torno al él? ¿No hacen las anémonas caca por la boca?

Oh, eso me recuerda que anoche no le di su abracito. No es de extrañar que me lo pida ahora con tantas ganas.

Con cuidado, abro el acuario.

Piquito sabe lo que viene ahora y nada hasta la superficie.

Extiendo la mano.

Él me la rodea con dos de sus brazos. La sensación cuando me acaricia la piel con sus ventosas es como un beso que me hace cosquillas.

Los pulpos pueden tocar, saborear y oler con las doscientas ochenta ventosas que tienen en cada brazo. Estas son también bastante sensibles, por lo cual yo intento abrazarle solo antes de meterme en la cama, cuando estoy limpia y no aportaré productos químicos desagradables a la ecuación. Mi último ex decía que esta costumbre nocturna era obscena, pero yo no veo la diferencia entre esto y el perro de alguien lamiéndole la mano.

Los inteligentes ojos de Piquito son hipnóticos.

Sonrío al recordar lo mucho que a él le desagradaba el mencionado ex. Al menos, asumo que era por eso que siempre que podía salpicaba al gilipollas ese con agua fría.

Utilizando dos brazos más, Piquito empieza a tirar de mí hacia dentro del agua fría del acuario.

—Lo siento, colega —le digo mientras me echo para atrás—. Por mucho que quiera, no puedo vivir bajo el agua.

Al darse cuenta de que digo en serio lo de no ahogarme, él suelta uno de los brazos con los que me agarra, y luego lo extiende rápidamente hacia la mesilla de noche.

—¡Espera, no! —chillo, pero ya es demasiado tarde.

Piquito está de vuelta en el fondo del acuario, abrazado al vibrador con forma de tentáculo.

—¡Devuélvemelo! —Meto la mano en el agua.

Piquito se pone negro del todo e intenta aparentar ser más grande, una exhibición de agresividad que le hace parecerse a la capa de un vampiro.

Yo aparto la mano de golpe. Esas mismas ventosas que me «besan» suavemente los brazos en nuestros abracitos tienen el potencial de apretar tan fuerte como para hacerme un morado en el mejor de los casos, o sacarme un ojo en el peor.

Además, aunque dudo que Piquito jamás me hiciera

algo así, tiene un pico que puede morder e inocular saliva venenosa.

—Vale. Quédatelo —le digo.

Esta clase de impertinencia es el motivo por el que hacemos que salga el sol cada día, por mucho que tú lo aborrezcas.

Meneo la cabeza mientras Piquito averigua cómo encender la vibración del aparato, y luego se convierte en todo un caleidoscopio de colores, investigando esa novedad.

—No te acostumbres demasiado —le digo—. La batería terminará por acabarse.

Por otra parte, ¿podría improvisar algo para cargar esa batería? Como es sumergible, el vibrador se carga con un cable con un imán encima, así que lo único que necesitaría es...

Me detengo ahí y sonrío. Es posible que Piquito y yo acabemos de inventar una nueva forma de entretenimiento para pulpos, aunque sea una bastante sorprendente. No puedo evitar imaginarme qué pensaría de esto la gente de Octoworld, o para el caso, la de Sealand.

Por otra parte, reconvertir juguetes no es un concepto nuevo para mí. La base de muchos de mis inventos son juguetes para niños y para perros. Por supuesto, nunca me había salido tanto de lo normal como para pensar en juguetes eróticos humanos en ese sentido... pero podría hacerlo ahora.

De hecho, ahora que lo pienso, las vaginas artificiales tienen un montón de potencial. Su textura podría ser atractiva para todos los cefalópodos, no solo para los pulpos.

Vuelvo a cerrar el acuario con mucho cuidado. Esta tapa es el orgullo de mis inventos. Los pulpos no tienen huesos, así que hasta un espécimen de doscientos cincuenta kilos podría colarse por una abertura del tamaño de una moneda de cinco céntimos. Básicamente, si cabe el pico, el resto del pulpo también cabrá.

Miro a Piquito divirtiéndose con el vibrador, y una parte de mí se pregunta si podría estar usándolo igual que lo haría un humano: para masturbarse.

Es posible, pero improbable, y no solo porque Piquito es macho.

La reproducción de los pulpos es tan fascinante como rara. Primero está lo de sus extrañas cañerías. En vez de tener un pene, el pulpo macho tiene un brazo especializado llamado hectocótilo. Durante el apareamiento, este brazo se introduce en uno de los dos sifones del manto de la hembra, un orificio que sirve también para respirar, expulsar desechos, y soltar agua a chorro cuando el pulpo quiere nadar o fastidiar a mi ex novio.

En segundo lugar, está el canibalismo sexual, que normalmente llevan a cabo las hembras más grandes. A veces los machos resultan estrangulados durante el acto sexual, y otras veces justo después. Algunos machos incluso eligen sacrificar su brazo de apareamiento entero a la hembra para poder escapar. Esa sí que es una fuga tremenda.

Y bueno, si yo hubiese sido un pulpo y más grande que mi ex, también le habría estrangulado por menospreciarme y decirme qué podía ponerme y qué no… aunque no me lo habría comido. Por otra parte, yo no me paso todo el tiempo nadando por ahí muerta de hambre.

Con sus brazos rodeando el vibrador, Piquito apaga la vibración y luego vuelve a encenderla.

Entonces encuentra el modo de pulso y lo deja ahí.

—¡Que te diviertas! —le deseo—. Yo me voy a dormir.

Has de saber que esta última ofrenda nos ha agradado enormemente, ente-sacerdotisa. Es como se sentiría uno al abrazar el poderoso hectocótilo de Cthulhu, benditas sean sus alas.

Lo primero es lo primero: compruebo si puedo evitar que el sol de la mañana entre por la ventana. Pues no. Las cortinas son más decorativas que funcionales. Vale. Me embadurno la cara y el cuello de protector solar y luego apago las luces y me meto debajo de la manta.

Mmm. Después de quedarme sin vibrador, solo me queda una opción: a mano, en plan vieja escuela.

Hago un esfuerzo de voluntad por alejar a Oliver de mi mente y meto la mano debajo de la manta.

Caca de carpa.

Cuando me toco, las imágenes de los dedos, y del Aqua-manubrio, de Oliver se cuelan en mi mente a intervalos regulares, haciendo que todo el proceso se vuelva más sexy. Supongo que me gusta ser una chica traviesa y sucia que hace lo que no debería hacer.

Solo después de correrme maldigo mi imaginación traicionera.

Lo peor es que, a pesar del orgasmo, no puedo dormirme. La inminente conversación con el Dr. Jones vuelve a ocupar el escenario central en mi cabeza.

Grr. Tendría que haber hecho algo de ejercicio físico para cansarme antes de irme a la cama. Al parecer, masturbarme por odio no es suficiente.

Desesperada, me pongo a contar pulpos mentalmente y caigo en algún punto después de los mil trescientos.

Al día siguiente, al llegar al trabajo estoy grogui.

Para despejarme, reflexiono sobre el desafío más grande de mi carrera: proporcionar entretenimiento a las estrellas de mar.

Me rasco la cabeza.

¿Qué puede resultarle divertido a una criatura que carece de sangre, se mueve mediante pequeños piececitos tubulares y come empujando su estómago por la boca.

Para empezar, podría hacer que la mitad del acuario de las estrellas de mar estuviese más oscuro y dejar la otra mitad expuesta a la luz. Estas criaturas tienen ojos en las puntas de sus brazos y me imagino que si tienes ojos, puedes encontrar divertidos los estímulos visuales.

Estoy justo a la mitad de mi pequeño proyecto cuando oigo carraspear a alguien.

—Hola —le digo a Aruba, levantando la vista—. Estaba pensando en formas de enriquecer el hábitat de las estrellas de mar.

Ella arruga la nariz.

—¿Tienen los delfines pinta de aburridos hoy? —pregunto.

Ella menea la cabeza con vehemencia.

—La Sra. Aberdeen me ha enviado a buscarte. Tiene una tarea urgente para ti de parte del mismísimo Dr. Jones.

El aire de reverencia con el que pronuncia el nombre Dr. Jones me hace encogerme por dentro.

—Gracias —le digo. Iré en un segundo.

Con un gesto de asentimiento satisfecho, ella se gira sobre sus talones y se va dando grandes zancadas.

—Volveré —les prometo a las estrellas de mar, y me encamino a la oficina de Rose.

—Tu máxima prioridad van a ser los manatíes —dice Rose a modo de saludo en cuanto entro en su despacho.

—¿Ah, sí?

—El Dr. Jones cree que están al borde de la

depresión, y nuestras técnicas habituales para enriquecer su hábitat no parecen estar funcionando.

Me imagino al veleidoso Dr. Jones como Davy Jones de los Piratas del Caribe de nuevo, acariciándose la barba de pulpo y poniendo un gesto muy serio al descubrir el estado la cuestión de los manatíes.

Me seco las manos en mis pantalones cortos color caqui.

—¿Qué estáis haciendo por ellos ahora mismo?

Ella me pasa un documento.

—Está todo ahí. Mi actividad favorita fue cuando metimos kale en una calabaza vaciada y colocamos eso en la punta de un tubo metálico. Les encantó, igual que usar un tubo con brócoli saliendo de él.

—Animarles a que busquen su alimento es genial. — Leo rápidamente la lista —. Déjame ver si puedo llevar las cosas al siguiente nivel.

—¡Estupendo!—dice ella—. Eso te irá bien para cuando hables con el Dr. Jones mañana. Es un gran fan de los manatíes.

Suelto una risita.

—¿Así que debería hacerle la pelota hablando de manatíes?

Ella me mira a los ojos con gesto serio.

—Necesitarás toda la ayuda que puedas conseguir. Aruba acaba de enviar un correo proponiendo que le hagamos un monumento conmemorativo a Flipper, lo que sin duda le habrá recordado ese terrible asunto al Dr. Jones.

Caca de carpa. Y yo fui quien le recordó a Aruba ese incidente preguntándole por los pulpos.

Me levanto.

—Vale, si me necesitas, estaré donde los manatíes.

Ella me dice adiós con la mano y yo voy hasta ese hábitat, poniéndome otra vez protector solar por el camino.

Mi teléfono emite un sonidito.

Ah. Un mensaje de Lemon... y puedo imaginarme lo que va a decir.

Hola hierbanita, ¿cómo tetas va?

Sonriendo, le respondo:

Mis tetas van bien, gracias por preguntar, pero no me siento muy vegetal o herbácea esta mañana.

La respuesta es instantánea:

¡Punto de pollas de autocorrerse!

Yo suelto un resoplido. Mi autocorrector también ha estado haciendo cosas raras últimamente, ¡pero el suyo parece estar yendo por la senda del mal!

¿Querías decir «puto gilipollas de autocorrector»?

Ella responde afirmativamente con un icono de pulgar hacia arriba y añade *Quería decirte que Fabuloso y yo llegaremos al clímax esta noche.*

Esto se está poniendo cada vez mejor.

Por Fabuloso, ¿querías decir Fabio? y por llegar al clímax ¿querías decir llegar aquí a Florida?

Fabio es gay, así que es improbable que llegue a ningún clímax, ni cerca de ella, ni de ninguna hembra.

Ella responde con una ristra indescifrable de palabras malsonantes dirigidas a su autocorrector, algunas de las cuales se autocorrigen a un discurso ininteligible.

Parece que ya nos veremos cuando llegues.

Me guardo el móvil y miro a mi alrededor.

El estanque de los manatíes es inmenso, como debe ser. Esos dulces gigantones pesan más de una tonelada y necesitan espacio.

Busco un sitio a la sombra y les observo, cada vez más fascinada. Aunque yo no sea una loquera como Rose, estos animales no me parecen estar deprimidos, solo aburridos. Se están divirtiendo haciendo la croqueta en el agua y surfeando... la visión más adorable del mundo dejando aparte la de mi pulpo cambiando de colores.

Saco el móvil y complemento lo que ya sé de estas criaturas con un poco de investigación online, centrándome específicamente en esta rama de la familia: el manatí de Florida o *Trichechus manatus latirostris*. Por supuesto, son mamíferos marinos. Y en realidad, son primos lejanos de los elefantes, lo que es guay.

¿Y si probara a enriquecer su hábitat con lo mismo que se utiliza con los elefantes? A los elefantes les gusta jugar con neumáticos y balones gigantes, por ejemplo.

¿Qué más? Oh, sí, claro. Se comen el diez por ciento de su tremendo peso corporal en forma de algas marinas. Genial. Eso me proporciona millones de oportunidades de hacer que les resulte más divertido alimentarse... algo que la gente de aquí ha descubierto ya. Algunos artículos se refieren a los manatíes como vacas marinas... lo que suena un poco como meterse con ellos por su peso, aunque tal vez sea una referencia a toda la verdura que comen y a su amable personalidad.

Un hecho curioso útil es que les gusta el agua templada.

¿Y si instalara un aparato que les rociara con un chorro de agua extra-templada cada vez que pulsaran un botón? Mejor aún, ¿podría construirles un jacuzzi? Suena caro, pero si al Dr. Jones le gustan tanto, ¿podría soltar la pasta para ese capricho?

Otra información útil: a pesar de sus ojos y orejas relativamente pequeños, tienen una vista y un oído excelentes. ¿Les gustaría ver la tele? Apuesto que sí, especialmente si les encuentro contenidos interesantes, como un programa sobre el entorno marino o un show de cocina orientado a las ensaladas, o el vídeo ese del *Gangnam Style* en bucle. De nuevo, el precio podría suponer un problema. Una tablet pequeña no serviría para criaturas de este tamaño. Probablemente necesitaríamos hacer una televisión de ochenta y cinco pulgadas a prueba de agua y meterla en el acuario.

Algunos datos sobre los manatíes son fascinantes pero poco útiles. Mi favorito es cómo a veces los confunden con sirenas. Como yo misma soy una aspirante a sirena, eso casi me hace tenerles celos.

El culpable de ese malentendido fue Cristóbal Colón... lo que no es sorprendente para un tío que consiguió confundirse tomando a América por las Indias. Cuando vio tres manatíes cerca de la República

Dominicana, creyó haber visto sirenas, y las describió como «ni la mitad de hermosas que en los cuadros»... Oye, tío, los pobres manatíes no deberían juzgarse en base a los estándares imposibles de belleza del arte del siglo catorce. Quiero decir que las mujeres de esa época se arrancaban el pelo para conseguir esas deseables frentes super-altas que hoy en día las harían salir corriendo a por crecepelo.

Gracias a Dios que las mujeres modernas no están tan locas como para afeitarse la raíz del pelo. Solo nos afeitamos donde es natural que lo hagamos: las axilas, las piernas, la zona del biquini y los dedos de las manos y de los pies.

Pero volvamos a los manatíes. Los manatíes tienen uñas en sus aletas. ¿Y si les hiciésemos una pedicura? No, ya estamos otra vez con los estándares de belleza.

También se sabe que son unas madres muy abnegadas. Mmm. ¿Querrá eso decir que les gustaría jugar con un bebé manatí de juguete? Es posible, suponiendo que pueda encontrar un juguete sumergible del tamaño adecuado.

Tomo nota de esas ideas y de otras que se me van ocurriendo a lo largo del día.

―――

Al volver a casa esa noche, miro primero en la cocina para asegurarme de que Oliver no anda otra vez por allí.

Pues no. Esta vez estamos solo los tres para cenar...

y no estoy segura de si me siento aliviada o decepcionada.

Según vamos terminando con la cena, yo empiezo a preocuparme por pensar en algún plan preventivo para no pasarme otra noche sin dormir... es decir, hasta que recuerdo mi idea de hacer ejercicio para agotarme.

Sí. Llevo unos cuantos días en Florida pero todavía no he tenido ocasión de nadar. Lo que es más importante, todavía no he usado mi traje de sirena... algo que me apetece hacer todavía más después de haber trabajado con esos manatíes que se parecen a las sirenas.

Cuanto más lo pienso, más me gusta la idea. El sol ya se ha puesto, así que solo necesitaré una pequeña capa de protector solar. Y ahora no debería haber nadie en la playa, así que no tendré que dar ninguna explicación por lo de ir de sirena.

En cuanto terminamos de cenar, me pongo mi biquini y un pareo por encima, y meto mi cola de sirena en su bolsa especial: un estuche de guitarra reconvertido. Ir andando por ahí con eso puesto es demasiado difícil hasta para una sirena pro como yo.

—Alcaparrilla —me detiene el abuelo con gesto serio mientras yo abro la puerta del garaje —. ¿Adónde vas?

Bajo la mirada hasta mi bañador apenas cubierto.

—A la playa.

—Ya veo —dice él—. Voy contigo.

—No —Reafirmo mi intención negando con vehemencia con la cabeza. Todavía no estoy preparada para salir del armario como sirena delante de mi familia.

Él saca una escopeta de no se sabe dónde.

—En ese caso, llévate esto.

Pestañeo varias veces.

—Abuelo, voy a una playa privada de una urbanización cerrada.

Él entorna los ojos.

—Llévatelo o te prohibiré ir.

—No puedes prohibírmelo. Soy una adulta.

Sus pobladas cejas se juntan en medio.

—Pues no estás actuando como tal.

—¿Porque me niego a liquidar a nadie con una escopeta?

Él suspira.

—¿Y si la cargo con cartuchos de esos tipo bean bags, de los que llevan perdigones?

Yo inclino la cabeza.

—¿De qué?

Saca los cartuchos del rifle y los reemplaza por otros distintos con un rápido movimiento.

—Los cartuchos bean bag son una munición especial no letal. Es lo que emplea la policía cuando hay disturbios. Tumbarían a tu atacante, pero lo dejarían con vida. Normalmente.

Yo clavo los ojos en la estúpida escopeta.

—¿Es legal que yo la lleve?

Él me pone esa cosa en las manos.

—¿A quién le importa eso? No habrá nadie en esa playa que te pueda meter en problemas.

—¿Entonces qué sentido tiene llevar un arma si no va a haber nadie allí? —murmuro. Pero él ya se ha esfumado.

Con un suspiro, meto la escopeta en la bolsa de mi cola de sirena y salgo. Un breve paseo después, estoy en la playa, que está tan vacía como cabía esperar. La mar está picada esta noche, pero yo nado muy bien y no suele haber corrientes de resaca por aquí.

Natación estilo sirena, allá voy.

CAPÍTULO
Seis

Como me pasa muchas veces cuando estoy a punto de hacer esto, siento una emoción agitarse en mi estómago que me recuerda a cómo se comportan las pirañas hambrientas cuando les lanzas un jugoso trozo de carne cruda.

Me encanta nadar vestida de sirena, pero hay dos razones por las cuales no lo hago más a menudo. La más obvia es que no todo el mundo comprende eso de llevar una cola, y el menos obvio es que por alguna razón, hacer esto me pone cachonda. Y quiero decir, *muy* cachonda... casi tanto como ver a Oliver el otro día. No tengo ni idea de por qué, y no tengo intención de ir a ver a un terapeuta para averiguarlo.

Me quito las chanclas y las llevo en la mano mientras la arena todavía cálida se aplasta agradablemente bajo los dedos de mis pies. Me detengo lo bastante lejos de donde rompen las olas para asegurarme de que mis cosas no salen flotando, quito el envoltorio y saco la cola.

Maldita sea. ¿Es posible ser todavía más rarita? Ya solo meter las piernas dentro del tejido impermeable de la cola supone una experiencia extremadamente sensual... igual que ponerme lencería sexi multiplicado por mil.

Ignoro mi libido, me coloco bien la cola y me debato decidiendo cuál será la mejor manera de meterme en el agua. Mis opciones son: a saltitos, a gatas o caminando con pequeños pasitos como alguien a punto de hacerse caca encima. Cuando asistí a una clase de aprender a nadar como una sirena, la hicieron en una piscina, así que nos arrastramos hasta el agua por temas de seguridad. En este caso, dado que de perder el equilibrio caería sobre la arena blanca, decido ir dando saltitos, ya que eso me llevará más rápido a mi destino.

Doy un saltito y luego otro. Para el cuarto, ya siento la fresca humedad del océano Atlántico a través de mi cola, y entonces es cuando una ola me hace tropezar y caer a plomo en el agua.

Con una risita, recupero el equilibrio y empiezo a nadar utilizando la parte de abajo de mi cuerpo según me enseñaron, con la cola y los brazos empujando contra el agua.

Allá vamos. Me siento ingrávida y libre, es como probar el sabor de la niñez... al menos si ignoro lo locamente salida que estoy.

Después haber hecho suficiente ejercicio, puede que

me baje un poco la cola y pase algún tiempo de calidad con mi wunderpus. Nadie se enteraría.

Un momento. ¿Qué es ese ruido?

Miro hacia la costa.

No parece haber nadie allí. Aun así, puede que deje lo de pulir mi perla para cuando me meta en la cama. Por ahora, solo nado y nado hasta que me duelen los músculos del vientre.

Vale. Suficiente. Vuelvo a la costa con la luz de la luna iluminándome el camino. Cuando el agua es lo bastante poco profunda, me pongo en pie sobre mi cola y doy un saltito, pero una ola me tumba.

Vale.

Empiezo moverme, medio nadando y medio gateando, y ya estoy casi fuera del alcance del oleaje cuando me llega una nueva ola, que arrastra *algo*.

Entorno los ojos para ver mejor, catalogando mentalmente todas las especies de tiburones nativas de Florida.

¡Fiuu!

No se trata de ningún tiburón. Cuando el agua se retira, distingo una tabla de surf con un hombre encima.

Y no un hombre cualquiera.

Oliver.

Vestido solo con un bañador.

CAPÍTULO
Siete

EL TIEMPO se ralentiza mientras yo observo con los ojos muy abiertos y la boca haciéndoseme agua como los músculos de Oliver resplandecen a la luz de la luna. Me imagino que este es el aspecto que tendría Poseidón al emerger del agua con sus largos cabellos húmedos descendiendo por sus labios poderosos. ¿O Aquaman? Sí, decididamente Aquaman. El parecido es tan grande casi me espero que la tabla de surf que tiene debajo se convierta en el Karathen.

Él también me ve, y un gesto de sorpresa atraviesa fugaz su rostro.

Mis latidos se hacen el doble de rápidos. No tengo ni idea de qué hacer, así que me quedo como estoy, dejando que el agua oculte mi cola.

—Hola —me dice, deslizándose hacia mí sobre la espuma de las olas. O bien para poder escuchar mi respuesta o para comprobar si mis ovarios explotarán cuando él se aproxime... que es algo que podría ocurrir.

—Sigue nadando.

Sí, acabo de soltarle eso. En mi defensa diré que ya estaba salida por lo de la cola de sirena. La introducción de toda esta belleza casi desnuda en la ecuación hace que sea todo un milagro que mi cerebro funcione lo suficiente como para poder mover mi laringe.

Él se detiene lo bastante cerca como para poder darle un lametón, con la luna bailando en sus ojos. Su voz es grave y profunda.

—¿Quieres que me vaya?

Yo digo que no con la cabeza, obligando a mi cerebro a funcionar.

—No, lo siento. Creo que he visto *Buscando a Dory* demasiadas veces.

Una sonrisita curva sus sexis labios.

—Ya veo... escamitas.

¡La leche, esa es una referencia a Dory! Ahora *tengo* que tirármelo. Y no solo en plan tirármelo por odio además... no cuando es un compañero fan de *Buscando a Dory*.

—Entonces... —Él aparta a un lado su tabla, acercándose más. Sus ojos chispean de hilaridad, aparte de expresar algo más. Algo que me recuerda a cómo me hace sentirme la cola que llevo puesta—. ¿Qué te parece todo esto comparado con las playas de Nueva York?

Estoy tan despistada por las sensaciones que recorren mi cuerpo que me cuesta un segundo procesar sus palabras. Una vez lo hago, mi espalda se tensa.

Si vuelve a ponerse con todo eso de Nueva York contra Florida, al final sí que puede ser un polvo por odio.

—Las playas del extremo de Rockaway son geniales, especialmente para hacer surf. —Pretendo que mis palabras sean cortantes, pero de lo que estoy corta es de aliento y así suenan, faltas de él. Me paso la lengua por los labios, notando el sabor a sal del océano.

Él mira mis labios y sus fosas nasales se expanden de golpe.

—¿No están cubiertas de nieve la mayor parte del tiempo?

Mis latidos se hacen más intensos y siento la atracción de una marea tirar de mí hacia él, igual que en el porche de mis abuelos. Mi voz todavía se hace más entrecortada.

—Nieve o no nieve, allí hay surfistas, con trajes de neopreno cuando hace falta. Comparados con ellos, los surfistas de Florida son unos nenazas.

Hablando de trajes y de humedades: es un milagro que mi cola de sirena no se me haya resbalado y caído espontáneamente de mi cuerpo.

Él se inclina hacia mí y su voz se hace más profunda.

—¡Qué neoyorquina eres!

¡Se acabó! ¡No puedo contenerme más!

Le agarro por la nuca y tiro de él hacia mí.

Nuestras bocas chocan como dos olas perdidas. Absorbo las sensaciones, como como si yo fuera un diminuto barco en medio de un huracán. Sus labios son suaves y deliciosos, su cara sin afeitar ligeramente áspera. Su aroma es inseparable del océano, e igual de embriagador. Sus manos grandes y cálidas recorren mi espalda mientras yo deslizo una de las mías por sus abdominales y le agarro el pelo húmedo con la otra, arañando su cabeza con mis uñas. Él gruñe y me besa más profundo, con la lengua compitiendo en duelo con la mía y explorando hambrienta cada milímetro de mi boca.

Nunca me habían besado así. Es como ser devorada. Consumida. Y yo le consumo a él a mi vez, mientras el calor que hay dentro de mí se identifica hasta que creo que el océano que nos rodea podría arder.

Con un gruñido ronco desde lo profundo de su garganta, él aparta los labios. Su respiración es jadeante y su voz entrecortada.

—¿Qué estamos haciendo?

Sin aliento y mareada por el deseo, yo hago lo que llevo soñando hacer desde la primera vez que le vi. Le meto la mano por debajo del bañador y rodeo con los dedos su impresionantemente grueso y duro como una roca Aqua-manubrio. Mi voz suena igual de ronca que la suya.

—¿Liberar las frustraciones?

Su verga da un saltito en mi mano, endureciéndose todavía más, por imposible que eso parezca, y su voz baja otra octava.

—¿Llevas protección? —Se baja el bañador, mostrando una erección que haría sentirse orgulloso hasta al poderoso Cthulhu.

¿Cuenta como protección una escopeta con munición no letal?

Aturdida, digo que no con la cabeza.

—Estoy limpia y tomo la píldora.

Mi cola parece estar asfixiando a mi wunderpus, manteniendo mis piernas juntas cuando quiero que estén abiertas. Sin pararme a pensarlo, empiezo a retorcerme para quitarme la cola.

Una parte de mí está preocupada por si esto forma parte de alguna clase de trama maquiavélica que Oliver haya maquinado. En vez de convencerme de que le venda a Piquito, tal vez haya decidido que es más sencillo llegar hasta él consiguiéndome a *mí*. Después de todo, las parejas casadas lo comparten todo, hasta los pulpos.

Un momento. ¿Casarnos? Pero en que estoy...

—Yo también estoy limpio —dice él con voz ronca. Luego su mirada se desplaza a la parte inferior de mi cuerpo, que ha quedado expuesta después de que una ola se aleje, y se queda boquiabierto—. ¿Qué cojones...?

Oh, mierda. No tenía intención de salir del armario como sirena delante de él. Solo que ahora ya es demasiado tarde. Levanto la barbilla.

—¿Qué? ¿Nunca habías visto una cola de sirena? —Consigo por fin quitármela y utilizo toda la fuerza de mi brazo para tirarla hacia la orilla, justo fuera del alcance de las olas.

Él imita mi gesto con su bañador y empuja su tabla de surf en la misma dirección, apartándola del oleaje.

—¿Por qué?

—Es una larga... —le froto la polla arriba y abajo—. Historia. ¿Estás seguro de que quieres hablar?

Su respuesta es otro beso devorador que me roba el aliento y hace que la fría y húmeda arena que tengo debajo del trasero me parezca magma.

Un tipo listo.

Me inunda de besos cálidos y mordisquitos por el cuello y la clavícula.

¿He dicho listo? Quería decir todo un genio.

Me quita la parte de arriba del biquini y sus labios descienden hacia mis pechos. Su cálida y húmeda lengua da rápidos lametazos a mis pezones, uno detrás del otro. Siento que estoy a punto de perderme. Jadeando, me pongo encima de él. Sus partes más duras se aprietan contra las mías más blandas, y yo nunca había deseado tantísimo tener algo dentro de mí. Mis pezones podrían perforar el acero y hay suficiente sangre irrigando mi clítoris para haber adquirido la dureza de una perla... mi eufemismo favorito para él.

—¿Preparado? —Jadeo, moviéndome hacia arriba para poder deslizarle donde le necesito.

—Joder, sí —gruñe él, pero entonces se queda paralizado y sus ojos se agrandan.

Caca de carpa. ¿Le habré arañado el pene? Preocupada, me bajo de él mientras él empieza a maldecir como un poseso.

—¿Cuál es el problema?

Él se tumba boca abajo y señala su culo prieto.

—Arde.

¿Le *arde* el culo? Suena como si necesitara a un proctólogo.

Luego lo veo.

Una enorme medusa.

—Es una ortiga de mar —digo, con tono apremiante—. Venenosa.

—Joder. —Vuelve la cabeza por encima del hombro para mirarla—. Tienes razón.

Me levanto de un salto, corro hasta la funda de mi cola de sirena y revuelvo dentro a ver si encuentro algo que pueda utilizar para ayudarle.

Nada.

Bueno, casi nada. Está la escopeta. La cojo y vuelvo corriendo.

Su gesto de dolor se torna uno de confusión.

—¿Pretendes pegarme un tiro?

Pongo los ojos en blanco.

—Pues sí. Imaginé que estaría bien hacer que dejases de sufrir. —Me acerco más—. Quiero utilizar el cañón para apartar a la medusa antes de que te pique más veces y para quitar cualquier tentáculo que puedas llevar pegado. ¿Te parece bien?

Él asiente, haciendo una mueca, y yo me pongo manos a la obra y hago lo que he dicho.

—Puede que tengas nematocistos en la piel, así que no te la toques —le digo, cuando estoy segura de que la medusa ya no va a hacerle más daño.

—¿Entonces qué hago?

—¿Qué tal si te sacamos del agua, por si aparece

otra medusa? —Le ayudo a arrastrarse hasta la orilla—. Déjame echar un vistazo.

Me agacho junto a su trasero y entorno la vista. Oh, chico. Su nalga izquierda no tiene buena pinta en absoluto.

Sin tener claro qué hacer, le soplo en ella con cuidado.

—¿Eso te va bien?

Él aprieta los dientes.

—No, pero si tienes algún cigarrillo supongo que podrías probar a meterme el humo por el culo.

Miro alrededor en busca de su bolsa, pero no la veo.

—¿No te has traído ningún teléfono?

—No. —Con un gruñido, él se levanta sobre sus codos—. ¿No tendrás algo de vinagre?

Me aseguro de que mi escopeta no apunte hacia él para evitar la tentación de utilizarla.

—¿Es eso una puya sobre mi nombre?

—¿De qué coño estás hablando?

Entorno los ojos.

—Ya lo sabes. El aceite de oliva y el vinagre van siempre juntos.

Él frunce el ceño.

—Ahora mismo no me interesa hacer bromitas ni tampoco una ensalada. He oído que el vinagre puede ayudar con este tipo de picotazos.

—Oh. Lo siento. No, no tengo vinagre. ¿Y tú?

—Solo mi tabla de surf. —Vuelve a hacer una mueca—. También he oído que el amoniaco de la orina puede ayudar. Aunque puede que eso sea solo una leyenda urbana.

Yo me echo para atrás.

—Estoy bastante segura de que sí es una leyenda urbana, pero si quieres intentarlo, prometo no mirar.

Él carraspea.

—No puedo exactamente mear en mi propio trasero.

Espera, ¿qué?

Me lo quedo mirando, boquiabierta e incrédula.

—¿Quieres que *yo* te mee encima?

CAPÍTULO
Ocho

—Querer, querer... eso es demasiado decir —gruñe Oliver—. Solo necesito que pare este dolor.

Caca de carpa en carraca. Siento como me arde la cara. Por un lado, está claro que él está herido. Por el otro, todavía no hemos llegado a la fase de hacer lluvias doradas.

Usando las metáforas del béisbol para el sexo, eso nos llevaría de casi llegar a la cuarta base de saltar directamente a la décima... siendo prudentes.

—Vale —me sorprendo oírme decir a mí misma—. Pero no lo disfrutes.

Él me clava una mirada.

—No hay nada que disfrutar en todo esto.

Yo me acerco un poco a él.

—Bueno. No me mires mientras lo hago y después, nunca más volveremos a hablar de esto.

—Trato hecho. —Se coloca tumbado del todo y esconde la cara en sus brazos doblados.

Me acerco con cuidado.

—Tápate los oídos también. No quiero que oigas el chorrito.

Él gime.

—¿Y si canto en voz alta para ahogar el sonido?

—Vale. —Me quito la parte de abajo del biquini y me pongo en cuclillas encima de su trasero—. Eso servirá.

Oliver empieza a cantar con voz de barítono y reconozco la letra de la canción de Led Zeppelin favorita de mi padre: *When the Levee Breaks*.

Genial. Estoy bastante convencida de que esa es la misma canción que mis padres ponían mientras nos enseñaban a las seis a usar el orinal.

En fin. Que empiece la curación.

Solo hay un problema. No puedo hacerlo así, porque alguien me lo pida.

Me esfuerzo, pero no consigo que salga nada. No dejo de preguntarme qué diríamos si alguien apareciera en la playa en este mismo momento. Además, no estoy muy segura de lo bien que puedo dirigir el chorro. Ya es bastante malo que vaya mearme en su culo, pero, ¿y si algo le llega...?

No. No debo tener ningún pensamiento estresante, o jamás conseguiré hacerlo.

Respiro hondo y escucho el oleaje, pero eso tampoco ayuda.

Me imagino cataratas, grifos abiertos, ríos corriendo...

Sigue nadando. Sigue nadando.

Por fin. Empieza... y por fortuna cae más o menos donde debería.

De repente recuerdo a Betsy, la amante de la lechuga. No me puedo creer que me haya olvidado de ella en el fragor del momento. ¿Haría pis Betsy para él de esta manera? ¿Funcionaría su pis alto en vitaminas mejor que el mío?

La canción de Oliver se hace más fuerte y puede que haya un puntito de histeria en ella.

Por mi parte, le doy gracias a Cthulhu por no haber comido espárragos hoy. Y por haberme hidratado bien. A menos que... ¿no estará mi orina demasiado diluida para funcionar como es debido?

Supongo que enseguida lo sabremos.

Cuando termino, me doy cuenta de que no tengo papel. Hago una mueca, me acerco al océano y me limpio con agua de mar. Me siento vagamente violada, aunque haya sido Oliver al que le hayan meado encima y no a mí.

Hablando de Oliver: sigue cantando.

¿No se ha dado cuenta de que he parado?

Vuelvo rápidamente y me pongo la parte de abajo del biquini.

—Oye. ¿Estás mejor?

Él sigue cantando.

Le doy unos suaves golpecitos con el dedo del pie.

Deja de cantar.

—¿Ya has terminado?

—Sí. ¿Debo entender que no has notado ninguna diferencia?

Él levanta la cabeza.

—Sigo sintiendo como si me hubiese quemado con ácido.

¡Que me muerda una carpa!

—¿Tal vez es que mi orina está demasiado diluida? O eso, o es que todo esto sí que es un mito urbano, después de todo.

Él aprieta los dientes, se pone a cuatro patas, y yo le ayudo a levantase del todo.

Aun herido y con mi pis encima, tiene un aspecto glorioso en su desnudez, y aunque su Aqua-manubrio ya no está tan duro, continúa siendo bastante grande.

—Creo que me iré a casa y me pondré un poco de vinagre —murmura.

—Una idea inteligente. —Cojo su bañador y se lo alcanzo.

Él lo mira y hace una mueca.

—No puedo.

Yo pestañeo.

—¿No puedes qué?

—Me dolería demasiado tener tela rozándome ahí.

Yo casi me doy una palmada en la frente con su bañador y todo.

—Por supuesto, pero... ¿cuál es la alternativa?

—Ir a casa andando tal cual.

—¿Desnudo? —grito. Bajo el volumen y pregunto—: ¿No te arrestarán?

Él se encoge de hombros.

—Ya es de noche y volveré de una playa privada y atravesando una urbanización privada.

Suelto un resoplido.

—Tener problemas legales es lo último que necesitas ahora mismo. ¿Qué tal esto?: tú sostienes el bañador tapándote por delante y yo te cubro el trasero con la tabla de surf.

Él me quita el bañador de la mano.

—Vale. Vamos.

Yo cojo mi cola mojada y la meto junto con la escopeta en la funda de guitarra. Me la cuelgo del hombro, cojo la tabla de surf y la sostengo por delante de mí. Volvemos así, conmigo tapándole por detrás y haciendo todo lo posible por no quedarme mirando sus glúteos firmes y musculosos mientras camina... lo que resulta ser todo un reto.

Cuando nos acercamos a nuestro destino, les rezo a Cthulhu y a todos sus compañeros Antiguos porque mis abuelos no me pillen llevando a casa a un tío desnudo. Jamás dejarían de darme la lata con eso.

Por fin alcanzamos la puerta de su garaje.

Él aparta su trasero de mí mientras sigue tapándose con el bañador. Su voz es ronca.

—Gracias por hacer esto.

Yo dejo la tabla de surf en el suelo.

—¿Necesitas ayuda para ponerte el vinagre?

—Yo me apaño. —Como dándose cuenta de que sus palabras le han salido un poco secas, me dedica una sonrisa forzada—. Eres demasiado amable.

Yo sonrío.

—¿Para ser neoyorquina, quieres decir?

Su sonrisa se torna traviesa.

—Perdona por todo eso. Ahora voy a salir corriendo, si no te importa.

Ah, vale. Le estoy impidiendo que se trate el dolor.

Debería simplemente darme la vuelta e irme, pero las palabras me salen solas:

—¿Podrías mandarme un mensaje cuando te encuentres mejor?

Si no, voy a pasarme toda la noche preocupada por él.

—Claro —me dice—. ¿Cuál es tu número?

Se lo digo, y él lo repite unas cuantas veces en voz alta para memorizarlo. Se da la vuelta, teclea un código en un dispositivo que hay junto a la puerta del garaje y cuando esta se abre, se despide con la mano y entra dentro.

Desubicada, pero a la vez extrañamente exultante, yo también me voy hacia mi casa.

CAPÍTULO
Nueve

Mientras me ducho y me preparo para acostarme como cada día, reproduzco en mi mente todo lo que ha ocurrido.

Casi me acuesto con Oliver... algo que puede hacer que te estalle la cabeza.

Me he meado encima de él... algo que hace que te rasques la cabeza.

Resultado final: estoy más salida que una manada de chicos adolescentes en una convención de porno.

Bueno, la masturbación se está convirtiendo rápidamente en mi herramienta para poder dormir, así que está eso. Un orgasmo lo bastante potente podría reducir mi ansiedad sobre la cita de mañana con el Dr. Jones... y poner en barbecho cuestiones tales como: ¿qué ocurrirá la próxima vez que vea a Oliver?

Hablando de Oliver, ¿cómo estará?

Localizo mi teléfono y veo un mensaje de un número nuevo.

Hola, soy Oliver. El vinagre ha funcionado. Gracias por tu ayuda de antes.

Guardo su número y contesto con:

De nada. Que pases buena noche.

Me siento flotar al darme cuenta de que puedo volver a escribirle mañana... solo para saber cómo se encuentra, por supuesto, pero si eso nos conduce a otra cosa...

Vale, decididamente necesito quemar algo de esta energía sexual o puede que le haga una llamada para tener sexo telefónico *esta noche*. Después de todo, hay cantidad de posiciones que no pondrían su trasero en riesgo.

Mmm. Eso me ha sonado un poco mal.

Antes de ocuparme de mí misma, me acerco a abrazar a Piquito.

¡Vaya! Está enroscado alrededor de su vibrador, pero la cosa ya no vibra.

—Si me lo devuelves, te lo cargo —le digo, abriendo el acuario—. No se me ha ocurrido aún como cargarlo estando dentro del agua.

Ni siquiera estoy segura de que me entienda, ni de si es que ya se ha aburrido del juguete en este punto, pero en cuanto la tapa se abre, él lo lanza fuera.

Devuélvele la vida al Cetro, ente-sacerdotisa, o siente todo el poder de nuestra terrible furia.

—Lo haré después del abracito —le digo, estirando el brazo hacia él.

Piquito me «besa» con sus ventosas como siempre y, esta vez, no me roba nada. Al menos, no que yo sepa.

—Mañana sabré si te vamos a conseguir un acuario mejor —le digo mientras vuelvo a sellar la tapa.

Le veo mirando fijamente al vibrador que hay en el suelo, así que saco el cargador, lo enchufo al juguete y lo dejo cerca del acuario para que sepa que está casi a su alcance.

El vibrador empieza a mostrar una luz LED azul parpadeante que indica que se está cargando. Piquito la mira como hipnotizado y luego hace que uno de sus brazos se vuelva azul.

Vale. Ahora vamos a por un poco de tiempo de calidad conmigo misma. Apago las luces, pero antes de que pueda quitarme el pijama, suena el timbre de la puerta.

Mi pulso se acelera.

¿Se habrá recuperado Oliver lo suficiente como para venir y terminar lo que hemos empezado?

Luego caigo en la cuenta.

Lemon me dijo que ella y Fabio iban a llegar hoy. Caca de carpa. ¿Cómo he podido olvidarlo?

Vuelvo a encender la luz, me pongo una bata encima del pijama y salgo del cuarto.

Así es. La abuela ya está besando a Fabio en la mejilla mientras el abuelo abraza a Lemon.

—Deberíais haberme dejado que os recogiera —dice el abuelo cuando suelta a mi hermana idéntica y estrecha la mano de Fabio.

—Me alegro de no haberlo hecho. —Lemon abraza a la abuela—. Nuestro vuelo llegó con retraso.

Al verme, Fabio resopla:

—¿Otra más? ¿Cuál eres tú?

Pongo los ojos en blanco.

—Olive. Ya sabes, ¿la que te dijo que había conseguido un trabajo en Florida?

La abuela hace un chasquido de desaprobación con los dientes.

—Pensaba que eras el mejor amigo de todas mis nietas.

Fabio hace un gesto teatral y se pasa la mano por su elegante pelo.

—Lo soy, pero eso no significa que tenga que seguirles el rastro hasta a las olivas que escapan rodando...

Yo gimo. Cuando Fabio no está contando chistes más viejos que mis abuelos, le encanta meterse con nuestros nombres. En el instituto lo hacía tanto que yo empecé a usar maquillaje en polvo para que mi frente estuviese mate con la esperanza de evitar los chistes de «oliva aceitosa». Y, al menos a cierto nivel, pienso que perdí la virginidad para parar las variaciones de chistes de «virgen extra».

—¿Tenéis hambre, chicos? —pregunta la abuela.

—Hemos comido en el avión —dice Fabio.

La abuela mira al abuelo.

—¿No nos ha quedado algo de esa tarta de queso? Ya sabes lo mucho que a Lemon le gustan los dulces.

El abuelo sonríe a Fabio, por algún motivo.

—Lo siento. Nos lo hemos comido todo, no hemos dejado ni los huesos de las olivas.

Ignorando nuestros gemidos, los dos hombres se

chocan los cinco.

Lemon hace un puchero.

—Me gustan los dulces igual que a todo el mundo.

—Claro. Lo mismo que aquí, a la novia de Popeye —Fabio me señala con la cabeza—, le gustan los pulpos igual que a todo el mundo.

Yo me cruzo de brazos.

—Me parto, ja, ja. La novia de Popeye, Olive Oyl. Eres tronchante.

—Perdón. —Fabio dibuja un corazón en el aire—. «Olive you»

Con ese mal chiste que distorsiona la frase inglesa I love you, alcanza mi límite. Le pellizco el bíceps, lo que le hace chillar.

La abuela menea la cabeza.

—Dejad de actuar como críos y decidid quién duerme donde.

—¡Me pido la cama del cuarto de invitados! —gritan Lemon y Fabio al unísono.

Yo sonrío igual que el Grinch.

—Entonces... ¿no os importará compartir el cuarto con mi pulpo?

—¡Pues me pido el sofá! —grita Fabio.

Los hombros de Lemon se vienen abajo en gesto de derrota.

—Supongo que me quedo con la cama plegable.

—Lo siento —dice el abuelo—. El listo de tu padre no sé cómo consiguió cargársela mientras me daba un mensaje que yo no le pedí la última vez que me visitaron él y tu madre.

Vale. Hay muchas cosas que sobreentender de esa frase. Solo me alegro que el abuelo no le pegase un tiro a papá por el mencionado masaje.

—Supongo que las hermanas Hyman van a celebrar una fiesta de pijamas —dice Fabio, y se aleja unos pasitos para quedar fuera del alcance de los pellizcos—. Cuando la vida te da limones y todo eso...

Lemon intenta darle un manotazo pero no acierta.

Ignorándola, Fabio se vuelve hacia mí.

—¿Tú sigues igual con lo del protector solar?

Yo inclino la cabeza a un lado.

—No te lo tomes como una amenaza, pero hoy el abuelo me ha dado una escopeta.

Fabio pone cara de inocente.

—Solo iba a decir que tendrías que darle un poquito a Lemon. Si no se la pone, se pela todo el tiempo.

Lemon se lanza hacia él de un salto y el sale corriendo y chillando.

—¡Estaré en el cuarto de invitados! —grito al aire, a nadie en particular.

El abuelo y la abuela me desean buenas noches y yo vuelvo al dormitorio y me meto en la cama.

Lemon se reúne conmigo enseguida. Se acurruca contra mí en el lado derecho de la cama, tan lejos como le es posible del acuario de Piquito.

—Buenas noches —le digo, apagando la luz.

—Buenas noches, hermanita.

Suspiro y le doy un puñetazo a mi almohada.

¡Adiós a ese orgasmo!

CAPÍTULO
Diez

Vuelvo a despertarme con el sol dándome en la cara.

¡Puto Estado del sol! Me olvidé por completo de ponerme protector solar antes de irme a la cama.

Y por cierto, ¿dónde está Lemon?

Me levanto de un salto y me dirijo al baño para ponerme una triple capa de protección antes de vestirme para ir al trabajo.

Hoy voy a conocer al Dr. Jones.

Al salir del cuarto de invitados, escucho una música conocida que viene del cuarto de estar, así que voy hacia allí.

La abuela y Lemon están sentadas delante de la tele, viendo ballet. A juzgar por la música, se trata de *El lago de los cisnes*. La reconozco por esa película en la que sale Natalie Portman.

Mi hermana Blue tiene suerte de no estar aquí para verla. Ver personas haciendo de pájaros seguramente haría que se le salieran los sesos por las orejas.

Ellas dos están desayunando. La abuela le da bocados a un bagel, mientras que Lemon está devorando unos cereales que se parecen sospechosamente a unas galletas con pepitas de chocolate sumergidas en leche con cacao... todo espolvoreado con azúcar glas.

—¿Ese es él? —La abuela señala a un bailarín en la pantalla.

—Sí —dice Lemon con aire soñador, tragándose sus babas—. Le llamo «el ruso».

Una referencia a *Sexo en Nueva York*, por supuesto. Esa serie le gusta incluso más de lo que le gustan los dulces... lo que ya es decir, viendo como ahora mismo está a punto de, o bien coger diabetes, o bien convertirse en uno de los elfos de Papá Noel.

La abuela hace un gruñidito de aprobación.

—Puedo verle el atractivo.

Y yo también. El tío tiene los rasgos cincelados y el mejor par de piernas de la historia de los apéndices corporales. Pero lo que es hasta mejor es ese paquete que marcan sus mallas. Casi me hace preguntarme si esto no será algún tipo de porno.

Bueno, es mejor pillar a la abuela viendo esto que unos tentáculos de color púrpura.

Me aclaro la garganta.

—Buenos días.

Lemon se vuelve a mirarme.

—Hola, dormilona. He intentado despertarte sacudiéndote cuando me he levantado, pero estabas roque.

La abuela sonríe con aire travieso.

—No cabe duda que soñando con el vecino.

Lemon pone el ballet en pausa.

—¿Ese que anoche se paseaba por ahí en pelotas?

Oh, caca de carpa.

—¿Cómo sabes eso?

La sonrisa de la abuela se hace más amplia.

—Los jubilados son unos cotillas. Os vio una señora que paseaba a su perro y se lo contó a una amiga, que me lo contó a mí.

—Corriendo tras un tío en pelotas. —Lemon hace gestos con su cuchara—. ¡Estás hecha toda una Samantha!

—No corría tras él y no es lo que creéis que es. —Entre dientes, murmuro—: Por desgracia.

—¿Qué es lo que creemos que es? —pregunta la abuela.

—Estoy muerta de hambre —digo—. Y no puedo llegar tarde al trabajo.

—Vale. Déjame que te alimente. —La abuela sale disparada hacia la cocina y Lemon y yo la seguimos.

Cuando me encuentro con una tortilla delante, les cuento una versión de los acontecimientos de la noche pasada que no incluye la cola de sirena.

Lemon me mira con los ojos como platos.

—¿Le hiciste una lluvia dorada? —Luego su gesto se agria—. Como cuando Carrie estaba saliendo con aquel político.

La abuela le lanza una mirada severa.

—Nadie avergüenza a nadie por sus perversiones sexuales en esta casa.

Las fulmino a las dos con la mirada.

—No fue ninguna perversión. Le estaba doliendo mucho.

Lemon sonríe.

—Claro. Por supuesto. Eso es lo que siempre dicen. «¡Oh, no mis pobres pelotas moradas de contenerse! ¡Oh, no, una picadura de medusa!».

Para evitar decir algo poco agradable, me lleno la boca de huevos y me tomo un largo minuto para masticar y tragar, mientras la abuela le describe Oliver a Lemon empleando adjetivos como «para comérselo de bueno» «para que se te hagan las bragas gaseosa».

—¿Por qué te has levantado tan temprano? —pregunto a Lemon, con la esperanza de que cambiemos de tema.

—Vamos a la playa —responden Lemon y la abuela al unísono.

—Ah. Tempranito mientras el índice de radiación ultravioleta todavía es bajo. Una idea inteligente. —Saco mi protector solar y lo pongo encima de la mesa—. Aseguraos de utilizar esto. Las dos.

Lemon abre el tubo y lo huele.

—¡Qué asco! Demasiado apestoso.

La abuela y yo intercambiamos miradas divertidas. El sentido del olfato de Lemon es legendario en nuestra familia... podría arrasar con el de los perros y los cerdos truferos hasta estando debajo del agua. Hablando de agua, la criatura acuática que no recibe el crédito que merecería por su asombroso sentido del olfato es el tiburón. El tiburón limón, en particular, puede detectar hasta la más mínima cantidad de sangre en el agua, un hecho curioso que usaré para meterme con mi dulce hermanita en algún momento oportuno.

—¿Dónde está Fabio? —pregunto—. ¿Y, ya puestos, el abuelo?

Lemon pone los ojos en blanco.

—Se han ido a la galería de tiro.

—¿No odiaba Fabio las armas? —Me meto el último pedazo de tortilla en la boca.

Ella suspira.

—No cuando está con el abuelo.

¿Con el abuelo? ¿Qué narices significa eso?

La abuela suelta una risita.

—El chico está un poco enamorado. Pero claro, ¿podrías culparle?

Puaj. Las miro con la boca abierta.

—Sí, demonios, sí que lo puedo culpar. ¡Es nuestro abuelo!

—Sí, y además resulta bastante vomitivo verlos —susurra Lemon—. Podría jurar que los apelativos «oso polar» y «papaíto» han sido usados para referirse al abuelo.

Yo me levanto.

—¡Por el amor de Cthulhu! Por favor, no me expliques qué quiere decir ninguno de ellos.

———

Es un milagro que no me multen por exceso de velocidad de camino al trabajo. Mirando el lado positivo, no voy a llegar tarde para mi cita con el Dr. Jones. Sin embargo, he sudado tanto por el calor y por la ansiedad que necesito cambiarme de ropa.

Tengo unos minutos antes de la reunión, así que corro a la oficina de Rose y le pido un nuevo uniforme.

—Toma. —Me pasa una pila de ellos—. Aquí hay cinco más.

¿Ando por ahí tan sudorosa que ella cree que necesito todos esos?

—Gracias —le digo.

—Buena suerte —me desea, pero con un tono que me hace preocuparme todavía más sobre conocer al gran jefe.

Con un apresurado «gracias», corro hacia el baño de señoras y me cambio. Solo me ha sobrado un minuto antes de llamar a la puerta de la oficina del Dr. Jones.

—¿Señorita Hyman? —pregunta una voz, apagada por la puerta.

—Presente.

¡Caca de carpa! ¿Por qué habré dicho eso? No está pasando lista en clase.

—Por favor, pasa.

Entro en el despacho con las rodillas ligeramente inestables.

—¿Tú? —exclama una conocida voz masculina—: ¿Qué estás haciendo aquí?

La luz que se refleja en los rasgos del Dr. Jones

penetra en mis retinas y es absorbida por mis células fotorreceptoras. Luego una señal electroquímica se pone a dar vueltas como una noria hasta que el centro de la visión de mi cerebro se ajusta para mostrarme algo que no debería ser cierto.

Se me seca la boca al tiempo que mi ritmo cardíaco alcanza la estratosfera.

El Dr. Jones es el hombre con el que casi me acuesto anoche.

El Dr. Jones es Oliver.

CAPÍTULO
Once

ÉL ME MIRA con idéntico gesto de estupefacción.

A diferencia de las otras veces que le he visto, lleva su larga cabellera recogida en un moño, pero no hay duda de que es su pelo. Ni de que él es él.

Una vez haces pis sobre el trasero de alguien, ya no te olvidas nunca de su cara. Ni de su trasero.

Además, lleva la misma ropa que llevaba en la cena con mis abuelos: una camisa blanca de manga corta y unos pantalones color caqui. Que, ahora que lo pienso, parece un modelo casi idéntico a mi uniforme, solo que con pantalones largos en vez de cortos. Los pantalones largos deben de ser cosa de ser el jefe... más dignos, aunque menos prácticos para el calor de Florida. La parte positiva es que deberían ayudar a proteger sus piernas del sol. No tendrá que ponerse tanto protector solar allí.

Espera, ¿por qué estoy pensando en sus pantalones?

Esto es un desastre.

Casi me acuesto con el jefazo.

Y le he llamado repetidamente «hombre de Florida».

Y me he meado encima de él.

Porque estaba herido.

¡Caca de carpa! Ese debe de ser el motivo por el que está de pie tras su escritorio en vez de sentado... o eso es que es una de esas personas que intentan no sentarse demasiado seguido para mejorar su salud. Su mesa *es* de esas en las que puedes estar de pie o sentado, lo que sustenta esa última teoría.

Antes de poder pararme a pensarlo mejor, le suelto:

—¿Qué tal te encuentras?

Él se pellizca el puente de la nariz, respira hondo y suelta el aire lentamente. Baja la mano y me clava en el sitio con una fría mirada color azul.

—Creo que la situación con los manatíes se está poniendo seria, y necesito escuchar tus ideas. Tengo otra reunión dentro de una hora, así que será mejor que nos pongamos con ello.

Vale, bien. Ya veo cómo va la cosa. Ha decidido esquivar el elefante en la habitación centrándose en el trabajo y hablando sobre el primo del elefante, el manatí. O eso, o es que adora tanto a los manatíes que otros temas resultan triviales en comparación. Y bueno, puedo entenderlo. Del millón de preocupaciones que tengo ahora, como si podré conservar este empleo o no, la principal es lo que esta revelación significará para el traslado de Piquito a un acuario más grande.

Un momento. ¡Piquito! Sería justo por eso por lo que quiso comprármelo... para traerlo aquí, donde tendría una vida mejor. De repente me siento estúpida por haber sido desagradable con él...

—Señorita Hyman. —Él frunce el ceño—. ¿Será usted capaz de cumplir con sus obligaciones?

—Perdón. —Sacudo la cabeza para librarme de la conmoción residual y de las malévolas hormonas que me hacen desear alisar esa arruga de entre sus cejas con la lengua—. Estaba ordenando mis ideas. Tengo tantas pensadas para entretener a los manatíes que no sé por dónde empezar.

Él arquea una ceja.

—¿Tantas?

Yo asiento.

—¿Quieres que empiece por las más baratas o por las más eficaces?

—Por las eficaces.

Reuniendo hasta el último gramo de mi profesionalidad, me lanzo a ello, empezando por la idea de meter una tele dentro del acuario. Él me escucha con total concentración y me hace preguntas extremadamente inteligentes... y yo me siento todavía más tonta por no haberme dado cuenta de que se trata de un colega biólogo marino.

En mi defensa, acordamos no hablar sobre la vida marina en la cena con mis abuelos, y no tuvimos demasiada ocasión de hablar en la playa.

—Gracias —dice cuando termino con mi lista—. Me gustaría que empezases a implementar tus ideas por orden de eficacia, empezando por la tele. La situación es desesperada. Betsy no ha comido nada esta mañana.

Reprimo una risita histérica.

—¿Betsy es una manatí?

—Bueno, sí —su ceño reaparece—. ¿No estuviste ayer trabajando con ellos todo el día?

Me encojo de hombros.

—No me aprendí sus nombres. Estaba demasiado liada...

Él da un suspiro y me entrega una tarjeta de crédito.

—Utiliza esto para comprar la tele.

Cuando cojo la tarjeta, nuestros dedos se tocan, y un latigazo de energía sexual hace trizas de nuevo mis sinapsis. Sin mostrar señal alguna de que a él le haya afectado en nada, Oliver clava la vista en su monitor.

Caca de carpa, no me jodas.

—De hecho, hay una cosa más que me gustaría discutir.

Él aparta la vista de la pantalla. Sus ojos color cían están entornados.

—Si es sobre lo de anoche...

—Mi pulpo —le corto a toda prisa—. Lo quiero aquí.

Puedo ver que no quiere tocar lo de anoche, y no puedo culparle. También a mí me gustaría borrarlo, pero por desgracia, no tengo una máquina del tiempo.

Él mira su reloj.

—Mi siguiente reunión es...

—Ya has visto el acuario que tiene ahora —le digo

con creciente urgencia—. Tú mismo aludiste a él. Necesita uno mucho más grande.

Él suspira.

—El tema no es tan sencillo.

—¿Por qué no?

Sus dedos tamborilean en el escritorio.

—Para empezar, acabas de decir *tu* pulpo. Aquí no están permitidas las mascotas.

Veo a dónde va a parar esto. Se me hace un nudo en el pecho, pero me obligo a decir las palabras.

—Si es la única manera de conseguirle un acuario más grande, puede ser tuyo.

—Sería de Sealand, no mío.

—¿No es eso la misma cosa?

Él menea la cabeza.

—Sealand es una corporación... una persona fiscal y jurídica que no soy yo. Y eso es bueno. Si algo me ocurriera, Sealand seguiría funcionando, y tu pulpo seguiría teniendo un hogar.

Se me encoge el corazón al pensar que algo pudiera ocurrirle a Oliver. Y que voy a tener que separarme de Piquito. Pero esto es lo mejor para él.

—De acuerdo —le digo—. Sería propiedad de Sealand.

—Lo que también quiere decir que residiría aquí de forma permanente, independientemente de tu situación laboral.

Me doy cuenta de que llevo todo este rato de pie y que mis piernas están cansadas. Me acerco a la silla de delante de su escritorio y me siento.

—Gracias por aclararlo —digo, con una importante carga de amargura en la voz—. Lo comprendo. Piquito ya no será mío.

¿Es eso de sus ojos un atisbo de amabilidad?

—Lo cuidaremos bien, te lo prometo.

Me imagino que este no es un buen momento para recordarle lo que le ocurrió al último pulpo que estuvo al cuidado de Sealand, así que le digo:

—Yo diseñaré la tapa de su acuario. Lo último que querría es que se escapase y se hiciese daño.

—Excelente idea. Esa será tu prioridad después de ayudar a los manatíes.

Yo me levanto.

—Gracias.

Su mirada se caldea una fracción de grado.

—Gracias *a ti* por tomarte tan en serio la situación de los manatíes.

¿Eso he hecho? Solo estaba haciendo mi trabajo. Pero me gusta la mirada que hay en sus ojos. Es mucho mejor que la máscara fría y distante de jefe que ha estado llevando puesta casi toda esta reunión.

Alguien llama a la puerta.

Debe de ser su siguiente cita.

—Adiós —me despido.

—Adiós —me responde, de nuevo con expresión inescrutable.

Aparto la vista de su exquisito rostro y salgo del despacho.

CAPÍTULO
Doce

Un hombre al que no reconozco está esperando fuera, y le digo que el Dr. Jones ya puede verle.

Antes de poder procesar lo que acaba de ocurrir, me topo con Rose.

—¿Qué tal ha ido la reunión? —me pregunta.

Le cuento lo de Piquito y lo de la tarjeta de crédito.

—Deberías llevarte a Dex cuando vayas a la tienda de electrónica —me aconseja—. Una tele grande es demasiado pesada para que la cargues tú sola.

Lo que parece estar diciéndome sin decírmelo es:

«Si su alteza el Dr. Jones quiere que lo hagas, hazlo *ahora*».

Vale. Un viajecito podría evitar que me preocupase por mi inminente separación de Piquito... y que me pusiera histérica sobre el hecho de que Oliver sea el Dr. Jones.

Le doy las gracias y me encamino a Otteraction,

donde le explico a mi colega amante de las nutrias lo de mi salida de compras.

Dex suelta una risita.

—¿Una tele para las vacas marinas? Ahora ya lo he escuchado todo.

Decido no corregir su empleo del epíteto que empieza por v.

—¿Me ayudarás?

—Claro. Iremos en la furgoneta de la empresa. Hay un centro comercial aquí cerca.

———

Un empleado de la tienda Geek Squad nos ayuda a elegir la tele.

—Está diseñada para estar al aire libre y tiene una impermeabilización IP66 —nos dice hablando de un modelo de aspecto robusto.

—Ese es un buen comienzo —digo—. ¿Cuánto cuesta?

El precio que nos da es mayor que el que tendría una televisión normal de ese tamaño, pero vale la pena por su resistencia al agua. Además, no es mi dinero el que me estoy gastando.

—Si nos regalas unos altavoces sumergibles que puedan funcionar dentro de una piscina, nos la quedamos —le digo.

Tiene que hablar con su gerente, pero al final conseguimos un buen trato, teniendo en cuenta que habríamos comprado los altavoces de todos modos.

—¿Podríais cargarlo en nuestra furgoneta? —le pregunto cuando terminamos la transacción.

No hay necesidad de que ni Dex ni yo trabajemos más de la cuenta.

Los chicos de la tienda Geek Squad nos ayudan, y luego Dex y yo nos encaminamos a la ferretería, donde compro sellador, resina de fibra de vidrio, tubos para meter los cables, y un puñado de otras cosas que me permitirán hacer la tele y los altavoces todavía más a prueba de agua. También cojo todo lo necesario para montar la tele dentro del acuario y para ajustar su ángulo tal como lo necesitemos, aparte de unas cuantas bagatelas más para ayudarme a implementar mis otras ideas más sencillas, incluyendo un puñado de cepillos grandes con los que fabricar un poste rascador.

Mientras Dex conduce de vuelta, yo reúno fuerzas para preguntarle algo que ha estado en mi mente desde que me he enterado de que Oliver es nuestro jefazo.

—Dex —empiezo, en tono tan despreocupado como puedo—, ¿cómo es de estricta la política de recursos humanos sobre salir con alguien de aquí?

—¡La leche de estricta! —Aparta sus ojos de comadreja de la carretera para darme un repaso—. Por tentador que fuera, yo no me atrevería a arriesgarme.

Pongo los ojos en blanco.

—Tío. No te estaba entrando. Solo me lo preguntaba así, en general.

Ahora tiene toda la pinta de una nutria a la que se le acaba de escapar una langosta.

—¿Eres de la otra acera? Aruba *está* buena... A menos que te gusten más maduritas, en cuyo caso R...

—Para —le digo—. Tengo la sensación de que ahora mismo estás yendo en contra de las políticas de recursos humanos.

Hablando de eso: ¿cuantas me salté yo meándome encima del jefazo?

—Lo siento —se disculpa Dex, volviendo a poner toda su atención en la carretera—. Me gusta mi trabajo, así que normalmente ni siquiera pienso en esas cosas. Esas políticas vienen impuestas por las altas esferas.

Yo arqueo una ceja.

—¿Por el mismísimo Dr. Jones?

Dex asiente con solemnidad.

—Según los rumores, fundó Sealand con su novia. Cuando rompieron, este sitio casi se va a la mierda... y desde entonces es quisquilloso en lo referente a las relaciones dentro del trabajo.

—Ajá. —Es la respuesta más inteligente que soy capaz de dar.

¿Explica eso por qué se ha portado tan raro al darse cuenta de que trabajaba para él?

Pero, por otra parte, ¿es *tan* raro cómo se ha comportado?

Antes de que Dex pueda olerse por qué estoy preguntándole todo esto, reconduzco la conversación hacia mis ideas para el enriquecimiento de las nutrias. Al final, nos quedamos sin temas de nutrias de que hablar, así que vuelvo mi atención al distante océano y dejo que me invada la desazón.

No puede pasar nada entre Oliver y yo.

Las razones son infinitas, y muchas no tienen nada que ver con la revelación de hoy. Por ejemplo, el mero hecho de que me sienta atraída por él es una prueba de que probablemente sea un gilipollas de primer orden.

En plan de estar viendo una orden de alejamiento en mi futuro cercano.

No, gracias. Ya he estado allí, ya he alimentado a ese pez. Probablemente sea algo bueno que Oliver haya resultado ser mi jefe. Entre la política de recursos humanos y su pasado, cualquier ñaca-ñaca haría que yo perdiese este trabajo y junto con él, cualquier posibilidad de acceder a Piquito.

Volvemos a la entrada de Sealand, Dex aparca la furgoneta y los dos juntos descargamos la tele.

¡Guau! Esta cosa pesa. Rose tenía razón al insistir en que me llevara a un ayudante.

Aparte del peso, hay otro problemilla. La forma en que la estamos cargando ha hecho que nuestras caras se posicionen demasiado juntas... de una forma incómoda, especialmente teniendo en cuenta nuestra charla anterior sobre la política de recursos humanos.

En fin. Hago lo que puedo por no lesionarme la espalda y mantengo la mirada apartada de sus ojos de nutria.

—¡Soltad eso! —gruñe una conocida voz profunda por detrás de mí.

Dejamos la tele en el suelo, casi dejando caer la maldita cosa al hacerlo.

Me doy la vuelta.

Así es.

Es Oliver. Por alguna razón, está mirando a Dex como si el pobre tipo fuese una nutria de Alaska y Oliver una ballena asesina... el único depredador sobre el que han de preocuparse las especies protegidas.

¿Es que alguno de los peques de Dex se ha metido en problemas mientras estábamos fuera?

La voz de Oliver se mantiene con un tono furioso.

—¿Esto qué es?

—So-solo la esta-taba ayudando con la tele —explica Dex, con un leve tartamudeo.

Oliver lo fulmina con la mirada.

—Entonces deberías llevarla tú solo.

—¡Oye! —Miro a Oliver y entorno los ojos—. No soy ninguna damisela delicada.

Ahora es mi turno de ser la receptora de su mirada fulminante.

—Deberías haber organizado que te la trajeran los de la tienda.

Yo me enderezo.

—Dijiste que la situación de Betsy era grave, así que supuse que apreciarías la rapidez.

Sus fosas nasales se expanden antes de volverse hacia Dex.

—Regresa a tu puesto.

Dex no necesita que se lo digan dos veces. En un abrir y cerrar de ojos, se ha esfumado.

Sin mediar más palabra, Oliver se acerca a grandes zancadas hasta la tele y la levanta solo, aparentando no hacer ningún esfuerzo.

Sé que debería estar enfadada, pero no puedo negar cómo se acelera mi pulso al mirar los músculos de su espalda flexionarse por debajo de su camisa. ¡Grr! Claramente, existe algún instinto de mujer de las cavernas que aprecia su fuerza física; un instinto que en nuestros tiempos resulta tan útil como tener un paladar que aprecia la comida grasienta y los dulces.

Me trago mis babas y le sigo hasta donde están los manatíes. Entonces Oliver deja la tele en el suelo con cuidado y se vuelve hacia mí.

—Cuando estés lista para meterla dentro del acuario, ven a buscarme.

Y así, sin más, se marcha a grandes zancadas.

Yo me quedo mirando cómo se va, sintiendo una extraña inquietud. ¿Qué ha sido eso? No habrán sido celos, ¿verdad? Mi ex era un gilipollas celoso, así que estoy íntimamente familiarizada con ese defecto de la personalidad. Pero Oliver, el Dr. Jones, no tiene ningún motivo para actuar así. No somos nada el uno para el otro. Y aunque lo fuésemos, no estaba pasando nada con Dex.

¿Habrá pensado que me haría daño en la espalda y le pondría un pleito a Sealand?

Como necesito un segundo para que mi mente regrese a la normalidad, aprovecho para volver a ponerme mi protector solar. Ya ha pasado toda una hora, así que es algo urgente hacerlo.

Una vez que estoy a salvo de los rayos letales, examino el cartelito con los nombres de los manatíes para intentar averiguar de cuál estaba yo celosa.

No me cuesta demasiado localizar a Betsy, un ejemplar pequeño y relativamente delgado de su gordezuela especie.

Estudio el cartelito. Betsy nació en un acuario marino de Miami, un acontecimiento bastante raro, lo que significa que no es una candidata adecuada para que la liberen en el mar. Apuesto a que esa es una de las razones por las cuales Oliver se siente tan unido a ella. Lleva viviendo aquí casi toda su vida, y lo seguirá haciendo hasta dentro de muchos años. Es una adolescente, y esos animales pueden vivir hasta los sesenta y cinco.

—Me voy a asegurar de que no te aburras aquí —le digo.

Ella me lanza una mirada molesta. *Genial, gracias. Pero estaría mucho más contenta si mantuvieras tus sucias aletas apartadas de mi humano. Tengo más de sirena de lo que tú podrías esperar tener en tu vida... y ninguna patética cola de mentira podrá cambiar eso. ¡Ah, sí! E incluso con mi dieta actual tengo unas curvas con las que tú solo puedes soñar.*

Resoplo y me pongo a trabajar. Refuerzo todavía más la impermeabilización de la tele y los altavoces, lo que me lleva tanto tiempo que tengo que pararme a la mitad para comer. Cuando termino con ellos, le escribo a Oliver un mensaje diciendo que necesito ayuda para meter la tele en el acuario. Mientras espero, instalo los altavoces. No pesan mucho, así que espero que a Oliver no le dé ningún ataque porque los haya levantado con mis débiles músculos femeninos.

Cuando tengo ya el último altavoz dentro, todavía no hay ni rastro de Oliver.

Vale. Pongo parte de la sujección, para que haya menos cosas que hacer cuando el jefazo se digne a hacer acto de presencia. Cuando ya no puedo avanzar nada más con el montaje, vuelvo a escribirle:

Mira, si estás ocupado, le pediré a Dex que me ayude.

¿Puede que eso le haga venir un poquito más deprisa? Por ahora, configuro la tele con algunos contenidos iniciales: un documental sobre el Mar de los sargazos. A diferencia de otros mares, este no está limitado por masas terrestres. En vez de eso, está localizado dentro de un giro oceánico, que es un sistema de corrientes rotatorias. Mi esperanza es que los manatíes disfruten de ver las grandes cantidades de *Sargassum*, un tipo de algas marinas por el cual se le puso al Mar de los sargazos su nombre. Después de todo, es como un bufé libre de algas y debería ser tan divertido para Betsy y su pandilla como *Charlie y la fábrica de chocolate* lo es para Lemon.

Me sobresalta un ruido, y me doy la vuelta para toparme de frente con el apetitoso rostro de Oliver.

No. Él es el jefe. Su cara y el resto de sus partes son terreno vedado.

—Gracias por conseguir sacar tiempo para esto —le digo. Tal vez echarle puyas al jefe sea una mala idea, pero es difícil resistirse.

Él levanta la tele.

—¿Dónde la quieres?

Vaya. No me la ha devuelto.

Le explico cómo hay que montarlo todo antes de que meta la tele en el acuario.

—Nos observan fascinados —susurra Oliver.

Yo miro a ver y efectivamente, los ojos de los manatíes están clavados en nosotros.

—Si les gusta mirar a humanos haciendo este tipo de cosas, podríamos ponerles el canal de decoración y reformas.

A él se le escapa una risita. Luego recupera la compostura y su gesto serio.

—¿Y ahora qué?

Como respuesta, enciendo la tele y pongo el documental del Mar de los sargazos.

Betsy es la primera en acercarse nadando para estudiar la novedad, y el resto de manatíes nadan tras ella con un gesto de curiosidad en sus rostros bigotudos.

Esperamos unos minutos para asegurarnos, y luego yo digo:

—Lo están viendo a tope.

—Sí —dice Oliver con aire reverente—. Un trabajo estupendo, Olive.

¡Guau! Las pirañas se están dando un festín carnívoro en mi vientre, y yo no puedo hacer más que sonreír.

—Agradécemelo si con esto se les pasa el bajón.

Él asiente.

—Dentro de unas horas les toca comida. Veremos cómo va.

—De acuerdo —le digo—. Mientras tanto, tengo los

materiales para construirles otras cosillas, así que mejor será que me ponga con ello.

Él mira su reloj.

—Yo tengo otra reunión.

—Gracias por tu ayuda —le digo, y entonces me preocupo por si cree que le estoy lanzando alguna puya otra vez, aunque esta vez lo esté diciendo en serio.

Él se despide con la mano y se va.

Grr. No puedo creerme que me gustase más cuando él se metía conmigo.

Es igual.

Cojo los cepillos que he comprado antes y los sujeto a unas planchas de aluminio para crear un poste rascador para los manatíes. Luego monto unas cuantas cosas más y pierdo la noción del tiempo. Cuando levanto la vista, Aruba, Dex, Rose, Oliver y algunas personas más cuyos nombres aún no me he aprendido, están echándoles lechuga a los manatíes.

Al principio, ni Betsy ni los demás se dan cuenta de que hay comida, gracias a la tele. Pero entonces apartan la vista de la pantalla y empiezan a comer con gran entusiasmo.

¿Les habrá estimulado el apetito el documental o es solo cuestión de que estén mejor humor?

—¡Guau!—exclama Aruba, con reluctancia—. Un resultado asombroso. ¡Y tan rápido!

Rose se hincha como un pavo.

—Mis habilidades de selección de personal nunca fallan.

Dex se vuelve a mirarme.

—¿Podrías hacer algo así con las nutrias?

—Con los delfines primero —dice Aruba.

Oliver deja de observar a los manatíes.

—Todos tendréis vuestro turno, pero por ahora Olive va a centrarse en los manatíes y en el pulpo que va a unirse a nosotros.

Está hablando sobre la mudanza de Piquito como si fuese cosa hecha. Sé que debería estar agradecida, pero lo único que siento es ansiedad por la separación.

—¿Un pulpo? —La voz de Aruba suena como los silbidos y chasquidos de un delfín salido—. ¿Por qué?

El gesto de Rose se vuelve serio.

—El por qué es asunto del Dr. Jones. No tuyo.

Oliver mira a Aruba con una fría mirada.

—¿Hay algún problema?

Ella palidece.

—No si este se queda dentro del acuario.

—Me aseguraré de eso —le digo—. De hecho, si no hay problema, me gustaría empezar con ese proyecto.

Oliver asiente con gesto imperativo.

—Rose, ¿podrías enseñarle el acuario a Olive?

—Ven. —Rose me agarra por el codo y me conduce hasta un edificio cercano.

—Aquí es. —Señala un inmenso tanque que ocupa casi todo el espacio de la enorme habitación—. ¿Qué te parece?

Yo silbo.

—Apuesto que hasta yo podría vivir ahí dentro, más feliz que una perdiz.

Rose sonríe.

Tiene control de temperatura y toda la demás parafernalia.

—¡Guau! —Sonrío, aunque me duele el corazón. Va a ser duro separarme de Piquito.

Rose me pone una mano en el hombro. Está claro que no solo es una loquera de peces; también sabe una o dos cosas sobre cómo alegrar a una humana.

—Tu pulpo será feliz aquí, estoy segura.

—Lo sé. —Cojo aire—. Por eso estoy haciendo esto. Ahora solo tengo que hacer que esta cosa sea a prueba de pulpos para que no se escape y acabe siendo pasto de los delfines.

—Te dejo con ello —dice Rose.

La despido con un gesto y examino el acuario.

Es un milagro que al pulpo anterior le costase tanto escapar. Hay brechas en la seguridad, agujeros literales, por toda la tapa.

Cuadro los hombros.

No pienso irme a casa hasta que no haga que esta cosa esté a prueba de Piquito.

CAPÍTULO
Trece

Me lleva horas. Tengo que alquilar un equipo de soldadura y hacer tres viajes a la ferretería, pero al final, estimo que el acuario ha quedado a prueba de pulpos.

Después de lavarme la mugre de las manos, miro la hora en mi móvil.

Caca de carpa. Se me ha pasado la hora de acostarme... y Lemon, Fabio y mis abuelos me han estado escribiendo porque no me he presentado a cenar.

Les hago saber a todos que voy de camino y me subo de un salto a mi coche.

Las luces están apagadas cuando aparco a la entrada de casa de mis abuelos, lo que probablemente signifique que todos están durmiendo. Tendría que haberme comprado un sándwich por el camino. Tengo hambre.

Pero resulta que no todos duermen. El abuelo me

está esperando en el garaje, con su escopeta de turno entre sus fuertes manos.

—No dispares —digo con una sonrisa.

Sus pobladas cejas se juntan en el centro de su frente.

—Alcaparrilla, ¿sabes qué hora es?

Le explico que me he tenido que quedar trabajando hasta tarde... empleo nuevo y todo eso.

—Esto no es Nueva York —replica el abuelo—. Aquí la gente que trabaja más horas que las normales, que son de nueve a cinco, hace que quedar mal a todos los demás.

Bostezo.

—Lo tendré en cuenta.

Él me abre la puerta que da a la casa y yo entro de puntillas a la cocina para asaltar la nevera en busca de sobras.

Cuando entro sin hacer ruido en el dormitorio, Lemon está roncando. Utilizo la linterna del móvil para acariciar a Piquito, devolverle el vibrador cargado y darle algo de comer.

—Pronto tendrás un acuario que te hará ser la envidia de todos los otros pulpos —le susurro.

Regocíjate, fiel ente-sacerdotisa, porque te has librado de nuestra ira. Ahora que nos hemos reunido con el Cetro, permitiremos que el mundo siga girando alrededor del Acuario. Sigue así, y recuerda: cuando Cthulhu despierte, los devotos serán devorados los primeros.

—¿Olive? —murmura Lemon con voz soñolienta—. ¿Eres tú?

—Perdona si te he despertado —le respondo susurrando—. Ahora, a callar. Voy a meterme en la cama.

Ella no me responde, así que me embadurno la cara con protector solar y me meto entre las sábanas.

Otro día más, otra sesión de masturbación más que me pierdo.

Si esto sigue así, la próxima vez que vea a Oliver puede que se me pongan azules los ovarios.

———

Cuando despierto, Lemon no está en la cama.

Me arreglo y salgo del cuarto de invitados. Me encuentro a Lemon y a la abuela en la sala de estar, viendo ballet otra vez, pero esta vez el abuelo y Fabio están aquí también.

No estoy segura de qué ballet se trata. ¿*La bella durmiente*, quizás? Por otra parte, el motivo por el que lo están viendo está claro. El tío del que está colgada Lemon, el ruso, aparece en el escenario, coge a una bailarina y la lanza al aire, con la misma falta de esfuerzo que las personas normales lo hacen cuando levantan a un bebé.

—Por trágico que sea, ese tío *no* es gay —dice Fabio, mirando fijamente al objeto de la obsesión de Lemon con no disimulado aprecio.

Lemon parece estar a punto de ahogarse inundada por su propia emoción.

—¿Estás seguro?

Fabio se mira las uñas.

—Bebé agridulce, mi radar de gays es tan certero como un calibrador de tornillos.

—Ahí va un hombre afortunado —murmura el abuelo mientras observa al ruso prácticamente haciendo malabares con las bailarinas—. Rodeado de tantas mujeres preciosas.

Lemon frunce el ceño y la abuela arquea una ceja y se vuelve hacia su marido.

—No estoy diciendo que no esté contento con la maravillosa mujer que tengo —añade el abuelo rápidamente—. Yo solo...

—¡Olive! —exclama Lemon al verme—. ¿A qué hora llegaste a casa anoche?

—¿Por qué no hablamos al mismo tiempo que desayunamos? —pregunta la abuela.

Yo les sonrío a todos.

—Eso del desayuno suena genial.

—Dadme un minuto —dice la abuela, y sale a toda prisa.

Yo ocupo su asiento y miro alternativamente a Fabio y a Lemon.

—¿Y qué vais a hacer hoy, chicos?

—Ziggy y yo nos vamos de pesca —dice Fabio, mirando al abuelo con gesto de adoración.

Yo frunzo el ceño... en parte porque no me gusta que se asesine a los peces como deporte, y en parte por lo de «oso polar» y «papaíto».

—No te preocupes —dice el abuelo—. Los cogemos y luego los soltamos.

—Eso no hace que *yo* me sienta mucho mejor —murmura Lemon.

Yo tampoco. El abuelo está claramente disfrutando del nieto que nunca había tenido, pero no quiero pensar en lo que Fabio está sacando de este arreglo.

Suena el timbre de la puerta.

—Yo abro. —El abuelo se dirige hacia la puerta principal.

Vuelve unos segundos después, pero no está solo.

Oliver entra en la estancia, vestido con su uniforme de camisa blanca de manga corta y pantalones caquis de Sealand. Al menos eso es lo que creo que está pasando. Es posible que mi abstinencia masturbatoria me esté haciendo tener sueños húmedos, y que este sea el inicio de uno muy raro, considerando que mi familia y amigos están presentes.

Fabio y Lemon miran a mi jefe boquiabiertos, como si nunca antes hubiesen visto a un tío bueno, mientras mi cuerpo entra en modo caos, con la piel roja y caliente y los pulmones constriñéndose hasta que solo soy capaz de respirar en bocanadas poco profundas. Me tengo que armar de toda mi fuerza de voluntad para no babear... aunque el líquido que consigo refrenar en mi boca parece salírseme por las mis bragas.

—Hola, Oliver —saluda la abuela volviendo la cabeza desde delante de la cocinilla—. Has llegado justo a tiempo para el desayuno.

Oliver menea la cabeza.

—Gracias, pero solo he venido a ayudar a Olive a

transportar a Piquito hasta su nuevo hogar. No pretendía inmiscuirme en una celebración familiar.

Eso lo explica todo... y no estoy segura de cómo debería sentirme al respecto. No sé si está siendo amable o asegurándose de que no me echo atrás y cumplo con nuestro acuerdo.

—¡Tonterías! —exclama el abuelo—. Siéntate o nos sentiremos ofendidos.

Una sonrisa compungida se dibuja en los labios de Oliver.

—Lo último que yo querría sería ofender a mis vecinos.

—Decidido, entonces —dice la abuela—. ¿Prefieres copos de avena, tortilla o tortitas?

—La avena sería genial —dice Oliver—. Gracias.

La abuela nos hace la misma pregunta a los demás y yo le respondo la última, decidiéndome por las tortitas, con una décima parte del sirope que Lemon ha pedido para las suyas.

—Entonces —dice Fabio con gesto impertinente—. ¿Va *alguien* a presentarnos?

El abuelo se da una palmada en la frente.

—¿Dónde estarán mis modales? Este es Oliver, el novio de Olive.

—¡No, no lo es! —digo, sobresaltada, al mismo tiempo que Oliver exclama:

—¡No lo soy!

Bueno, tampoco hacía falta que lo negara con tanta vehemencia.

Fingiendo no habernos oído, el abuelo prosigue:

—Oliver, este es Fabio, un amigo de la infancia de Olive. Y como puedes suponer, Lemon —hace un gesto con la cabeza en dirección a mi hermana—, es una de las muchas hermanas idénticas de Olive.

Fabio le ofrece su mano y Oliver se la estrecha.

—¿Sabías siquiera al entrar cuál era Olive y cuál era Lemon? —susurra Fabio, con aire conspirador.

Oliver me mira.

—Puedo decir cuál es cuál.

Las estúpidas pirañas de mi vientre deberían relajarse.

—Sentaos, chicos —dice la abuela.

Le obedecemos y ella saca la comida para todos antes de unirse a nosotros con un bol de avena para ella misma.

Presto atención a Oliver cuando se sienta para ver si la picadura de la medusa le hace hacer alguna mueca.

Pues no. Debe de haberse recuperado del todo.

—Entonces, Oliver —dice el abuelo cuando nos ponemos a comer—, mencionaste que tenías dos hermanos. ¿A qué se dedican?

—¿Y alguno de ellos es gay? —susurra Fabio, sonoramente.

La cuchara de Oliver se detiene cerca de sus labios.

—Son los dos hetero, lo siento. Uno es piloto de la NASCAR y el otro es un instructor de surf... para perros.

Yo suelto un resoplido.

—Muy típico de Florida.

Oliver no da muestras de haberme escuchado.

—¿Y qué hay de vuestra familia? ¿A qué se dedican las hermanas Hyman?

—Nuestra hermana Blue es una especie de espía —dice Lemon, emocionada. Luego se pone a contarle todo sobre las demás... sin duda omitiéndose a sí misma a propósito. Al final, añade—: y como probablemente ya sabrás, tu no-novia es bióloga marina. Acaba de empezar en un nuevo trabajo en algún acuario de por aquí.

Oliver me lanza una mirada cargada de confusión. Probablemente se esté preguntando por qué no le he contado a nadie que trabajo para él. La verdad es que no he tenido ocasión. Tal vez, de haberlo hecho, mis abuelos no le hubiesen invitado a quedarse a desayunar.

—Hablando de curros —me dice Fabio—. ¿Has tenido alguna respuesta de Octoworld?

Oliver arquea una ceja.

—¿Octoworld?

Hago un gesto con la mano contra la garganta para indicarles que se corten y que no sigan por ahí, pero Lemon no se da cuenta.

—Sí, es de lo único de lo que habla —le dice—. Ha aceptado su trabajo actual como un primer paso, pero lo que de verdad desea hacer es trabajar con todos esos pulpos.

¡No! ¡Cierra el pico! Él ya tiene razones suficientes para echarme. ¿Para qué darle más?

—Estoy perfectamente satisfecha con mi nuevo empleo —digo un poco demasiado rápido y un pelín a la defensiva.

—¿Ah, sí? —Lemon se pone como una taza más de sirope en las tortitas—. ¿Tienen pulpos?

En serio, ¿cómo puede ser que no pille lo mucho que quiero que se calle? No le estoy pidiendo ni un poquito de esa inquietante «telepatía entre gemelas»... solo que comprenda mi expresión horrorizada.

—Sealand *va* a tener un pulpo —dice Oliver, con expresión indescifrable—. Así que puede que eso haga que Olive esté contenta, ¿no?

—Lo hará —digo con firmeza.

—¿Solo uno? —Lemon menea la cabeza—. Pensaba que para eso necesitaría como unos mil. —Se vuelve hacia mí—. ¿Y qué hay de esa tía a la que idolatras, Ezra Shelby? Sigue siendo la dueña de Octoworld, ¿no?

—¿Ezra Shelby? —repite Oliver lentamente.

—Creo que es así como se llama —dice Lemon—. Es esa que...

—Oh, la conozco —dice Oliver—. Yo solo...

—Oliver es el propietario de Sealand —suelto—. Probablemente queden los fines de semana.

Lemon palidece y por fin deja de hablar.

—Espera —dice Fabio—. ¿Tu novio es tu jefe?

Miro a mi abuelo fijamente con los ojos entornados.

—Oliver no es mi novio.

—Somos colegas —explica Oliver.

Por ahora. Si esta conversación se extiende mucho más, seguro que acabo en el paro.

—¡Qué pequeño es el mundo! —opina la abuela—.

Una noche, lo acompañas desnudo a casa; a la siguiente, trabajas para él.

En serio, ¿por qué? ¿Por qué? Antes de que nos demos cuenta, Lemon soltará algo como «Espera, entonces, ¿este es el tío al que le hiciste lo de la lluvia dorada?».

En un intento desesperado por cambiar de tema de una vez por todas, suelto apresuradamente:

—¿Sabéis, chicos? Oliver es un nativo de Florida, así que puede daros algunas ideas divertidas para vuestras vacaciones.

—Es verdad —dice Oliver—. De Florida, nacido y criado.

Supongo que está tan ansioso como yo por que dejemos de hablar de ese vergonzoso paseo en pelotas.

Lemon arruga la nariz como si notase algo que oliese mal... y con sus paranormales poderes olfativos, puede que sí, que acabe de detectar a Tofu tirándose un pedo en casa de Oliver.

—Creía que la palabra «playa» encapsulaba toda la diversión que se podía tener aquí.

Ah, sí. Lemon es todavía más una esnob neoyorquina de lo que yo jamás podría esperar llegar a ser. Puede que sea un efecto secundario de haber visto demasiado la serie *Sexo en Nueva York*.

—Las playas de aquí son geniales —dice Oliver—. Pero hay montones de otras cosas que hacer aparte de eso... especialmente si estáis dispuestos a conducir unas horas.

Lemon hace un gesto sutil de poner la vista en

blanco, pero yo puedo notar que lo ha hecho gracias a años de experiencias con caras idénticas a la suya.

—No me interesa la pesca ni ir a la galería de tiro —dice.

Oliver aprieta los dientes. Que la gente se meta con Florida parece ser lo que más le fastidia, claramente. Pero bueno, al menos ya no está cabreado conmigo. Espero. Por otra parte, estar mosca con Lemon podría condicionarle para sentirse enfadado con alguien con mi misma cara, así que, ¿y si le doy un empujoncito a Fabio para que sea él quién cabree a Oliver en su lugar?

—¿Y qué hay de Disney World? —pregunta Oliver—. Hay gente de todo el mundo que trae a sus familias hasta aquí para verlo.

Lemon se rasca la barbilla.

—No había pensado en eso.

—Podríais visitar los Everglades —dice Oliver—. Y los Estudios Universal, el Centro Espacial Kennedy, el Parque Nacional Tortugas Secas, el Museo Salvador Dalí, el Distrito histórico de San Agustín, Legoland... y podría seguir todo el día.

—Mmm. —La nariz de Lemon vuelve a su posición normal—. ¿Cuáles de esos sitios nos quedan más cerca?

Con aire triunfal, Oliver les hace a Fabio y a Ella un itinerario que haría sentirse orgulloso a un agente de viajes.

Mi teléfono suena ruidosamente y todos se vuelven a mirarme.

—Lo siento —explico—. He puesto una alarma para avisarme de que tengo que salir para el trabajo.

Oliver deja su cuchara en la mesa.

—Cierto. Será mejor que los dos nos vayamos.

Yo me levanto.

—Vamos a buscar a Piquito.

Oliver me sigue, y mientras nos alejamos en dirección al cuarto de invitados, puedo oír risitas y chistes subidos de tono de mi «amigo» y mi «familia que me apoya».

Al entrar en el cuarto me doy cuenta de que tenían buenos motivos para hacer chistes. De pronto me siento extremadamente consciente de la cama que tenemos delante... eso es, antes de empezar a maldecirme por no haberla hecho esta mañana.

Bueno, al menos no tengo nada de ropa interior o cosas así tiradas por ahí... a menos que cuentes el vibrador con forma de tentáculo que Piquito aprieta entre sus brazos... precisamente lo que Oliver está mirando fijamente con expresión de perplejidad.

—Imaginativo —dice él.

—No me seas una doncella rayada —le espeto.

Caca de carpa. Aunque ese es solo el nombre de un pez, algo así podría ser percibido como un insulto y decididamente no es algo que deberías decirle a tu jefe.

Para mi alivio, las comisuras de los ojos de Oliver se arrugan.

—¿Por qué hacerte un cumplido me convierte en un miembro de la especie *Halichoeres bivitt*?

Yo sonrío.

—Solo un colega biólogo marino sería capaz de responderme algo así.

Sus ojos chispean.

—Pues me alegro de que no me hayas llamado hermafrodita dicogámico.

Meneo la cabeza y vuelvo a ser vivamente consciente de la cama que tenemos al lado. Ahora Oliver está hablando de la reproducción... la de las doncellas rayadas, pero aun así... Los peces hermafroditas proterogínicos comienzan su existencia como hembras pero algunos acaban transformándose en machos cuando surge la necesidad reproductiva. Si yo fuese una doncella rayada y si estar salida pudiese producirme ese cambio de sexo, ahora mismo me estaría saliendo un pedazo de polla.

—Cuando me mosquean, llamo a mis hermanos cabezafango—dice Oliver.

Asiento con aprobación.

—*Hoplostethus atlanticus*. También se les conoce como relojes anaranjados pero ese no es ningún insulto divertido para llamar a tus hermanos a menos que sean unos fanáticos de la puntualidad y del autobronceado.

Oliver frunce el ceño.

Ese es solo un nombre que les han puesto para que suenen más apetecibles cuando los sirven en los restaurantes. Da igual que esos peces puedan vivir durante cientos de años. Esa idea de cambiarles el nombre es la razón por la cual el sábalo de barro se convirtió en pez blanco, el pez perro se volvió doncella de pluma, el róbalo de fondo se volvió de repente merluza chilena, el seboro se ha vuelto cangrejo de río y el lópido es pez monje, y lo peor de lo peor, el sandalio se ha convertido en mahi-mahi.

Yo inclino la cabeza.

—Tú no comes criaturas marinas, ¿verdad?

Él suspira.

—¿Qué me ha delatado?

—No me estoy burlando de ti; yo tampoco las como. «Los peces son amigos, no comida».

Él se mete en mi espacio personal y clava su mirada en la mía.

—No podría estar más de acuerdo... *escamitas*.

Por las trompas de Falopio de Cthulhu, vuelvo a sentir atracción gravitatoria hacia la órbita de Oliver otra vez... igual que en el porche el otro día, y en la playa.

La misma magia impía parece haberle atrapado a él también. Empieza a inclinar la cabeza con los párpados entornados.

¡San abadejo bendito!

Si la historia puede servir para predecir el futuro, estamos a punto de besarnos.

CAPÍTULO
Catorce

Trago saliva de forma audible.

Con esa cama justo al lado, si nos besamos solo podría ocurrir una cosa... y eso significaría el final de mi carrera. Sin mencionar mis esperanzas de que Piquito tenga un nuevo hogar.

Como si tuviese poderes psíquicos y oye, ¿quién sabe si no?, el mencionado cefalópodo enciende el vibrador.

Ese sonido hace que ambos nos sobresaltemos.

Oliver se aparta y carraspea.

—¿Tienes pensado dejarle ese juguete cuando esté en su acuario nuevo?

Yo me aparto también.

—¿Te importaría?

—No —dice él—. La mayoría de la gente no se daría ni cuenta de lo que es. Probablemente.

Volvamos al asunto que tenemos entre manos. Vale.

Saco el control remoto y pongo el acuario en movimiento.

Piquito adopta un emocionado tono de rojo.

Sí. Sí. El todopoderoso Cthulhu le ordena a Leonardo, la tortuga sobre la que descansa el acuario, que vuelva a ponerse en movimiento celeste una vez más.

Mientras el acuario se mueve, Oliver camina a mi lado en silencio... sin duda pensando en la forma más políticamente correcta de despedirme.

Llegamos a la cocina y para cuando el abuelo mira dentro del acuario, Piquito ya se ha convertido en una roca.

Siento un dolor en el pecho. Este es el último truco que Piquito le hará jamás al abuelo... a menos que el abuelo le visite en Sealand.

Como no estoy de humor, ignoro descaradamente los libidinosos gestos con las cejas que me dirigen Lemon y la abuela.

—¿Se está yendo de verdad? —pregunta Fabio, mirando fijamente el acuario aparentemente vacío.

Yo asiento.

—Tal vez por fin pueda contar unos cuantos chistes de pulpos sin temer por mi vida —dice.

Yo le miro con los ojos entornados, pero él ya se ha puesto con ello.

—¿Cómo haces que un pulpo salte?

Pongo los ojos en blanco. Este lo llevo oyendo desde primero de básica.

—¿Cómo? —pregunta Lemon con gesto de exagerada expectación.

—Le tentas el culo.

¿Acaba de gemir Oliver?

—No tienen tentáculos —dice la abuela—. Eso son brazos.

Guau, ha estado prestando atención en clase.

El abuelo suelta una risita.

—Los pulpos tendrían que ser cariñosos, estando tan bien provistos de brazos.

Esto es lo que ocurre cuando el abuelo pasa demasiado tiempo con Fabio.

—¿Cómo llamarías a una foto de una reunión de pulpos? —pregunta Fabio a continuación.

—Son antisociales, así que no existe ningún nombre para un grupo de ellos —replica Oliver—. Aunque he escuchado alguna vez que empleaban el término «banco».

—No —dice Fabio—. La respuesta correcta es octopose.

Qué gracioso. Eso suena como el apodo que me han puesto a mí y que utilizan a mis espaldas: Octopussy, una mezcla entre los términos octopus o pulpo, y pussy o chochito.

Aunque prefiero con mucho pensar que se refieren al malo de la peli de James Bond...

—Llegaremos tarde al trabajo —digo.

—¿Quién era Edipo? —pregunta Fabio.

—¿Quién? —pregunta la abuela, claramente intrigada.

—Un pulpo que se acostó con su propia madre.

—No entiendo ese chiste, ¿Edipo y pulpo acaben los

dos en po? —digo, intentando ocultar una sonrisita reluctante. Mira, no sé cómo pero este no lo había oído todavía—. Tener hijos es una de las últimas cosas que la hembra del pulpo hace en su vida. Su hijo no llegaría a tiempo a la madurez.

Fabio menea la cabeza.

—Si la dejas, Olive es capaz de convertir un incesto totalmente inocente en necrofilia.

¿Va a darle la abuela la charla sobre no avergonzar a nadie por sus perversiones sexuales?

Pues no.

El abuelo se ríe desproporcionadamente fuerte y luego dice:

—Este chico es que es todo un krak-en, ¡con él siempre me parto el tentáculo!

Entonces, los dos se chocan los cinco, y yo suelto un gemido de protesta.

—¿Preparado? —le pregunto a Oliver antes de que esto pueda degenerar mucho más.

El asiente con gran entusiasmo, así que hago que el acuario se desplace hasta el garaje mientras Oliver se despide, mintiendo entre dientes al decir que «ha sido un placer conoceros».

En el acceso al garaje está la furgoneta de Sealand que Dex condujo ayer.

Que la haya traído tan temprano, ¿debo tomármelo como un gesto considerado o maquiavélico?

—Un segundo —me dice, y saca la rampa de la parte de atrás de la furgo.

—Gracias. —Hago subir el acuario por ella y me meto dentro para asegurarlo.

Oliver sube por la rampa.

—¿Todo listo?

Yo asiento.

—Conduce despacio, por favor.

—Por supuesto. Ven.

Yo salgo de la parte de atrás de la furgoneta y Oliver me abre la puerta del pasajero.

—Gracias —digo al subirme.

Él se sube también y empieza a conducir despacio, tal como le he pedido.

Viajamos en silencio unos segundos, lo que me resulta todavía más incómodo debido a lo abrumadoramente consciente que soy de su aroma a espuma marina, de sus fuertes manos agarrando el volante, de su...

—Entonces —le digo, desesperada por distraerme antes de echarme encima de él—. ¿Por qué manatíes?

Él hace un mohín, lo que me hace tener ganas de morderle esos tensos labios.

—Esto es Florida, así que era o eso o caimanes —sonríe, mostrando unos dientes blancos—. Los manatíes son una especie en peligro de extinción y siempre he estado a favor del conservacionismo, así que fue cosa del destino. —Me echa una mirada de reojo—. ¿Por qué los pulpos?

—Francamente, no lo sé. Me han encantado desde que soy capaz de recordar. Mis padres dicen que vi uno dibujado en un libro de pintar y me enamoré. También afirman que pulpo fue mi primera palabra... pero yo soy escéptica.

Él frena en un semáforo en rojo.

—No me parece tan difícil de creer.

—¿Y qué hay de lo de Sealand? —pregunto.

Él agarra el volante con más fuerza.

—¿Qué pasa con eso?

Ah, vale. Dex mencionó que hubo alguna historia complicada relacionada con una exnovia, así que tendré que andar pisando huevos.

—¿Qué te hizo desear proporcionarles un hogar a las criaturas marinas? —pregunto—. ¿Fue por tu interés en los manatíes?

Él niega con la cabeza.

—Los manatíes vinieron después. Creo que todo empezó cuando yo era solo un niño. Mamá trajo a casa una langosta viva pero yo no le dejé que la cocinase. Al principio, la metí en la bañera, y luego le conseguí un acuario.

Yo sonrío.

—No me parece tan difícil de creer.

—Clawdia sigue todavía por aquí —me dice—. Podrás saludarla más tarde en la Estación de los Crustáceos.

Tiene lógica. Si nadie la toca, la langosta americana puede vivir hasta los ciento cuarenta años.

Hablando de molestar... es hora de ver si sigo conservando mi trabajo después de haberle hecho precisamente eso a mi jefe.

—¿Cuál es la situación de enriquecimiento en la

Estación de los Crustáceos? —pregunto—. ¿Necesitas algo de ayuda?

Él toma el desvío que conduce al parking de Sealand.

—No son una prioridad, pero cuando tengas ocasión, échales un vistazo, por favor. Actualmente, estamos copiando lo que hacen otros acuarios, pero no estoy seguro de si todo el mundo aprecia lo listos que son esos animales. —Me lanza una mirada de reojo—. Tengo la sensación de que pueden beneficiarse de tu enfoque único. Eso va por todos las criaturas a mi cargo.

La masacre de las pirañas está yendo a toda marcha en mi vientre... y no solo porque él está haciendo que eso suene a que no me van a despedir.

Bueno, al menos no todavía. Si llevo a la acción mi fuerte impulso de lamer a mi jefe, eso podría cambiar.

Él aparca y yo saco el acuario de Piquito.

Estoy esperando a medias que Oliver se vaya entonces, pero él insiste en venir con nosotros para «ver a Piquito instalado».

—He tenido una idea sobre la que quiero tu opinión —le digo cuando empezamos a caminar.

Él se recoge el pelo en un moño, un gesto que no tendría que ser tan sexualmente excitante, pero que lo es. Los músculos de sus brazos se flexionan cuando él se sujeta el moño con una fina goma negra.

—¿Qué es?

—Estaba pensando en dejar este acuario móvil aquí

para que Piquito pudiese salir a pasear, igual que ha venido haciendo mientras vivía conmigo.

Él asiente.

—Si a él le gusta eso, no veo por qué no.

¡Fiuu! Tal vez tener a Piquito por aquí no sea algo tan malo para mí. Y obviamente, supone una enorme mejora para él.

Igualmente, aunque sé que estoy siendo egoísta con esto, echaré de menos verle cuando me despierte por la mañana.

—Está bien si quieres pasar algo de tiempo extra con él —dice Oliver suavemente, como si me leyera la mente.

Me vuelvo hacia él.

—¿En horario laboral?

Él sonríe.

—Mantener a Piquito feliz y entretenido es tanto tu trabajo como mantener contentos a los manatíes y a las langostas. Veo que el traslado a un nuevo lugar puede hacer que Piquito esté estresado... así que va a necesitar algo de atención extra.

Dirijo la vista hacia Piquito, ahora de un color rojo excitado. De alguna forma, tengo la sensación de que una vez esté en su enorme nuevo hogar, sus tres corazones encontrarán la forma de manejar la separación mucho mejor que mi único corazón.

—Gracias —le digo a Oliver cuando entramos en el edificio que alberga el nuevo alojamiento de Piquito.

—¿Has visto esto? —le digo al acuario móvil—. Es todo tuyo.

Piquito se vuelve blanco.

Estamos pasmados, ente-sacerdotisa. El Acuario es el mundo pero el Nuevo Acuario es todo un universo. Gracias sean dadas a Cthulhu: la teoría de los multiversos siempre ha sido cierta, lo que significa que Leonardo puede que no sea la única tortuga que lleve un Acuario sobre su espalda. Puede que haya otras, como Rafael, Donatello y Miguel Ángel. Nuestros nueve cerebros se han colapsado. Todas las cosas no solo giran en torno a un único Acuario, sino a dos, tres o cuatro. Dada la seriedad de este descubrimiento, por el poder investido en nosotros por el mismísimo Cthulhu, ascendemos al ente-sacerdotisa a ente-Gran Sacerdotisa, y seremos el Dios Emperador de los Acuarios. Con una «s», al final, en plural.

Oliver observa fascinado mientras le muestro las medidas de seguridad que implementé ayer por la noche. Luego, abro el acuario móvil y muevo a Hulk y a los otros bichos al sitio nuevo antes de ocuparme del VIP en carne sin hueso.

En cuanto lo meto en el nuevo acuario, Piquito empieza a explorar su nuevo hábitat con entusiasmo. Si está estresado, yo no soy capaz de verlo.

—Sobre tu trabajo de anoche —dice Oliver, sacándome de mi ensimismamiento pulposo—. Comprendo por qué te quedaste hasta tarde, pero de ahora en adelante, por favor, trabaja solo dentro de un horario razonable.

Eso suena a que se preocupa por mi bienestar. O eso, o el traslado de Piquito han hecho demasiada mella en mi cerebro para que yo pueda pensar con claridad.

—¿No es mejor para ti que trabaje horas extras gratis? —pregunto.

Sus ojos color cian chispean suavemente, haciendo que se me corte el aliento y me palpite el vientre.

—No quiero que acabes quemándote. Todavía tienes por delante mucho trabajo importante que hacer.

—De acuerdo —consigo decir—. No trabajaré hasta muy tarde. ¿Algo más? ¿Quieres que haga menos tareas en casa de mis abuelos?

Lo que me recuerda que... al menos debería sacarles la basura o algo.

Le suena el móvil. Él aparta la vista de mí y mira la pantalla.

—Tengo una reunión. He de irme.

Y así, sin más, me quedo sola con Piquito.

———

Como el jefe me ha dicho que podía, me paso la mitad del día con Piquito y se me ocurren una docena de ideas para puzles que puedo meterle en su nuevo acuario, algunos de los cuales solo son posibles debido a que este espacio es mayor.

Luego vuelvo a visitar a los manatíes e implemento unas cuantas ideas más antes de repasar algunos contenidos televisivos para ver si les puede gustar algo aparte de los documentales relacionados con las algas marinas.

Rose se presenta allí justo cuando aparece *Aquaman* en la pantalla de dentro del acuario.

—Su apetito ya ha mejorado mucho —dice después de que intercambiemos sendos saludos—. Ponerles a Jason Momoa en este punto puede ser la bomba.

Yo sonrío. Rose no lleva puesta su gorra de recursos humanos ahora mismo, eso está claro.

—En esa peli sale mucha agua, así que...

—Oh, me fío de ti. —Rose me pasa una pila de ropa, esta vez beige y azul—. Mañana tendrás que ponerte esto.

Mi buen humor desaparece. Mi ex me dejado con un buen desbarajuste a la hora de permitir que la gente me diga lo que debo ponerme.

—Sé cómo te sientes —dice Rose—. Odio hacer las visitas guiadas, pero todos tenemos que colaborar.

Frunzo el ceño.

—¿Visitas?

Ella me mira con gesto confuso.

—¿No te habíamos hablado de las visitas guiadas?

Yo digo que no con la cabeza.

—Bueno —dice ella—. Es exactamente tal y como suena. Un grupo viene a Sealand y tú los paseas y se lo enseñas todo. Mañana tendrás el primero.

—¿Y qué les digo?

Ella hace un gesto hacia el norte.

—Aruba está a punto de empezar con su visita guiada de hoy, así que, ¿por qué no vas con ella?

Genial. Ese pobre grupo va a recibir una tonelada de información excesiva acerca de los delfines.

—Sí, me voy para allá —le digo.

—Buena suerte —me desea Rose.

Cuando me acerco al grupo de gente reunido alrededor de Aruba, me quedo boquiabierta al ver a cuatro individuos, sin comprender: son Fabio, Lemon, la abuela y el abuelo.

—¡Sorpresa! —exclama Lemon al verme—. Hemos decidido echarle un vistazo al sitio donde trabajas.

—¡Señorita Hyman! —me espeta Aruba antes de mirar con gesto de adoración a Fabio—. ¿Es que conoce a estas personas?

Por Dios, ¿es que alguien con una cara exactamente igual que la mía no era pista suficiente? Aparte de eso, ¿debería decirle que Fabio está todavía menos interesada en ella de lo que lo estaría uno de sus delfines? Noo. Esa no sería una conversación apropiada para el entorno laboral, ¿verdad?

Cuando presento a mis cuatro familiares a Aruba, me queda claro que ella solo quería averiguar el nombre de Fabio. Lo repite con deleite y le pregunta si está emparentado con *ese* Fabio de las portadas de las novelas románticas.

—Fabio es mi nombre de pila —dice él—. Y el suyo. ¿Por qué tendríamos que ser parientes?

No es que pretenda defender a Aruba, pero existe cierto parecido, si contamos las facciones angulosas de mi amigo y su pelo ligeramente largo... aunque no es de cerca tan largo como el de Oliver. Ni como el del Fabio original. Sin mencionar que a Fabio antes le pillarían muerto que abrazando a alguna mujer en la portada de una novela romántica.

Aruba suelta una risita coqueta.

—Qué gracioso eres.

Oh, no. Espero que él no se tome eso como excusa para contar chistes.

Para mi alivio, no lo hace. Debe de haber notado la atracción de Aruba hacia él y solo quiere que esta visita termine lo antes posible. Una vagina excitada, o para el caso, cualquier vagina, es la peor pesadilla de Fabio. Le gusta alardear de que fue un bebé nacido por cesárea, y por lo tanto consiguió mantenerse alejado de las vaginas hasta al nacer.

La visita empieza.

Como sospechaba, de cada diez hechos que cuenta sobre criaturas marinas, nueve son sobre los delfines.

—Adorable —opina Fabio cuando llegamos a Otteraction—. ¡Qué pena que no tengáis lobos, o adolescentes imberbes!

Aruba se pega tanto a él que casi me esperaría que empezase a olisquearle.

—Espera a ver los delfines —dice con tono seductor.

¿No se da cuenta de que el comentario iba sobre Dex, no sobre las nutrias?

La visita continúa y noto que Aruba no se molesta en enseñarle a Piquito a nadie. Aunque, en su defensa, él acaba de llegar hoy, así que puede que ni sepa que está aquí.

—Y ahora, la mejor parte —dice Aruba cuando

llegamos a los delfines. Hablando más rápido de lo que nada un pez vela, les inunda con datos interesantes como «el ejército tiene delfines entrenados para desactivar minas submarinas», «los delfines del río Amazonas son de color rosa», «los delfines nunca beben agua, el agua marina les haría enfermar, igual que a nosotros» y por último pero no por ello menos importante: «pueden expulsar chorros de aire por sus espiráculos a ciento sesenta kilómetros por hora».

Supongo que nos permiten decir espira-culo en las visitas. Es bueno saberlo.

—¿Tenéis ballenas asesinas? —pregunta Fabio.

¿En qué está pensando? Aruba tiene toda la pinta de poder empezar a frotarse contra él en cualquier momento.

—Pues no. —Se relame los labios de forma inquietante—. ¿Pero sabías que en realidad son delfines?

Es verdad. Las orcas son los miembros más grandes de la familia del delfín, y a diferencia de los «mírame, soy muy mono» de sus hermanos pequeños, no fingen ser otra cosa que las máquinas de matar que en realidad son.

La visita continúa, pero hasta cuando llegamos a los manatíes, Aruba lo explica todo con referencia a los delfines, incluyendo que «los manatíes son mamíferos marinos, como los delfines» y que «duermen solo con la mitad del cerebro a la vez, como los delfines, y por las mismas razones... necesitan respirar y se ahogarían si perdiesen del todo la consciencia al dormir». Remata todo el discurso diciendo:

—A diferencia de los delfines, los manatíes no utilizan la ecolocación y son herbívoros.

Los manatíes tampoco se cargan a sus recién nacidos, como sí hacen sus preciosos delfines. Además, los manatíes tampoco practican «agresión por la competencia» que es cuando los machos acorralan a las hembras y no las dejan marcharse hasta que copulan con ellas. Esa actividad suena demasiado cercana a la violación para mis oídos humanos, y todas las alegaciones que han hecho los humanos sobre haber sido agredidos sexualmente por los delfines no ayudan mucho a mejorar esa impresión. #MeToo, o mejor dicho, #Me-aTún.

Sin embargo, me guardo mis pensamientos para mí misma, mientras preparo mentalmente el guion que usaré yo cuando haga esto mismo mañana. Lo que es seguro es que habrá muchos menos datos curiosos sobre los delfines.

Después de la visita, como con la familia, mientras esquivo preguntas sobre Oliver durante la mayor parte de la comida. Hacia el final, Fabio y Lemon me informan de que esta noche no estarán en casa. Se van de viaje a Orlando y se quedarán a dormir allí en un hotel.

Cuando terminamos de comer, regreso a mis tareas de Sealand hasta la hora del cierre. Entonces pido un Uber para volver a casa y cenar con mis abuelos. Ellos me confirman que mañana es el día en que se recoge la basura, así que decido ser útil y sacarla antes de irme a la cama.

Abro la puerta del garaje y saco rodando el pesado cubo camino de entrada abajo, asegurándome de ajustar bien la tapa con un cierre especial, por lo de los mapaches. Estoy a punto de darme la vuelta y regresar a la casa cuando un ladrido a mi lado me hace dar un respingo.

Sobresaltada, me vuelvo y mis ojos se clavan en los de nada más y nada menos que mi jefe, que viene hacia mí con su salchicha.

CAPÍTULO
Quince

—¡Holi! —le saludo, sin una pizca de profesionalidad. Repaso ávidamente su apariencia: la misma camiseta sin mangas que la primera vez que le vi, shorts estilo cargo y el pelo suelto y alborotado de una forma que me hace pensar en el sexo. Aunque, claro está, todo lo de Oliver me hace pensar en el sexo.

—Hola —me responde él con aire mucho más formal. A su perro le importa una pura caca de carpa el tono de su amo, sin embargo. Su cola está tiesa como una longaniza y la mueve tan rápido que es un milagro que su trasero no esté levantando el vuelo.

Una sonrisa reticente se dibuja en los labios de Oliver.

—Le gustas.

Me pongo en cuclillas y acaricio la cabeza de Tofu mientras él trata frenéticamente de lamerme.

—Para llevar el nombre de una comida insípida, tiene mucho gusto.

Oliver da un bufido.

—¿Insípida? Está claro que nunca has probado mi tofu agridulce.

Yo le miro, pestañeando.

—¿Tú comes tofu? —Y lo que es más importante: ¿por qué mi boca se está llenando de saliva de repente?

Mi sonrisa se hace más amplia.

—¿Es que el nombre de mi perro no te había dado ninguna pista al respecto?

Me doy cuenta de que mi posición agachada coloca mi cara justo a la altura de su Aqua-manubrio y clavo la vista en el perro.

—Mi pulpo se llama Piquito pero yo no como picos.

—Es bueno saberlo —dice él—. Yo sí que como tofu, todo el tiempo.

Mantener esta conversación con su polla me desconcentra demasiado, así que me levanto, lo que hace que Tofu gima decepcionado.

—¿Eres vegetariano? —pregunto, bajando una mano para que Tofu pueda lamerla.

Creía que Oliver solo estaba evitando la comida de origen marino, igual que yo... un tipo de dieta que de hecho no tiene ningún nombre en especial, ¿a menos que se le pueda llamar pescatariana inversa?

—Soy vegano —explica él—. No como productos lácteos, huevos, ni carne.

¡Guau! ¿Cómo ha podido no mencionarlo hasta ahora? Como dice uno de los chistes de Fabio: «¿Cómo puedes saber si alguien es vegano? Porque te lo dicen en el mismo instante en que los conoces».

Me muerdo el labio y paso la mirada por los bien definidos músculos de Oliver.

—No tienes pinta de vegano.

Él arquea las cejas.

—¿Por qué no?

Caca de carpa.

—Tienes toda la pinta de comer un montón de carne —digo sin gran convicción.

Estupendo, bien hecho. Dentro de un momento, estaré hablando de su carne masculina.

Oliver suspira.

—Siempre que la gente conoce a un vegano, se vuelven nutricionistas. Si me diesen un dólar por cada vez que alguien me pregunta de dónde saco mis proteínas, ya sería millonario.

—Pero... *¿de dónde* las sacas? —Solo estoy bromeando a medias.

Él pone los ojos en blanco.

—¿De dónde las sacan los gorilas?

—¿Los gorilas? —Miro a Tofu por si él sabe la respuesta. No la sabe.

—Los gorilas son herbívoros musculosos con un ADN muy parecido al de los humanos.

Yo sonrío.

—¿Me estás diciendo que eres como un gorila?

—Te estoy diciendo que la alimentación basada en las plantas contiene muchas más proteínas de lo que la mayoría de la gente presupone.

—Está bien. ¿Siempre has sido vegano o te has metido en eso recientemente?

—Hice el cambio hace unos años.

—¿Por qué? —pregunto—. ¿Estás intentando adquirir poderes psíquicos como ese tío de la peli *Scott Pilgrim contra el mundo*?

Él ladea la cabeza.

—¿Estás segura de que quieres saberlo? No quiero que suene como si te quisiera dar la charla.

—Cuéntamelo.

Me clava una mirada intensa.

—Las industrias cárnicas y de productos lácteos son malas para el medio ambiente.

Oh. Pensaba que habría otra historia, no sé, como esa que me contó de la langosta.

—Pues sí que tienes un compromiso serio con el medio ambiente. Primero, las placas solares, y luego esto.

Él se encoge de hombros.

—Puede que mi impacto sea mínimo, pero cada pequeño gesto ayuda.

Yo bajo la vista hacia Tofu.

—¿Se les permite a los veganos andar con perros?

—Solo si son perritos calientes de tofu. —Sonríe a su pequeño compañero.

¿Por qué me hace sentir eso tanto arrobo?

Peligro. Peligro. Que es mi jefe.

Me aclaro la garganta.

—Será mejor que os deje seguir con vuestro paseo.

Me doy la vuelta para irme, pero Oliver me dice:

—Espera. —Como si se temiera que no bastase con

sus palabras, me toca en el codo, y todo mi cuerpo se estremece por el impacto de sus dedos. Se me corta el aliento y el calor ruge por mis venas cuando me vuelvo a mirarle, con el corazón latiéndome alocado en el pecho.

—¿Qué? —Consigo preguntar con un tono medio sereno.

Sus ojos brillan en la oscuridad creciente del crepúsculo.

—¿Puedo pedirte un favor?

—¿Cuál?

¿Está mal que yo espere que él quiera un favor sexual? ¿Y es un favor si yo también lo deseo? Solo tendremos que asegurarnos de no hacerlo aquí mismo, en la calle, o sí que tendremos a los cotillas de los vecinos encima enseguida. La buena noticia es que Lemon no está en el cuarto de invitados esta noche, y siempre nos queda ir a su casa. Es solo que...

—Tofu cuenta personas —dice Oliver, arrojando un jarro de agua fría sobre mi libido hiperactiva.

Intentando ocultar mi decepción, miro a esa salchichita tan mona.

—¿Que el qué?

—Así es como yo lo llamo. Toma nota mental de cuánta gente lo está paseando, y si ese número disminuye, se pone muy disgustado. —Al ver mi expresión todavía confusa, Oliver sigue explicando—: La semana pasada, mis hermanos estuvieron aquí, y los tres salimos a pasear a Tofu. Uno de ellos se fue y Tofu notó que su recuento de humanos no estaba bien. Se puso a gemir y al final se negó a caminar. Tuve que llevarlo en brazos de vuelta a casa.

—¿Crees que Tofu me cuenta como a uno de sus humanos? —La pregunta más importante es: ¿estará Oliver inventándose esta historia tan descabellada para pasar más tiempo conmigo?

—Sí —asiente—. El día que nos conocimos, después de irnos cada uno por nuestro lado, se disgustó porque te había contabilizado a ti.

Mmm. Tofu sí que me lanzó una mirada triste aquel día.

—Así que... ¿Quieres que pasee con vosotros dos?

Oliver asiente.

—Te lo agradecería.

—Vale —le digo en tono despreocupado, como si mi pulso no se estuviera volviendo loco por la excitación—. Soportaré tu compañía un rato más, por Tofu.

Oliver exhibe una sonrisa.

—Tofu agradece tu sacrificio.

Empezamos a caminar, y noto que Tofu está mirando hacia atrás de vez en cuando, claramente asegurándose de que su recuento de humanos está actualizado.

—Entonces, ¿viven tus padres en esta urbanización? —pregunto.

Oliver menea la cabeza.

—Cuando se jubilaron, se mudaron a los Cayos.

Suelto una risita.

—Supongo que cuando los de Florida buscan algún

lugar más cálido tiene que ser o eso o el Valle de la Muerte en California.

Tofu intenta olisquear lo que parece ser caca de ciervo, así que Oliver le da un tirón a la correa.

—Creo que mis padres se mudaron a los Cayos por las playas que permiten el nudismo... y esas no son tan abundantes en el Valle de la Muerte.

Yo suelto un resoplido.

—Nunca les hables a mis padres sobre esas playas nudistas, o también ellos se querrán mudar a los Cayos.

¿Pero qué estoy diciendo? Él nunca, y quiero decir, nunca jamás, va a conocer a mis padres.

Oliver sonríe.

—¿Dónde viven ellos ahora mismo?

—Tienen una granja al norte del estado de Nueva York.

Él me pregunta sobre la granja, y yo le hablo de todos los animales exóticos que mis padres han rescatado a lo largo de los años, incluyendo un armadillo hada color rosa y los dik-diks.

Él arquea las cejas.

—¿Dik-diks?

—Unos antílopes diminutos. ¿Quieres ver una foto de los dik-diks?

Riendo, él asiente, así que saco el móvil y le enseño una foto.

—Estos son Bean y Buzz.

—Muy monos —dice él—. ¿Cuál es cuál?

—Buzz es el cornudo —en varios sentidos del término.

Sus ojos se arrugan en las comisuras.

—Debes de haber heredado de tus padres tu amor por los animales.

—Nunca lo había pensado, pero tal vez tengas razón.

Mientras hablo, mirando su cara, siento cómo nos atraemos físicamente el uno hacia el otro de nuevo. Mi respiración se acelera, noto punzadas de calor en la piel, y apenas puedo contenerme y no dejarme caer hacia él.

Oliver parece estar librando una batalla similar en su interior... pero entonces Tofu viene al rescate tirándose un pedo. Uno ruidoso. Entonces, por si eso no fuera suficiente, hace popó.

Bueno, esto es mejor que una ducha fría.

Oliver se agacha y recoge su obra en una bolsita, haciéndome recordar las sabias palabras de Jerry Seinfield: «Los perros son los líderes del planeta. Si vieras dos formas de vida, una de haciendo caca y la otra llevándola por ella, ¿quién supondrías que está al mando?».

—Esta es precisamente la razón por la cual los pulpos deberían reemplazar a los perros como los mejores amigos del hombre —digo cuando Oliver reanuda el paseo, portando la caca.

Él se encoge de hombros.

—Me hace conservar la humildad.

—Buen argumento. Tal vez el mundo sería un lugar mejor si más hombres fuesen humillados por sus salchichas.

Él se echa a reír.

—Bueno, ahora que Tofu ha logrado lo que habíamos salido a hacer, será mejor que nos dirijamos a casa.

Yo estoy de acuerdo con él, y damos la vuelta.

—He oído que mañana vas a hacer una visita guiada.

Yo asiento.

—Estoy un poco histérica por eso, de hecho. ¿Te importaría decirme lo que opinas sobre este guion que he hecho?

—No, en absoluto. Adelante.

Mientras le explico lo que planeo decir y en qué orden enseñaré cada hábitat, llegamos a casa de mis abuelos.

—Eso es perfecto —dice Oliver—. Un trabajo estupendo.

Mi pecho parece estar flotando y las pirañas de mi vientre se ponen en marcha otra vez.

—Supongo que aquí nos despedimos —digo, tragando saliva al mirarle, al contemplar sus labios turgentes y suaves dibujando esa cálida sonrisa de aprobación. Quiero tocarlos con el dedo, luego lamer el mencionado dedo y entonces usar mis propios labios para...

No. Tengo que luchar contra ese impulso.

—Sí. —Su mirada está clavada a mi boca de idéntica manera—. Buena suerte mañana.

Un rayo de luz cegador procedente de una linterna me da en los ojos.

—Alcaparrilla, ¿te está molestando alguien? —grita el abuelo desde la puerta principal.

—¡No! —le respondo también gritando—. ¡Solo estaba hablando con Oliver!

El abuelo se acerca más y veo que también lleva una escopeta.

—Este es mi pie para salir de escena —dice Oliver, mirando cauteloso el arma.

Le dedico una sonrisa triste.

—Buenas noches.

—Hasta luego, escamitas. —Oliver coge a Tofu en brazos y se aleja a grandes zancadas hacia su casa.

Yo me apresuro a reunirme con un abuelo de cara contrita.

—No pretendía ahuyentar a tu novio —me dice—. Acabamos de recibir un mensaje de Blue, y...

Me quedo paralizada en el sitio.

—¿Qué mensaje?

—Será mejor que hables con ella tú misma.

—Vale. —Entro a toda prisa y localizo mi móvil.

Tengo dos videollamadas perdidas y un mensaje de Blue:

Brett se ha comprado un billete para Florida. Su vuelo llega mañana, y el aeropuerto está demasiado cerca de Palm Pilot para lo que me a mí gustaría.

Joder. Brett es mi horrible ex, y Palm Pilot es como Blue llama a Palm Islet, la ciudad en la que estoy.

Esperando contra toda esperanza haber entendido mal algo, le devuelvo la videollamada a mi hermana.

—¡Holi! —me saluda—. ¿Has recibido mi mensaje?

—Sí. ¿Cómo sabes que va a volar hacia aquí?

Ella evita mirar directamente a la cámara.

—He estado vigilándole desde que pedí esa orden de alejamiento para ti.

Si ella supone que me he enfadado porque se meta de por medio, se equivoca. Ese gilipollas confundió a Blue conmigo estando borracho y la atacó físicamente. Por suerte, eso acabó con su culo pateado y con él metido en problemas con la ley. Que se volviera violento no fue una enorme sorpresa para mí. Cuando estábamos juntos, su abuso era psicológico, pero para cuando le dejé, ya sospechaba que era capaz de cosas mucho peores.

—¿Lo sabrás si se salta la orden de alejamiento? —Susurro.

Ella asiente, con los ojos brillantes.

—Olvídate de lo de los trescientos metros. Si se acerca a menos de veinte kilómetros de ti, te lo haré saber de inmediato.

—Gracias. —Cuelgo el teléfono, le digo al abuelo que ya he hablado con Blue y me dirijo al cuarto de invitados.

No estoy segura de si es por las noticias sobre mi ex o por la ausencia de Piquito en mi habitación, pero vuelvo a tener problemas para dormirme.

CAPÍTULO
Dieciséis

Después de una noche de sueño intranquilo, me levanto tarde y tengo que salir corriendo para no llegar con retraso a la visita guiada.

Cuando estoy a medio camino de Sealand, me doy cuenta de que me he dejado el móvil en casa.

¡Por todas las almejas de río y mejillones tigre! Si vuelvo ahora, seguro que dejo tirados a los visitantes, y eso podría tener consecuencias laborales. En vez de darme la vuelta piso a fondo el acelerador.

Cuando llego al punto de encuentro, los visitantes ya me están esperando con aire impaciente.

—Hola, chicos y chicas —digo, con tanta alegría como puedo—. Perdonad el ligero retraso. Vayamos a ver a nuestro pulpo. Llegó ayer a Sealand, así que seréis el primer grupo en verlo.

La novedad de Piquito hace que algunas de las caras se animen, que es lo que yo esperaba.

—¿De dónde sois? —pregunto, mientras

caminamos. Todos me responden uno por uno, y se van abriendo y animando conmigo mucho más, demostrando una vez más lo mucho que le gusta a la gente hablar sobre sí misma.

Cuando entramos en el hábitat de Piquito, él parece contentísimo de verme... o al menos así es como interpreto su color rojo brillante y sus brazos extendidos.

¿Están estos fieles aquí para adorarnos, Gran Sacerdotisa, o han venido para servirnos de entretenimiento?

—¡Qué criatura tan inquietante! —dice una señora que lleva en brazos un diminuto Yorkshire terrier.

—Sí —murmura su novio—. ¡Qué hijo de puta más feo!

Ella se abanica con la mano con aire teatral.

—Quiere comerse a Nacho.

—No, no quiere eso —miento yo. Si al pequeño Nacho se le ocurriera zambullirse en su acuario, acabaría en el pico de Piquito en menos de lo que canta un gallo.

—Sé esas cosas —dice ella—. Soy una vidente de animales.

Ah, vale. Cuando todos se presentaron, dijo que ella y su novio eran de Cassadaga, Florida, que es «la capital mundial de los poderes psíquicos».

Piquito mira alternativamente al perro y a la dueña.

¡Paganos! Solo el todopoderoso Cthulhu tiene poderes psíquicos, no un mero saco de carne como tú. Si de verdad pudieras leer nuestras mentes echarías ese sabroso aperitivo en el Acuario y te inclinarías ante nosotros, rezando.

Me obligo a sonreírle a la pareja de Cassadaga y me meto de nuevo rápidamente en mi discurso diciendo:

—Debes de tener unos poderes muy grandes. Los pulpos tienen nueve mentes que leer.

Todos excepto la vidente y su novio sueltan una risita, y yo hablo de pulpos hasta que veo algunas miradas vidriosas o perdidas.

—Lo siguiente son las nutrias —les digo, y eso es recibido con entusiasmo.

Cuando llegamos a Otteraction, Dex está allí, comiéndose unos tacos. Cuando empiezo el discurso de la visita, se mantiene en un respetuoso silencio, permitiéndome llevar la narrativa.

—¡Las nutrias son tan monas! —exclama la vidente cuando les digo si alguien tiene preguntas. Se pone un dedo en la sien, al estilo del Profesor X—. Me están enviando sus pensamientos. —Su voz suena con un tono más agudo al anunciar—: «Queremos jugar con Nacho».

—Me temo que sería bastante más probable que se comiesen a Nacho a que jugaran con él —le digo.

—Pero Nacho quiere jugar con *ellas* —replica.

Dex carraspea.

—Por favor, mantenga a su perro alejado de las nutrias. Son depredadores y se comerían cualquier cosa a la que pudieran dominar, incluyendo castores, mapaches, tortugas mordedoras y hasta caimanes pequeños. Nacho sería para ellos igual que este taco es para mí. —Muerde ruidosamente el taco, y la vidente palidece.

—¿Y si nos vamos a ver a los delfines? —digo rápidamente.

Me mosquea ligeramente lo bien que funciona ese driblaje. Al mencionar la palabra «delfines», los ojos de todo el mundo se iluminan de emoción, hasta los de Nacho.

Cuando llegamos a la piscina de los delfines, Aruba no está, gracias a Cthulhu.

Empiezo presentando a los delfines y cuando llego a Hopper, el favorito de Aruba, este salta fuera del agua para el deleite de todos.

Odio admitirlo, pero los delfines hacen mi trabajo como acompañante de las visitas muy fácil. Mi discurso está funcionando realmente bien... o sea, hasta que se escucha un fuerte ladrido seguido de un sonido de zambullida y salpicadura.

—¡Socorro! —grita la vidente—. ¡Nacho se ha tirado a la piscina!

CAPÍTULO
Diecisiete

¡Putos pescadillos de plata! El perro está nadando con los delfines a lo grande, y si nadie hace algo, pronto acabará durmiendo con los peces.

Antes de que pueda hacer un movimiento, el novio de la vidente se tira a la piscina.

¿Por qué, Cthulhu, por qué? Ahora el titular de mañana será: «Hombre de Florida raja a un delfín en el estómago para recuperar el cadáver de un perro»... y será mientras han estado a mi cuidado.

Hopper emite un sonoro gorjeo y nada en dirección al perrito.

—¡Quiere comerse a Nacho! —grita, histérica, la vidente.

—Están bien alimentados —digo, esperando tener razón—. Dudo que ellos...

Mi razonamiento se torna irrelevante cuando el tipo agarra al perro y se lo pasa a su novia.

¡Fiuu! Tragedia evitada.

O quizás no.

Mientras el novio nada hacia la escalerilla de salida de la piscina, Hopper se lanza como un torpedo y le agarra por el pantalón.

¿En serio, Cthulhu?

—¡Puede oler su polla en el agua! —grita la vidente—. ¡Aléjate de mi hombre!

¿Eso no es lo que se dice de los tiburones y la sangre? En cualquier caso, me temo que ella no anda demasiado desencaminada, y el titular que me temo que resultará de esto se convierte ahora en:

«Delfín se folla a hombre de Florida durante visita guiada a Sealand»... algo que es todavía peor que suceda durante mi turno.

—¡No pasa nada! Hopper solo quiere su cinturón —grita Aruba. Debe de acabar de llegar de comer.

El cinturón, liberado de los pantalones por el delfín, se cae hasta el fondo, pero el delfín sigue tirando de los pantalones. Estos se le salen al pobre tío, junto con los calzoncillos blancos tipo slip que llevaba debajo, dejando al aire su culo blanco y cubierto de granos.

Oh, caca de carpa.

¿Va a ponerse el delfín sexualmente agresivo?

Parece que sí. Hopper no se sumerge en busca del cinturón. Claramente sigue queriendo algo de este humano.

—¡Tiene la polla tiesa! —grita la vidente, apuntando frenéticamente hacia Hopper.

Que Cthulhu nos ayude. Esa enorme cosa a la que está señalando es decididamente el pene del delfín. Las delfinas poseen unos tractos reproductivos verdaderamente laberínticos, así que los machos tienen lo que se llama un «pene prensil», dotado de una gran destreza, con el que pueden girar, agarrar y palpar como si de una mano humana se tratase. Por cierto, los delfines copulan por placer (igual que los humanos) y pueden eyacular varias veces por hora (a diferencia de todos los humanos excepto por una muy afortunada minoría).

¿Qué hago?

¿Podría tal vez Aruba hacer que una de las delfinas se sacrificara por el bien del equipo? ¿O puede que algún delfín macho? A veces lo hacen.

Mi frenética mirada se posa en un flotador y lo agarro.

—Toma. —Se lo lanzo al tío, que está manoteando, presa del pánico, junto al delfín salido—. Agárrate y no dejes que te sumerja.

—Hopper jamás haría eso —exclama Aruba, y hace sonar furiosamente su silbato.

Dos cosas suceden al mismo tiempo. El tío agarra el flotador y patalea frenéticamente hacia la escalerilla, y Hopper nada hacia Aruba, distraído de lo que fuese que estaba a punto de hacer ante la promesa de un premio.

Moviéndose como una ninja, Aruba le lanza un pescado a Hopper mientras yo ayudo al tembloroso tipo a salir de la piscina.

Mientras se come su pescado, Hopper parece tan feliz como una perdiz nadadora. Supongo que tenía hambre. Nacho ha tenido suerte. Igual que el pobre novio de la vidente. Dado lo que podría haber ocurrido, deberíamos rebautizar al delfín y llamarlo Follador, pero me guardo eso para mí, o si no Aruba podría lanzarme al agua en el lugar del siguiente pescado.

—Nos vamos —dice la vidente, indignada—. Y no volveremos jamás.

Aruba y yo cruzamos nuestras miradas en un poco habitual momento de estar de acuerdo.

—Hasta nunca —murmura entre dientes.

Yo continúo con la visita, y todo sucede afortunadamente ausente de nuevos acontecimientos inesperados hasta que llegamos a los manatíes, que es cuando Oliver se une a nosotros.

Caca de carpa. ¿Habrá venido para despedirme por la debacle delfiniana? No ha sido culpa mía, pero...

—Ignórenme —les dice Oliver a la gente—. Solo quiero escuchar esta parte de la visita.

Oh, quiere escucharme hablando sobre los manatíes. Tiene lógica.

Me pongo con ello. Sus ojos se iluminan y siguen iluminados todo el tiempo, aunque no puede decirse lo mismo sobre el resto de la gente de la visita.

En su defensa, ninguna información sobre los manatíes puede compararse con lo que acaban de ver en el hábitat de los delfines.

—Un trabajo espectacular —dice Oliver cuando termino. Empieza a aplaudir lentamente.

El resto de la gente se une a su ovación, pero probablemente sea a causa de la presión social.

Igualmente, yo hago una pequeña reverencia.

—Este es el final de la visita. Muchísimas gracias por visitar Sealand.

Ellos se dispersan mientras Oliver se acerca y me sonríe.

—Lo he dicho en serio. Has hecho un trabajo estupendo.

Tras decir eso, se aleja a grandes zancadas, dejándome allí con un ovario reventado.

Miro a Betsy, cuya expresión es mucho menos gruñona que la última vez que vine a ver cómo estaba.

Vale. Si lo quieres tanto, quédatelo. Mi nuevo objeto de adoración es Jason Momoa.

Me ruge el estómago, así que como algo. Luego trabajo en el hábitat de los manatíes esperando volver a toparme con Oliver, pero él no aparece.

En fin. Tal vez sea lo mejor.

Sigue siendo mi jefe.

A las cinco en punto me marcho a casa.

Después de aparcar el coche, bajo por la rampa de acceso para entrar el cubo de basura ahora vacío. Mientras lo llevo hacia el garaje me doy cuenta de que he cometido un error estratégico. Si hubiese esperado a hacer esto hasta la misma hora en que me encontré con Oliver anoche, podría haberme «topado accidentalmente con él», Tofu me habría «contado», y habríamos dado otro paseo juntos.

Bueno, en fin. Y de nuevo, tal vez haya sido lo mejor.

El sonido de unas hojas moviéndose en los arbustos cercanos capta mi atención.

Esto es Florida, así que podría tratarse de un jabalí salvaje, un mapache o un caimán.

Cuando la verdadera fuente del sonido se muestra ante mis ojos, se me acelera el pulso y me quedo paralizada en el sitio.

Esto es mucho peor que cualquier animal salvaje.

Es mi exnovio, Brett.

CAPÍTULO
Dieciocho

Un huracán de emociones desagradables me inunda al ver su temido rostro.

Salimos cuatro meses, tres de los cuales fueron bastante buenos, pero entonces se volvió posesivo y controlador...lo que, me avergüenza decirlo, no fue el motivo de que rompiese con él. La gota que colmó el vaso fue que lo pillé engañándome.

—Hola, cariño —dice, arrastrando las palabras, mientras se pasa la mano por su corto pelo oscuro.

Puaj. No puedo creerme que en algún momento lo considerase atractivo. Sabiendo lo que sé ahora, me recuerda a un asqueroso pez sapo.

—¿Cómo que «hola, cariño»? —lo miro fijamente—. ¿Agredes a mi hermana, incumples tu orden de alejamiento y vas y me sueltas un «hola, cariño»?

Sus fosas nasales se expanden.

—Solo quiero que hablemos.

—No tenemos nada de qué hablar.

Él se acerca hacia mí y puedo oler alcohol en su aliento.

Eso no es bueno. Cuando atacó a Blue, ella me dijo que estaba borracho.

—¿No podemos solo hablar? —me dice, y ahora que sé qué esperar, noto su forma de hablar arrastrando las palabras.

Se me acelera todavía más el corazón y desearía haber seguido el consejo del abuelo de ir armada.

—Por favor, Brett. Quiero que te marches.

Él se inclina hacia mí.

—No pienso irme a ninguna parte hasta que me escuches.

Yo retrocedo.

—Si no te vas ahora mismo, vas a meterte en más problemas.

Él mira entornando los ojos.

—¿Me estás amenazando?

Yo doy otro paso atrás.

—¿No estás incumpliendo las condiciones de tu condicional estando aquí?

Él vuelve a avanzar hacia mí.

Vale, supongo que tendré que echarme a correr.

Me doy la vuelta, justo a tiempo de ver como un Tesla frena ruidosamente a un par de metros.

Pestañeo al ver a Oliver saliendo del vehículo.

Antes de que pueda preguntarme cómo y por qué está él aquí, ya se ha colocado entre Brett y yo.

—¿Quién cojones eres tú? —pregunta Brett con tono desagradable.

Oliver cierra los puños.

—Tienes tres segundos para largarte. Uno.

—Que te jodan. —Brett da un paso amenazante hacia Oliver.

¿Es que no ve el brillo asesino en sus ojos?

¿Si te cargas a alguien, sigues siendo vegano? Probablemente, siempre que no canibalices su cuerpo después. Además, Oliver es vegano por motivos medioambientales, así que podría cargarse a Brett y decirse a sí mismo que así reducía su huella de carbono.

—Dos —gruñe Oliver.

Brett hace una mueca despectiva.

¡Qué idiota! ¿No puede ver que Oliver es más musculoso? Solía pensar que Brett tenía un cuerpo bonito porque era alto y esbelto, pero Oliver hace que se parezca a una anguila retorcida.

Dos cosas suceden al mismo tiempo.

Oliver dice: «Tres» y Brett lanza un puñetazo.

Un subidón de adrenalina me hace perder el aliento.

Oliver esquiva el golpe de Brett y le clava un fuerte puñetazo en la nariz.

Brett gruñe, tambaleándose hacia atrás. Empieza a brotarle sangre de la nariz, pero sigue pareciendo dispuesto a atacar. Qué idiota de caca. Es eso, o que se pone muy, muy estúpido cuando bebe.

No sé qué hacer, pero entonces llega a mis oídos el sonido de una sirena lejana.

¿Será la policía?

Tiene que serlo, y eso hace que me preocupe porque

Oliver se meta en problemas con la ley. Yo no soy abogada, pero en el instituto, las dos partes implicadas en una pelea recibían un castigo, así que me imagino que puede ser lo mismo para los adultos.

Brett se agarra la nariz, gira sobre sus talones, y sale corriendo.

¡Fiuu! También debe de haber oído la sirena... o entendido por fin que iban a patearle el culo, otra vez.

Corro junto a Oliver y le miro de arriba abajo.

—¿Estás bien?

Aparte de tener un aspecto demasiado apetitoso, no parece pasarle nada malo.

Él me coge por los hombros y su mirada color cian recorre mi cuerpo.

—¿Te ha hecho daño?

—No, no. ¿Qué estás haciendo aquí? ¿Cómo es que tú...?

A Oliver le suena el teléfono.

—Perdona —me dice, y me suelta para contestar.

¿Una llamada telefónica en un momento como este? ¿Quién...?

—Hola, Blue —dice Oliver.

¿Blue? O sea, ¿mi hermana?

—Sí, he llegado justo a tiempo, pero ese gilipollas se ha largado corriendo antes de que llegase la policía.

Miro a Oliver boquiabierta mientras cuelga el teléfono.

—Tu hermana te ha estado buscando pero no ha podido localizarte —me dice, confirmando mi incipiente sospecha.

—Ah, claro —murmuro—. Hoy me he dejado el móvil en casa.

—Se ha dado cuenta de eso enseguida —me dice él—. Ha llamado a Sealand para contactar contigo. Pero como ya te habías ido, le he preguntado si podía ayudarla en algo, y me ha contado que tu ex es un acosador peligroso y que ella lo había localizado en casa de tus abuelos. Siento no haber podido llegar más deprisa.

Yo me froto las sienes.

—Has llegado a tiempo. No sé cómo agradecértelo.

Antes de que él pueda responderme, un coche con las sirenas aullando se detiene junto al camino de acceso, con la palabra «Sheriff» escrita en un lateral.

Los sheriffs (¿o ayudantes u oficiales?) salen con las armas en ristre.

—Se ha escapado corriendo por ahí. —Señalo hacia el norte—. No estoy segura de que puedan atraparlo.

Ellos enfundan sus armas.

—Hay un coche esperando junto a cada una de las salidas de la urbanización —dice uno de los polis—: Le atraparemos.

Yo le miro, pestañeando.

—No era consciente de que tenían tantos efectivos, dado el tamaño de la ciudad y el bajo índice de criminalidad y todo eso.

El poli se encoge de hombros.

—Algún pez gordo de Nueva York le ha pedido un favor al Sheriff. Al parecer, alguien ha visto por aquí a un fugitivo peligroso —me enseña una foto de Brett—. Este es el tío, ¿verdad?

—Sí, ese es el que ha salido corriendo —le digo, preguntándome de qué pez gordo estará hablando. ¿Habrá movido Blue algunos hilos, o será *ella* el pez gordo?

Otro coche se detiene delante de nosotros y de él salen mis abuelos. Prediciblemente, él lleva una escopeta en la mano.

—Señor, voy a tener que pedirle que suelte eso —le dice el poli al abuelo.

Él hace lo que le dicen y luego, junto con la abuela, nos inundan con un millón de preguntas.

—Enseguida vuelvo —le digo—. Tengo que mirar el móvil.

Los dejo a todos hablando y entro en casa.

Cuando localizo mi móvil veo como varios cientos de mensajes. La mayoría son de Blue, pero hay algunos de Lemon (Blue intentó contactar conmigo a través de ella) y de mamá (por idéntica razón).

Llamo a todo el mundo para decirles que todo está bien.

Cuando vuelvo a salir, el coche patrulla se ha ido y la abuela y el abuelo están dándole las gracias a Oliver por su ayuda.

—Lo siento mucho, Alcaparrilla —dice el abuelo al verme—. Habíamos ido a nuestra clase de baile y teníamos los teléfonos apagados, así que no vimos que Blue había llamado para preguntar por ti.

La abuela le tira de la manga.

—Deberíamos irnos.

—¿Irnos? El abuelo la mira como si a ella le hubiesen salido un par de ojos más en la parte de arriba de la cabeza, como los que tiene el pez uronoscópido.

La abuela dirige una rápida mirada cargada de intención hacia Oliver.

—Tenemos esos dibujos animados que queríamos ver, ¿recuerdas?

¿Está a punto de hablar sobre porno con tentáculos delante de mi jefe?

El abuelo asiente con gesto exagerado.

—Cierto. Vale. El *hentai*. Vamos —Nos mira, primero a mí y luego a Oliver—. Pasadlo bien, niños.

Los ojos de Oliver se arrugan en las comisuras mientras los ve alejarse pero cuando se vuelve hacia mí su expresión es seria.

—¿Cómo lo llevas? —pregunta con voz queda.

Suspiro.

—Me siento un poco anonadada, para ser sincera.

Él mira en la dirección en la que se ha marchado Brett antes de volverse hacia mí.

—¿Quieres hablar de ello?

Yo evito su mirada.

—Ese era mi ex.

Él espera pacientemente, y por alguna estrambótica razón, me encuentro contándole toda la fea historia: cómo conocí a Brett en mi último trabajo, como las cosas empezaron bien pero rápidamente empeoraron, culminando con el incidente en el que me engañó. Lo que no menciono son las partes en las que Brett me decía qué hacer e incluso qué ponerme, y que yo le escuchaba, como una boba. A veces desearía poder meterme en una máquina del tiempo y darle una patada a Brett en las pelotas en vez de permitirle que me controlase.

—Cuando le dejé, no dejó que me llevase a Piquito conmigo, y antes de eso ya le odiaba —digo para terminar.

Oliver aprieta y relaja los puños a los lados de su cuerpo.

—Debería de haberle dado a ese cabrón en las pelotas.

Vaya. Las grandes mentes piensan igual.

—Siento que tuvieses que pasar por eso —prosigue con voz tensa.

—Oye, no fue culpa tuya —le digo. Luego, cautelosamente, pregunto—: ¿Y qué hay ti? ¿Cuál ha sido la peor relación que has tenido?

Sé algo sobre su historial amoroso gracias a los cotilleos de Dex, pero quiero escucharlo directamente de la hermosa boca de la fuente.

Por un instante, creo que recordará que es mi jefe y que su vida amorosa no es de mi incumbencia, pero para mi sorpresa, me dice:

—Su nombre era, es decir, es Brooke —suspira—. Estuvimos saliendo un año antes de que yo la convenciera de abrir Sealand conmigo. Nos costó un montón de trabajo hacer despegar el proyecto, y según iba pasando el tiempo, ella fue resintiéndose cada vez más por lo mucho que me dedicaba a ese sitio y por cómo ya no tenía tanto tiempo para ella —sus facciones se tensan más. —Para devolvérmela, se acostó con un científico clave para el negocio y casi consigue que todo el proyecto se desmoronase.

El dolor que reflejan sus ojos me hace sentir igual que un pulpo intentando escaparse por un agujero diminuto.

—Eso es un asco —le digo con suavidad—. Tu ex suena como un tiburón tollo cigarro.

Él me coge la mano y sus dedos se hacen cálidos alrededor de los míos. Tiene los ojos clavados en mi rostro.

—Y el tuyo es como una perca pirata.

Una sensación cálida me inunda cuando le aprieto la mano.

—Una dorada.

Un levísimo atisbo de sonrisa acaricia sus ojos.

—¿Tipo arenque?

—No, como el pez del estado de Hawái, aunque no soy capaz de pronunciarlo.

—Humuhumunukunukuāpua'a —dice él sin esfuerzo alguno.

—¡Guau! —Le miro boquiabierta—. Eres bueno *de verdad* con tu lengua.

Su mirada se calienta y sus dedos se aprietan más en torno a los míos.

—No tienes ni idea de las cosas que puedo hacer con mi lengua.

Santa caca de carpa bendita. Estoy imaginándome

su lengua sobre mi perla, y mis trompas de Falopio acaban de convertirse en un pulpo.

El corazón me palpita salvajemente, y antes de poder pararme a pensarlo mejor, le suelto:

—Enséñamelo.

Sus ojos echan una llamarada, y su color cian se oscurece al mismo tono de un océano castigado por una tormenta, y sin más dilación, me atrae hacia él y se apodera de mi boca con un beso tan abrasador como un volcán submarino.

Yo me aprieto contra él y mis partes blandas se amoldan rellenando sus durezas. Sus labios son tan suaves y deliciosos como yo los recordaba, su lengua acaricia ávidamente cada superficie sensible de mi boca y sus manos se pasean por mi espalda, mis caderas, mi trasero... Puedo sentir como me disuelvo, fundiéndome con él, y como el mundo se desvanece a nuestro alrededor.

Casi.

Me parece escuchar como un coche se para aquí al lado. O eso, o el calor febril que llevo dentro me está haciendo tener alucinaciones.

Oliver aparta los labios, jadeando con fuerza mientras mira por encima de mi hombro con gesto de frustración.

Caca de carpa.

El maldito coche es real y una Lemon con aire avergonzado se baja de él, seguida de un impenitente Fabio.

—¿Por qué habéis parado? —pregunta Fabio

mientras el taxi arranca y se aleja—. Seguid chupándoos las caras...

Lemon le da un puñetazo en el hombro a Fabio y este chilla de dolor.

—Límites —dice ella sabiamente.

Fabio la mira entornando los ojos.

—Dame otro puñetazo y te...

—Tengo que irme —dice Oliver, echándose hacia atrás.

Yo me toco los labios sensibles con una mano temblorosa.

—¿Nos vemos mañana?

Él no me contesta porque ya se ha ido.

Grr.

He besado a mi jefe. Esta vez sabiendo que lo es.

¿En qué estaría pensando?

Pero él me ha devuelto el beso.

¿En qué estaría pensando *él*?

Hago responsables a la adrenalina y a los instintos vestigiales de esas antepasadas trogloditas salidas mías. Ver a Oliver peleando por mí ha sido enormemente excitante, aunque no tendría que haberlo sido.

—Perdona por cortaros el rollo —dice Lemon, con una mueca.

Suelto un resoplido.

—Probablemente hayas salvado mi trabajo.

Fabio pone los ojos en blanco.

—¿Cómo?

—Sigo trabajando para él, y él tiene algo en contra de salir con los compañeros de curro.

Fabio está a punto de ponerse a discutir, pero me suena el teléfono.

—Es Blue —les digo al tiempo que contesto.

—Los polis no han pillado a ese hijoputa —me espeta Blue sin siquiera decir hola.

—¿No lo han hecho? —Miro a mi alrededor por si acaso Brett vuelve a estar a punto de saltar otra vez desde un arbusto.

—No, pero estoy bastante segura de que no sigue en vuestra urbanización.

Frunzo el ceño.

—¿Bastante segura?

Blue suspira.

—Se ha deshecho del móvil a varios kilómetros de donde estáis. Debe de haberse dado cuenta de que es así cómo le he estado siguiendo el rastro.

Yo aprieto mi receptor un poco demasiado fuerte.

—¿Ya no puedes seguirle el rastro?

Ella suelta un bufido.

—Por ahora. No te preocupes, encontraré la manera.

Yo suelto el aire que no me había dado cuenta que estaba conteniendo. Si la ASN es capaz de encontrar a Brett, Blue también lo será. Mi hermana es como el Gran Hermano: siempre vigilando.

—Ya me irás contando —le digo—. Tengo que ir a encargarme de Lemon y Fabio.

—Hasta luego —dice Blue.

Cuelgo a la vez que Fabio arquea una ceja.

—¿Encargarte de nosotros?

Con un «ejem», los arrastro a él y a Lemon al interior de la casa, solo por si acaso Brett ha sido lo bastante listo para engañar a Blue, por difícil que sea eso de imaginar.

Durante la cena, les pongo al corriente de todo, y ellos me hablan de sus planes para mañana: un viajecito a Miami, donde se quedarán hasta pasado mañana.

Cuando me meto en la cama, solo puedo pensar en Oliver y en ese beso. Como tengo a Lemon por aquí, no me ocupo de la creciente presión sexual... lo cual es para bien. Probablemente.

Mientras me quedo dormida, hay una única pregunta dando vueltas en mi mente.

¿Qué pasará cuando vea a Oliver mañana en el trabajo?

CAPÍTULO
Diecinueve

Trabajo en el hábitat de los manatíes la mayor parte del día siguiente, y eso da sus frutos alrededor de las cuatro de la tarde, cuando me encuentro con Oliver «por accidente».

—Hola —me saluda al verme.

Tiene el mismo aspecto delicioso de siempre, pero hay una tensión en sus hombros y una cierta circunspección en su rostro. Lo que es peor: no ha venido corriendo a besarme, algo que una parte de mí esperaba de verdad que ocurriese hoy.

—Hola, tú —le respondo, con toda la despreocupación que soy capaz de reunir—. ¿Has venido a visitar a Betsy?

Él asiente y mira en dirección de mi rival curvilínea.

—Ha estado muchísimo mejor gracias a ti.

Yo sonrío.

—Entonces, ¿tal vez podrías dejar de preocuparte

tanto por ella y prestarles atención a algunos otros animales?

—Excelente idea—dice él—. Voy a echarles un vistazo a las nutrias.

Se da la vuelta y se aleja. Yo me lo quedo mirando, sin saber si debería sentirme disgustada o aliviada de que mantenga las cosas en un nivel profesional.

Mientras vuelvo en coche a casa, considero como actuaría él si nos encontrásemos fuera del trabajo.

¿Me besaría entonces?

Lástima que hoy no toque sacar basuras, o si no podría sacar los cubos a la hora que él pasea Tofu... suponiendo que es a la hora que creo.

Para asegurarme de no perdérmelo cuando *sí sea* día de basuras, pongo una alarma en mi móvil.

No soy para nada una acosadora. Lo juro con el meñique.

Pero tengo una idea, sin embargo: ¿y si en vez de eso saliera a buscar el correo?

Cuando aparco en la entrada de mis abuelos, hay un coche que no conozco allí, además de otro más que hace que se me acelere el pulso.

Un Tesla.

Su Tesla.

¿Es que mis abuelos le han vuelto a invitar a cenar?

Aparco y me apresuro a llegar a la sala de estar, donde me detengo en seco.

Tenía razón sobre que Oliver estaba aquí, pero se me olvidó preguntarme a quién pertenecería el otro coche. Y ahora que lo sé, veo que se trata de un desastre de las proporciones de una ballena azul.

Mis padres están aquí.

Sí, mis padres.

Pero es aún peor.

Por alguna razón, papá está masajeando el lóbulo de la oreja de Oliver.

Pero es aún peor.

La fina cola de caballo de papá se ha quedado enroscada no sé cómo en la garganta de Oliver, igual que una anguila plateada.

Pero es aún peor.

Mamá está mirando a mi jefe con lujuria no disimulada, y no me sorprendería lo más mínimo que se pusiera a lamerle el lóbulo de la oreja que le queda libre.

—Mamá, papá, ¿qué estáis haciendo aquí? —Mi pregunta suena como un chillido.

El abuelo le echa a mi padre una mirada de descontento.

—Alguien se cansó de los Hyman y se vino para aquí. Ocurre en todas las vacaciones.

Bueno, al menos no está apuntando a papá con su escopeta, como hizo en Acción de Gracias.

Mamá mira a su padre con los ojos entornados.

—Hemos venido a ver al novio de Olive.

—Él no es mi novio —exclamo avergonzada, mirando a Oliver a los ojos.

Su expresión es inescrutable.

Caca de carpa. ¿Se habrá enfadado?

—¿Por qué no? —pregunta papá sin soltar el lóbulo de Oliver—. El amor es bonito. Lo único que necesitas es...

—Oliver es mi jefe —le interrumpo—. Ahora, ¿podrías por favor dejar de manosearlo?

Papá suelta con reluctancia el lóbulo de Oliver.

—La oreja es un microsistema que representa al cuerpo entero.

—¿Ah, sí? —No me atrevo a preguntar qué parte colgante de la anatomía de Oliver creía él que estaba manoseando cuando le masajeaba el lóbulo.

—Sí —dice papá—. Oliver ha mencionado que tenía dolor de cabeza, así que yo me he ofrecido a provocar la liberación de algunas endorfinas.

Supongo que podría haber sido peor. Las mamadas también pueden liberar endorfinas.

Suspiro y pregunto:

—Oliver, ¿te gustaría que te trajera un analgésico?

—No, gracias —dice Oliver—. Estoy ya mucho mejor.

Papá me lanza una mirada triunfal.

—¿Lo ves? La auriculoterapia funciona de verdad.

El abuelo finge estornudar la palabra «paparruchas».

Papá aparta su coleta de la garganta de Oliver.

—También vinimos para asegurarnos de que ese asunto de Brett no haya perturbado el equilibrio de nuestra pequeñina.

Mamá aparta su mirada lujuriosa de Oliver y asiente con entusiasmo.

—Ese chico va a recibir justicia kármica uno de estos días, solo espera y verás.

Grr. Blue no tendría que haberlos llamado. Ya se preocupan lo suficiente por mí de normal.

—Olive, ¿por qué no te sientas? —La abuela indica con un gesto una silla justo al lado de Oliver—. La comida se está enfriando.

Me siento mientras todos cogen algo de la mesa.

Ahora que sé que Oliver es vegano, sus elecciones tienen más sentido para mí. Se decide por el aperitivo de cacahuetes tostados, el puré de boniatos con hierbas y otro plato que no reconozco con un montón de salsa.

Imitando a Oliver, pruebo el plato desconocido, y gimo involuntariamente de gusto.

—Abuela, ¿qué es esto?

La abuela sonríe a Oliver.

—¿Quieres contarle tú qué es lo que has traído?

Oliver asiente.

—Eso es tofu agridulce.

Mamá le da un codazo a papá y susurra muy fuerte:

—Y además cocina. Añade a eso orgasmos regulares, y sería el hombre perfecto.

¿Es demasiado pedir que Oliver no haya oído eso?

Lo es. Debe de haberlo hecho... esa sonrisita es reveladora.

Pruebo los cacahuetes. Ñam-ñam. Una pizca de sabor a sirope de arce y un poco de fuego de chipotle.

Oliver los prueba también, igual que mis padres.

—Están ricos estos cacahuetes —dice papá—. Me recuerdan a los caramelitos sabor a brownies que hacemos a veces en la granja.

—¿Qué cacahuetes? —pregunta la abuela. Cuando ve el plato en cuestión, sus ojos se agrandan, e intercambia con el abuelo una mirada cargada de significado. Moviéndose con una agilidad asombrosa para su edad, agarra el plato antes de que nadie pueda servirse más.

—Puede que estén un poco rancios. No debería haberlos sacado.

Raro, pero vale.

—Así que, Oliver—dice mamá—. ¿Te ha contado nuestra hija que Harry y yo rescatamos animales, igual que tú?

—Si, Crystal, lo ha hecho —dice Oliver—. En realidad, siento mucha curiosidad por vuestra granja.

Mamá empieza a contárselo todo acerca de sus criaturas mientras yo digiero el hecho de que Oliver y mis padres ya se tratan por los nombres de pila. Él no ha pestañeado cuando ella ha dicho «Harry», y luego la ha llamado «Crystal». ¿De qué otras cosas habrán estado hablando antes de que yo llegara? Me pregunto si Oliver ha mantenido una cara de póker mientras ellos se presentaban. Crystal Hymen suena como una membrana virginal que pudiese cortar a alguien al desflorarla, mientras que Harry Hyman es básicamente la virginidad de una gorila.

—¿Hacéis visitas guiadas? —pregunta Oliver—. ¿O

recaudáis fondos en apoyo de los animales de otras maneras?

Caca de carpa. Sé lo que se avecina.

—Los dos tenemos otros trabajos —dice papá—. De día, yo soy testador de penetración... y a menudo, también de noche.

¿Acaba el abuelo de echar mano a su escopeta?

Oliver arquea una ceja.

—¿Testador de penetración?

Papá sonríe.

Implica penetrar en sistemas informáticos.

—De día —dice mamá—. De noche, me lo hace a mí.

Si el abuelo *sí* está a punto de coger su rifle, ¿podría yo pedirle que acabase con mi agonía?

La cara de póker de Oliver se merece al menos una nominación a los Óscar.

—¿Y qué hay de ti? —le pregunta a mi madre—. ¿También estás en el campo de la informática?

—No —dice ella—. Soy sexadora de pollitos.

El abuelo suspira.

—¿No suena eso como un hobby divertido? —pregunta papá.

El abuelo rechina los dientes y está a punto de decir algo (o de dispararle a alguien) cuando la abuela le pone la mano en el hombro.

—Una sexadora separa los bebés de pollito en machos y hembras —dice la abuela con tono conciliador.

El abuelo gruñe algo ininteligible.

—Ese es un trabajo interesante —dice Oliver—.

Apuesto a que son tan difíciles de distinguir como los peces.

—Durante cierto tiempo se ganaba mucho dinero —dice mamá—. Pero últimamente no tanto. Cada vez más criaderos están utilizando herramientas para determinar el sexo dentro del huevo.

—Oh, cariño —dice la abuela—. No sabía eso.

Papá le guiña un ojo al abuelo.

—No te preocupes, Sra. Butchinski. Yo mantendré a tu hija.

El abuelo mira con aprobación a papá por primera vez en el día de hoy.

—Oh, encontraré otra forma de ganar dinero —dice mamá, con confianza en sí misma—. He estado practicando algo de inseminación y cría de animales por la granja y puede que empiece a ofrecerles mis servicios a otros.

Que Cthulhu me lleve. Se pone a contar esa historia que siempre me hace desear meterme lejía por las orejas para desinfectarme el cerebro: como una vez hizo que nuestra cerdita Petunia llegara al orgasmo en el curso de una inseminación artificial.

—Aumenta las probabilidades de engendrar lechones en un seis por ciento —dice Mamá—. He oído que algunos ganaderos de grajas grandes no se sienten cómodos haciendo eso, así que podría cobrarles una tarifa decente.

¡Aay! Orgasmos a cambio de dinero. Me pregunto qué será más antiguo, ¿la agricultura o la profesión más vieja del mundo?

—¿Por qué no dejáis que Oliver os dé algunas ideas para hacer turismo —dice el abuelo, claramente tan ansioso por cambiar de tema como yo—. Les dio algunas a Lemon y Fabio y se lo están pasando genial.

Oliver vuelve a hacer de guía turístico, aunque esta vez no solo les sugiere atracciones. También algunos restaurantes que suenan fantásticamente y los platos que tienen que probar en ellos.

—Guau —dice mamá—. Algunas de las cosas que has descrito están haciendo que se me haga la boca agua.

Con esas palabras, se sirve una ración de cada uno de los platos que hay en la mesa.

Cuando tiene razón, tiene razón. Las descripciones de Oliver (¿o serán sus labios?) han hecho que se me haga la boca agua a mí también, así que me sirvo todas las cosas que no estén hechas con productos marinos. Papá me imita, lo mismo que Oliver, aunque él solo se sirve los entrantes veganos.

Por alguna razón la abuela y el abuelo intercambian una mirada culpable.

—Riquísimo —dice papá al probar la receta agridulce de Oliver—. No puedo creerme que sea tofu.

Oliver sonríe.

—El truco está en la salsa.

Papá se frota la barriga.

—Me recuerda al dik-dik.

Yo casi me atraganto con el boniato.

—¿Te has comido a un dik-dik? —pregunta Oliver, con los ojos como platos.

Comerte a tu mascota debe sonar como algo propio de bárbaros para sus oídos veganos... o para cualquier oído.

—No es lo que piensas. —Mamá le dedica a papá una mirada para regañarle—. Ella ya había muerto de causas naturales.

Oliver mira alternativamente a mamá y a papá, probablemente esperando que alguien diga que se trata de una broma.

—No estoy seguro de que eso mejore la cosa —dice después de una pausa—. ¿Es incluso seguro hacerlo?

—¿Crees que está empezando? —le pregunta la abuela al abuelo, pero él le hace callar con un ruidito.

—Si un animal no estaba enfermo, comérselo después de que muera es perfectamente seguro —dice papá—. Es una forma de honrarlos.

Oliver observa a papá con la boca abierta.

—¿Honrarlos?

Papá se traga una empanadilla entera, sin masticar... un poco como hacen los delfines con los peces.

—Algunas culturas solían comerse a sus parientes fallecidos por la misma razón. Bambi era como parte de la familia para nosotros, y ahora forma parte de nuestros cuerpos. ¿Existe algún honor mayor?

¿Es egoísta por mi parte que lo mejor de todo esto para mí sea que jamás conocí a la dik-dik en cuestión?

Mientras escucha todo esto, el abuelo saca una escopeta. Después de recibir una mirada fulminante de la abuela, la guarda y clava los ojos en los de mi padre.

—Si en algún momento se te ocurre comerme

después de que muera, lanzaré un poltergeist contra tu trasero hippy y luego te dispararé.

—Cariño —susurra la abuela por la comisura de los labios—. Ya sabes que son las drogas las que hablan.

Frunzo el ceño.

—¿Qué drogas?

El abuelo le lanza a la abuela una mirada de exasperación.

—Nunca es capaz de guardar ningún secreto.

Mamá mira a la abuela.

—¿De qué drogas estás hablando? Harry y yo somos totalmente naturales.

—¿Os acordáis de cuando habéis insistido en ayudarme a poner la mesa? —pregunta la abuela.

Mamá se cruza de brazos.

—Continúa.

La abuela suspira.

—No tendríais que haber sacado los cacahuetes.

Las pupilas de mamá se hacen muy grandes mientras mira a la abuela con los ojos entornados.

—¿Por qué no, mami?

Yo suelto una risita.

—Cacahuetes con arce y chipotle. Por supuesto. Estaban infusionados con cannabis, ¿verdad?

—Es medicinal —dice el abuelo con tono defensivo.

Yo sigo riéndome. Primero, casi me acuesto con mi jefe. Luego le meo encima; después le beso y ahora mi familia acaba de drogarle.

Es desternillante.

Así es. Ahora que sé qué buscar, veo el tono enrojecido de los ojos color cian de Oliver.

—¿Cómo era de alta la concentración de THC?

—Alta —dice la abuela con aire avergonzado—. Es decir: ahora estáis colocados.

Mamá y papá empiezan a reírse y el hecho de que yo lo encuentre contagioso confirma todavía más lo que acabamos de averiguar.

—Ya que estamos, podríamos disfrutarlo —dice la abuela—. O eso, o sacarlo de nuestro sistema.

—¿Cómo? —pregunta Oliver. Él no parece contento en absoluto.

—Los postres me ayudan a bajarme el colocón —dice la abuela—. Tengo algunos en la nevera.

Ñam-ñam. Podría comerme algún postre. Y unos nachos. ¿Tendrán mis abuelos nachos? Oh, ¿y podría yo comerme unos nachos *con* tarta de queso?

—Bebed mucha agua, también. —El abuelo coge una jarra de la mesa y la rellena en el grifo de la cocina.

—Por mi experiencia, los ejercicios de cardio son buenos —dice mamá con una risita tonta—. En particular los de cierta clase. —Remata eso con un inquietante guiño a papá—. Es un doble revés.

Oliver engulle un gran vaso de agua mientras mis padres y yo nos hinchamos con los restos de los platos salados para dejar sitio en la mesa para los postres.

—Podríamos pedir una pizza —dice mamá después de devorar todo lo que tenía en el plato. Me guiña un ojo—. Con olivas.

Papá asiente.

—Y ponerle patatas fritas por encima.

La abuela se aclara la garganta.

—¿Y qué hay de ese postre que he hecho?

Mamá frunce el ceño.

—¿Salsa de caramelo encima de las patatas fritas?

—No, deberíamos conseguir Oreos —dice Oliver. Ya no parece estar tan descontento ahora. En todo caso, tiene cara de hambre. El THC debe de estarle haciendo efecto ahora.

—¿Son veganas? —pregunto.

—Sí —me responde—. Igual que la mayonesa vegetal. Tengo de eso en la nevera. Apuesto a que estarán muy ricas juntas. —Se relame los labios y casi me hace olvidarme de la comida y pensar en ejercicios de cardio... del mismo tipo que mi madre tenía en mente—. También tengo un aguacate que podemos mezclar con chocolate —prosigue Oliver—. Tal vez añadir algo de uvas siracha. Y mantequilla de cacahuete —mira a mis padres—. ¿Puedo robarle un poco de albahaca a vuestra pizza?

La abuela deja un plato en la mesa de golpe.

—Esta es una tarta de lima de los cayos *vegana*.

—¡Guau! —decimos los cuatro. Luego atacamos la tarta igual que una manada de lobos hambrientos.

—¿Esto lleva agar-agar? —pregunta Oliver a mi abuela después de dejar limpio su plato—.

Ella menea la cabeza.

—¿Qué es eso?

—Una gelatina hecha con algas marinas —sonríe él—. Como es vegana... pero al menos no le habrás puesto gelatina de cola de pescado. Si lo hubieses hecho este habría sido un pastel de escamitas.

Yo me abanico con la mano. Está hablando abiertamente sobre desear comerme a mí.

Es oficial.

Estamos colocados.

CAPÍTULO
Veinte

Papá levanta un dedo en el aire.

—Tendríamos que hacernos un «Dark side of the rainbow.

Mamá asiente con entusiasmo.

—Y conseguir más comida.

—¿Qué es «Dark side of the rainbow»? —pregunta la abuela.

—Tráete cosas de picar y te lo enseño. —Mamá se levanta rápidamente y se apresura hacia la sala de estar.

La abuela suspira.

—Supongo que deberíamos seguirla. —Nos da unas cosillas de picar a todos.

Yo empiezo a ayudarla, pero estar de pie me hace sentirme todavía más colocada... o es eso o es que el tiempo se mueve a saltos. Solo sé que de alguna manera me encuentro en la sala de estar, acurrucándome al lado de Oliver.

Oye. Mi yo colocado tiene las ideas correctas.

Ahora, si los miembros de mi familia pudieran largarse...

—Observad y escuchad —dice mamá, cogiendo otro pedazo de tarta de lima de los cayos—. Este es el *Dark Side of the Moon* de Pink Floyd de sonando de fondo mientras vemos *El mago de Oz*.

Al principio, estoy demasiado entretenida por la oleada de hormonas generada por la cercanía de Oliver. En cierto punto, sin embargo, me pongo a escuchar la música y a mirar la pantalla.

¡Guau!

En un extraño momento de lucidez, me doy cuenta de que combinan de una forma inquietante. ¿Compuso Pink Floyd ese álbum con la película en mente o es esto solo un sesgo de confirmación?

A la mitad de la peli, la música y el cannabis se unen para hacerme estar más colocada que nunca antes en mi vida, y me cuesta seguir la trama de *El mago de Oz* aunque la haya visto antes. Unas cuantas veces, creo que hasta me olvido de cómo funciona lo de estar viendo la tele, pero salgo rápidamente de esos estados.

Mmm. ¿Y si soy como el espantapájaros y me hace falta un cerebro?

Montones de preguntas dan vueltas en mi cabeza y parecen todas tan profundas que me entran ganas de apuntarlas... pero por desgracia me he olvidado por el momento de cómo se escribe.

¿Por qué se oxidó el Hombre de hojalata? Estaba hecho de aluminio, no de acero, y el aluminio no se oxida. Además, ¿cómo fue de horrible para él estar ahí quieto sin moverse antes de que Dorothy le rescatara? Y, volviendo a los daños causados por el agua, ¿cómo se disolvió la Malvada Bruja? ¿También se comió un cacahuete, o estaba hecha de algo que se podía fundir?

—Si el agua es su debilidad, ¿por qué tenía un cubo de eso tan a mano en su castillo? —pregunto en voz alta.

—Lo sé, ¿verdad? —dice papá— ¿Y por qué querría matar a Toto? No suponía ninguna amenaza.

Sí. Es la primera vez, que yo recuerde, que papá habla con sentido... aunque mis habilidades para recordar están ahora mismo ligeramente perjudicadas, por decir algo.

Lo mismo que mi percepción del tiempo. En un abrir y cerrar de ojos, la canción y la peli terminan y al parecer, toda la trama había sido «solo un sueño», lo que me resulta muy fácil de creer en mi estado actual.

De repente, una escena de porno duro con tentáculos aparece en pantalla.

—Perdón —dice la abuela—. Eso no era lo que quería poner.

¿Es raro que ahora yo esté salida? ¿Significa eso que me gusta el hentai?

No. Oliver me está rodeando con el brazo... esa es la razón.

Ignorando los comentarios motivadores de mi madre sobre el porno y la vida sexual de mis abuelos, me aprieto más contra Oliver, flotando en una nube de euforia.

Oliver me devuelve el abrazo, cortocircuitando las pocas neuronas que me quedan.

Empieza otra película, esta vez sin Pink Floyd de banda sonora.

Lucho por encontrarle algún sentido. Creo que es una de las últimas de Harry Potter porque Hermione parece mayor.

¿Pero dónde está Harry? ¿Y quién es ese tío tirándole los tejos a Hermione?

Mmm. Se llama Gastón. ¿Estaba en Slytherin?

Además, no recuerdo a ese hombre lobo con cuernos...

Espera un segundo. Ya lo pillo: esta tiene que esa versión con actores reales de *La bella y la bestia*.

Sí. La canción *Nuestro huésped* lo confirma... y es tan psicodélica aquí como lo era en la versión de dibujos animados, aunque puede que solo se trate del THC.

Ahora algunas de las escenas anteriores tienen menos sentido... a menos que fuesen alucinaciones. Por ejemplo, ¿he visto a Hermione, es decir, a Bella, inventar una lavadora en la Francia del siglo dieciocho? Además, si no sale ningún hombre lobo en esto, ¿por qué eran tan grandes esos lobos? ¿Y por qué rugían como leones?

—Tengo hambre —dice mamá, distrayéndome de mis intentos de procesar la película.

—No queda nada de comer —dice la abuela con una risita.

—¿Queréis ir a comprar algo? —pregunta papá, a nadie en particular.

—Tú no vas a conducir en este estado —dice el abuelo con tono serio, y dándole unas palmaditas a su arma.

—¡Vaya mierda! —dicen mamá y papá al unísono.

—Tengo papeo en mi casa —dice Oliver a un centímetro de mi cara.

Oh sí. Me está abrazando. Normal que me sienta tan a gustito.

Además, ¿quién necesita comer nada cuando puedo lamer sus labios?

No. Testigos.

—Vamos a tu casa —dicen mis padres.

—¿Estás seguro de esto? —le pregunta la abuela a Oliver.

Él asiente.

—Probablemente Tofu me esté echando de menos.

—¡Qué rico estaba! —exclama mamá—. Nosotros también echamos de menos al tofu.

No recuerdo con detalle el trayecto hasta casa de Oliver, pero cuando entramos, un perrito caliente se acerca corriendo y dando ladridos de alegría, moviendo el rabo demasiado deprisa para que mi nublado cerebro pueda procesarlo.

—Este es Tofu —les dice Oliver a mis padres—. Él no está en el menú, pero el tofu agridulce sí.

Yo me echo a reír y acaricio la naricilla húmeda y puntiaguda de Tofu.

—La cocina está por aquí —dice Oliver, guiándonos por un pasillo de aspecto minimalista.

La cocina también tiene pocos adornos, con electrodomésticos nuevos y limpios y una mesa de cristal.

—¿Tienes salsa gravlax? —pregunta mamá.

—¿O ñoquis? —añade papá.

—Oliver es vegano —digo yo, y me siento orgullosa de haber conseguido enlazar tal cadena de pensamiento lógico—. Aquí no hay platos con pescado ni con huevo.

—Tomad. —Oliver saca algo de la nevera y lo atacamos como un equipo hasta que no queda nada.

—¿Qué era eso? —pregunto, ya tarde—. ¿Nachos?

Oliver ríe.

—Oreos, pero con salsa, así que puedo entender cómo te has confundido.

Las aventuras culinarias prosiguen hasta que a Oliver se le vacía la nevera, que es cuando mis padres se excusan y se van.

Yo miro a Oliver, pestañeando.

—¿A dónde se han ido?

—No estoy seguro —dice él— Vayamos a encontrarlos.

Por supuesto. Solo tengo que recordar cómo se anda.

Haciendo un esfuerzo hercúleo, me pongo de pie.

Genial. Puede que me empiece a acordar de cómo va todo ese rollo de andar.

Antes de dar un paso, Tofu entra en la habitación y empieza a corretear por todas partes, gimiendo.

Oliver mira con aire culpable a su salchicha.

—Normalmente le doy de comer cuando llego a casa. No puedo creerme que me haya olvidado.

Tofu ladea la cabeza, como diciendo: *¿me vas a dar de comer o tengo que salir a matar a algún tejón para cenar? Para eso nos crían a nosotros, los perros.*

Oliver suelta una risita.

—Apuesto a que si fuese capaz de hablar, sonaría exactamente así.

Frunzo el ceño.

—¿Es que he dicho eso en voz alta?

Él se rasca la coronilla.

—Espero que hayas sido tú. Si estoy tan colocado que oigo como Tofu me habla, igual tendría que ir al hospital.

—No, he sido yo —le confirmo—. Creo.

—¡Uf! En ese caso, deberías saber que un Dachshund, especialmente uno moderno, no sería capaz de verdad de matar a un tejón. Solo ayudan con la caza. Los humanos hacen lo de matar.

Yo suelto un resoplido.

—¿Qué es un Dachshund?

Él suspira.

—Un perrito caliente.

—Vale. Vale. En Latín, es *canis pēnis*. Aunque coloquialmente se le llama perro salchicha. O solo salchicha. ¿Perro longaniza? Longanizona. Pollona...

Un sonoro ladrido de Tofu me interrumpe.

No me gusta que se rían de mí.

Oliver hace una mueca.

—Mi salchicha está hambrienta.

La imagen del enorme Aqua-manubrio de Oliver flota frente al ojo pervertido de mi mente.

Es oficial.

Yo estoy tan hambrienta por su salchicha como su salchicha lo está por su comida de perro.

Oliver busca en un estante cercano y coge una lata con la foto de un perro (posiblemente) drogado en ella. Cuando abre la cosa esa, huelo a algo apetitoso y me ruge el estómago.

Tofu me mira preocupado.

Cuando estoy enfadado y hambriento, soy capaz de morder a cualquier perra.

Mientras se ríe, lo que puede indicar que acabo de volver a decir eso en alto, Oliver echa la comida en un bol que hay en el suelo.

Tofu la engulle superdeprisa, como si tuviese miedo de que alguien fuese a pelearse con él por ella.

Mi estómago vuelve a rugir. ¿Cuándo ha sido la última vez que he comido?

Oliver sonríe.

—¿Hambre por el colocón?

Yo le echo una mirada al bol del perro.

—Huele tan bien...

Él resopla.

—¿Comerías comida de perro?

Yo me relamo los labios.

—¿Nunca te has preguntado a qué sabe?

Parece intrigado. Coge otra lata, la abre, saca una cuchara y se mete una cucharada en esa boca tan sexy suya.

¿Es raro que desee que él me dé de comer esa comida de perro de su boca, como un papi pájaro?

—No está mal —dice Oliver, después de tragar—. Pero le iría bien un poco de sal.

Yo suelto un resoplido.

—Estás tan colocado que acabas de comer comida de perros.

Oliver ondea su cuchara y una gota de comida vuela hasta el bol de Tofu.

—No le daría a Tofu de comer nada que yo mismo no me comería.

Yo suelto una risita.

—¿Sabes que acabas de romper tu compromiso sagrado con el veganismo? Tus poderes psíquicos ya no funcionarán.

—No es cierto —dice él—. Esto es comida vegana para perros.

—¿Ah, sí? —Yo le miro, pestañeando—. ¿No son los perros básicamente lobos... o sea, carnívoros?

Él menea la lata en el aire.

—Le compro de estas para que Tofu disfrute de mayor variedad. Los perros son omnívoros y pueden comer comida vegana siempre y cuando esté adecuadamente formulada.

Yo sonrío.

—¿Es un perrito caliente vegano?

Oliver menea la cabeza.

—Tofu no es exclusivamente vegano... le gusta demasiado la comida basada en la carne. Aun así, disfruta de algún plato vegano de vez en cuando, lo que le da la ocasión de reducir su minúscula huella de carbón.

Al escuchar su nombre repetido una y otra vez, Tofu levanta la cabeza.

De hecho, podría reducir todas las emisiones de metano del mundo yo solo comiéndome a todas las vacas pedorras. Y a los cerdos... si es de eso de lo que está hecho el beicon. Y a los pollos... suponiendo que sepan tirarse pedos. En realidad, me comería cualquier cosa que se tire pedos; por eso los perros tenemos tan buen sentido del olfato.

Oliver suelta una risita y me pasa la lata y la cuchara.

—¿Te interesa?

Yo lo huelo. Huele riquísimo.

—No voy a decírselo a nadie —dice Oliver—. Será nuestro pequeño secreto.

Titubeante, cojo una cucharada de comida para perros y me la meto en la boca mientras Oliver me observa con avidez.

¿Es que quiere más?

Luego el sabor me llega. ¡Por las papilas gustativas de Cthulhu, me gusta! Lleva arroz, tal vez avena, seguro que algo de centeno, y o bien guisantes o garbanzos.

Tofu vuelve a gemir y yo bajo la mirada hacia él para verlo observando con pánico la lata que llevo en la mano.

¿Ahora los humanos se comen mi comida especial? ¿Qué es lo siguiente? ¿Meterme a mí en el menú?

Yo suelto una risita. Qué tontito es Tofu.

—¿Si se la doy, será demasiado para él?

Oliver menea la cabeza.

—Puede comérsela.

Con tristeza, le echo el resto de deliciosa comida a Tofu en su bol, y el salchicha la ataca como un lobo con apariencia fálica.

Ooooh. Esperaba que me dejase un poco.

Aparto la vista de la comida que se esfuma rápidamente y miro a mi alrededor.

—Tengo la sensación de que falta algo pero no soy capaz de poner mi tentáculo en la llaga acerca de qué.

Oliver lanza un rápido y confuso vistazo hacia la puerta.

—Sí. —¿No recuerdas qué es?

Cierro los ojos y fuerzo mi cerebro todo lo que puedo.

¿Los delfines?

No, están en el trabajo.

¿Algo de comer?

Ya nos lo hemos terminado todo. Con la ayuda de Tofu.

¿Música?

Tampoco. Eso era cuando estábamos en casa de mis abuelos.

Un momento. Ya lo tengo. Abro los ojos y me doy una palmada en la frente.

—Padres.

—Oh, sí—dice Oliver—. ¿Dónde están?

—Ni idea. —Me pongo a su lado y le meto el brazo por el hueco de su codo—. ¿Quieres que vayamos a buscarlos?

—Vamos — Él me guía fuera de la cocina y hacia el salón.

Observo el cómodo sofá y la tele de pantalla grande. Una vez más, ¿qué es lo que buscaba?

—No están aquí —dice Oliver.

Ah, vale. Padres.

—Vamos a buscar a otro sitio —digo, y me vuelvo hacia el pasillo.

—Sí. —Oliver me guía hasta el recibidor y olisquea el aire, igual que lo haría Tofu—. ¿Es eso mantequilla de cacahuete?

Yo tomo un montón de aire por la nariz. Mmm... huele a frutos secos.

—O es eso o se trata de un sapo pata de pala. Cuando se estresan, liberan una secreción que huele a mantequilla de cacahuete.

Oliver frunce las cejas.

—Creo que viene de mi habitación.

Intento encontrarle algún sentido a esa afirmación. ¿Es que *él* huele a fruto seco? ¿Qué era todo eso de los cacahuetes, otra vez? Ah, sí, el olor.

—¿Crees que mis padres se han llevado mantequilla de cacahuete a tu dormitorio a escondidas para no tener que compartirla? —Qué cabrones. ¿Cómo han podido?

Oliver me mira, pestañeando.

—Parecen demasiado agradables para hacer tal atrocidad. ¿Y si están haciéndose pruebas de Alzheimer el uno al otro?

¿Ah, sí? ¿Qué edad tienen mis padres? Un momento, ¿en qué año estamos?

—¿Has dicho Alzheimer o Alka Seltzer?

El levanta en el aire un dedo que parece bailar delante de mis ojos.

—Los pacientes de Alzheimer no son capaces de oler la mantequilla de cacahuete por su fosa nasal izquierda tan bien como por la derecha.

Fosas nasales. Vale. La izquierda. Aprieto un dedo contra un lado de mi nariz. Un momento, ¿De qué estábamos hablando otra vez? Sí, los chalados de mis padres y de ese olor tan rico.

—Son demasiado jóvenes para tener Alzheimer. Creo que han decidido mangar esa mantequilla. —¡Uf! Creo que eso tiene sentido.

Oliver parece horrorizado.

—No serían capaces.

—Vamos a verlo —digo con determinación, y dando un bufido indignado, abro la puerta del dormitorio, dispuesta a entrar y recuperar la mantequilla de cacahuete a la fuerza.

Salvo que no, no puedo.

A mi lado, Oliver ahoga una exclamación, clavado en el sitio como yo.

El shock de lo que estoy viendo es tan fuerte que hace que se me pase la niebla de la maría.

¡Bendito Cthulhu y el resto de los Antiguos!

Mamá está cabalgando a papá en la postura de amazona inversa.

Los dos están tan en cueros como el día en que nacieron.

Oh, y ambas unidades parentales están untadas en tanta mantequilla de cacahuete como para alimentar a un ejército de fumetas.

CAPÍTULO
Veintiuno

Retrocedo de un salto, cierro la puerta de un portazo y me debato seriamente sobre si arrancarme o no los ojos.

Pues no. Con eso no bastaría.

Dejo que mis pies me saquen de ahí. Un segundo después, me encuentro sentada en el sofá, tapándome los ojos con las palmas de las manos.

¿Me los habré arrancado al final?

Un fuerte brazo me rodea los hombros.

—¿Estás bien? —murmura Oliver en mi oído.

Yo digo que no con la cabeza.

—Creo que estoy traumatizada.

Él me abraza con más fuerza.

—El seguro de salud de Sealand cubre la terapia.

¿Hace calor aquí o es solo por él?

Me quito las manos de la cara.

—¿Ah, sí?

Oliver asiente.

—Si es necesario, también podrías hablar con Rose.

Yo suelto una risita.

—¿Eres consciente de que es una loquera de peces?

Él me mira fijamente, como hipnotizado.

—¿Te he dicho alguna vez que tienes una sonrisa preciosa?

¿Lo ha hecho? No soy capaz de recordarlo. Probablemente no. Sí hubiese sentido alguna vez esta ligereza y este aleteo de mariposas en mi corazón, lo recordaría.

Sigue mirándome fijamente.

Me pregunto por qué. ¿Espera que le responda a algo?

Además, ¿por qué me siento tan bien, y calentita?

Ah, sí, me está rodeando los hombros con el brazo. Mis ojos se posan en la mano que está tocándome.

Maravillosa. Sí, algo me dijo de eso.

—Tienes un pulgar maravilloso —suelto, con la mirada pegada a sus dedos.

Luego recuerdo lo que ha dicho él. Supongo que accidentalmente he clavado la respuesta. Ojo por ojo total. Con tanto hacer ojitos, siento como si mis tetas estuviesen asfixiándose dentro de mi estúpido sostén, y el hecho de tener los pezones de punta no me ayuda.

Oliver se inclina más hacia mí con los ojos semicerrados.

—Nunca antes me habías hecho ningún cumplido.

¿Cómo es posible que no lo haya hecho? Si un cumplido se encarnara en humano, sería él.

Yo me humedezco los labios.

—No dejes que mis cumplidos se te suban a la cabeza. Mis motores no están funcionando exactamente a capacidad completa.

Caca de carpa. ¿Debería haber empleado una metáfora más respetuosa con el medio ambiente? ¿No estoy conduciendo con todos mis caballos al galope? ¿Se tiran pedos los caballos? Tal vez funcionando con...

Los labios de Oliver se juntan con los míos.

Oh. Cthulhu. Mío.

Estoy colocada, pero ni remotamente seca.

Las máquinas que estuviesen funcionando hasta ahora en mi cabeza se detienen con un rechinante frenazo. De hecho, si yo fuese un motor, ahora mismo estaría estallando.

Siento que estoy a punto de desmayarme, me caigo hacia atrás, y Oliver me sigue sin romper el beso.

Tiene unas habilidades de coordinación ojo-mano impresionantes. Especialmente si está tan colocado como yo.

En cuanto me acomodo sobre mi espalda, sus manos de pulpo me recorren por todas partes de la más maravillosa de las maneras. Una me sujeta la barbilla, la otra la nuca, y la tercera...

Un momento. En realidad, él no es un pulpo, así que esa tercera cosa que se aprieta contra mi vientre no es ninguna mano. Es otra cosa.

¿Pero qué?

Oh, ya lo sé.

Su Aqua-manubrio.

Deslizo mi mano como una serpiente hacia abajo y la palpo. Así es. Eso es lo que es, y la deseo, mucho.

Él se aparta, jadeando. Sus ojos están oscurecidos por la lujuria.

—¿Estás bien?

Asiento sin palabras.

Él se coge el borde de la camisa y se la quita con un solo movimiento brusco.

Yo me quedo contemplando su magnificencia, presa de una estupefacción nebulosa.

Él me desabrocha mi camisa, dejando al aire mi sujetador. Sus fosas nasales se agrandan mientras arrastra sus ojos sobre mí como si su mirada fuese un rastrillo.

¡Sí! Me gusta a dónde está yendo esto a parar... salvo porque siento que se me está olvidando algo. Algo lejano, pero así como importante... creo.

Él se inclina hacia adelante y me pone los labios en la sensible piel del cuello... y me olvido de todo, tal vez hasta de mi propio nombre. ¡Cthulhu, qué bien! Sus labios son cálidos y suaves, su piel algo áspera por un atisbo de barba reciente que me araña de la forma más deliciosa.

Gimo, y él me lame la clavícula mientras varias de sus manos me bajan la cremallera de los pantalones cortos del trabajo.

Pantalones cortos del trabajo... siento como si eso pudiese darme una pista acerca de algo que se me está olvidando...

Sus labios y su lengua se deslizan hacia abajo, hasta

las puntas de mis pechos y luego por debajo, viajando por mi jadeante caja torácica hacia mi ombligo. Luego más y más abajo, y yo me olvido de que me haya olvidado de nada.

¿Está a punto de...?

Así es.

Noto su aliento contra mi wunderpus. Levanta la vista para encontrarse con mis ojos por un momento y murmura:

—Es hora de probar unas escamitas.

Antes de que pueda responder, él le da un lento y suntuoso lametón a mi perla.

Eso arranca un gemido de mis labios.

Él me lame otra vez. Y otra. Luego hace algo digno de un genio, pero no estoy segura de qué. Parece como si de repente le hubiesen salido ocho lenguas, y todas están compitiendo por el honor de ser la que hace que me corra.

¿Tal vez es que él *es* medio pulpo?

Mis gemidos aumentan de ritmo.

Oliver mantiene el de sus lametones implacables.

La nube de euforia en la que estoy flotando no se parece a nada que haya sentido antes. Es intensa y casi aterradora, porque me hace pensar que de ahora en adelante querré sentirme así una y otra vez. Está haciendo que me haga adicta a la hierba, a él o a los dos.

—¿Vas a correrte para mí? —Su voz es grave y ronca, y me llega como si estuviese a lo lejos.

Mi respuesta es otro gemido, y eso debe de

animarle a ser todavía más hábil con sus lenguas. Cuatro segundos después, me corro, y los dedos de mis pies se curvan mientras grito su nombre.

Cuando se aparta, hay una expresión de satisfacción masculina en su rostro que es casi engreída.

¿Ah sí? ¿Se cree que es el único capaz de volver loco a alguien?

Agarro un par de puñados de su largo cabello, tiro de él hacia mi cara y le beso, fuerte. Mientras nuestras lenguas bailan, le desabrocho los botones del pantalón.

Él se pone rígido... en los dos sentidos del término.

Le bajo los pantalones por las caderas y aparto mis labios de los suyos, jadeando mientras me muevo hacia abajo.

Él parece ávido. Famélico.

Igual que su Aqua-manubrio.

Agarro la susodicha por la base y luego me agacho y le doy un lametazo lento y retorcido, como a un polo de helado.

—Joder —gruñe Oliver.

Eso es bueno. Puedo manejar maquinaria pesada aun estando puesta hasta las cejas.

Estoy a punto de metérmela en la boca cuando un ruido extraño se cuela en mi consciencia.

Molesta, me vuelvo hacia él, sin molestarme en soltar su Aqua-manubrio. Porque no voy a dejar escapar a esa hermosura.

Es una decisión de la que rápidamente me arrepiento.

Porque son mis padres.
Están aquí.
Esa era la cosa que había olvidado.

CAPÍTULO
Veintidós

Miro la polla que tengo en la mano.

Miro a mi madre.

Vuelvo a mirar la polla que tengo en la mano.

Miro a mi padre.

Ambas unidades parentales lucen el pelo alborotado de después de un polvo y la ropa puesta de cualquier manera. También hay restos de algo color marrón en sus caras. Y huelo a mantequilla de cacahuete.

Oh, Cthulhu.

¿Cómo he podido olvidarme de la mantequilla de cacahuete?

Lo peor es que ambos me están contemplando con unas expresiones muy raras. ¿Aprobación? ¿Apoyo? Lo mires como lo mires, lo que yo desearía ahora es caerme por los huecos del sofá y no dejar de caer hasta llegar a Australia.

Me doy cuenta de que mamá está hablando.

—Cuánto, cuánto lo siento —dice—. Por favor, continuad. Nosotros ya nos íbamos.

Oliver gruñe, y me doy cuenta de que puede que haya apretado su dureza un poco demasiado fuerte.

Mamá debe de estar de acuerdo conmigo, porque dice con voz cantarina:

—Tienes que ser más delicada con los órganos masculinos. Normalmente yo ni uso las manos con el de tu padre, y en vez de eso opto por...

Suelto el órgano masculino de Oliver como si me estuviese quemando los dedos y me levanto derrapando del sofá. Mi mirada frenética se posa en mi camisa hecha una bola en los cojines, y la agarro rápidamente.

Capto la mirada desconcertada de Oliver.

Mis labios dibujan «perdón» sin voz.

Él baja la vista hacia su polla.

Luego me mira a mí.

Luego a mi madre.

Entonces, a mi padre.

Después, otra vez a mí, y sus labios dibujan también sin sonido un «lo entiendo».

¿Lo hace?

Yo no. Solo sé que tengo que escapar de allí y eso es lo que hago.

Mientras salgo corriendo, escucho a papá animándome a volver a ponerme con lo que estaba haciendo, asegurándome que estaba haciendo un buen trabajo y que él y mamá se van a ir para que yo me encuentre más cómoda. Hablando por encima de él, mamá no deja de hablar con algo que tiene que ver con el poder trascendental de los orgasmos, pero no pillo los detalles.

Una vez fuera, me pongo la ropa, y me dirijo derechita a casa de mis abuelos, donde corro al cuarto de invitados y me echo en la cama esperando aclararme la cabeza.

En vez de eso, me duermo.

CAPÍTULO
Veintitrés

Cuando me despierto, tengo el sol brillando en mi cara.

¡Bola de fuego hijaputa y chupapollas! ¿Por qué tiene el sol tantas ganas de causarme un cáncer de piel? Es como si supiera que anoche no me puse protector solar antes de irme a la cama.

Echo un vistazo bajo la manta.

No solo es que no me lo pusiera, tampoco me desvestí. Ni me cepillé los dientes.

Ahora que lo pienso, ¿cómo llegué a meterme en la cama?

Espera un segundo. Es como la canción favorita de la abuela, ahora ya me empiezo a acordar de todo, o en palabras de Celine: It's all coming back to me now.

¿Habré soñado lo que pasó justo antes de salir corriendo de casa de Oliver, o de verdad experimenté el momento más embarazoso de toda mi vida?

—Namasté, solete —dice una voz justo a mi lado, casi dándome un ataque al corazón.

Vuelvo la cabeza rápidamente y veo el rostro sonriente de mamá.

¿Se ha echado a dormir conmigo? Supongo que eso explica lo de la manta.

—¿Qué estás haciendo aquí? —pregunto con voz extrañamente ronca.

—No estábamos en condiciones de volver conduciendo a donde los Hyman para nada —me dice—. Así que nos quedamos a pasar la noche.

Supongo que debería estar agradecida de que papá no esté en la cama con nosotras, o de no haberme despertado para encontrármelos cubiertos de mantequilla de cacahuete y representando los mejores éxitos del Kama Sutra.

¡Que Cthulhu me proteja! Anoche vi exactamente eso... y luego lo olvidé minutos después.

¡En mi vida vuelvo a tocar otra vez la marihuana! Si la campaña «Di no» advirtiese a la gente de que tomar drogas les llevaría a ver a sus padres en pelotas de esa forma, la guerra contra las drogas habría sido breve.

—Sobre lo de anoche —dice mamá—. Quería decirte lo mucho que papá y yo sentimos...

Yo salgo a toda prisa de la cama.

—No quiero hablar de ello.

Mamá se sienta.

—Los orgasmos son la perfecta...

—En serio, no quiero hablar de ello —gruño.

Ella frunce el ceño.

—Tengo décadas de experiencia en lo referente a los orgasmos tántricos que hacen que se te curven los dedos de los pies y te estalle la cabeza... así que sería útil para ti recurrir a ese recurso.

Grr.

—Llego tarde al trabajo. Servirme de tu cerebro tendrá que esperar. —Lo que no añado es que esta conversación me hace tener ganas de servirme mi propio cerebro en un gancho, sacándomelo por la fosa nasal derecha, y de darle un buen lavado con mi cepillo de dientes.

—Pero después del desayuno nos volvemos a casa de los Hyman —dice mamá.

—Puedo llamarte —le miento.

—Vale. —Mamá echa los pies al suelo—. Cuando veas a Oliver dile que a tu padre y a mí nos ha caído muy bien y que esperamos volver a verle.

¿Fue su pene erecto lo que se los ganó?

Intentando ocultar mi rostro sonrojado, me pongo ropa de trabajo limpia.

—Si Oliver vuelve a dirigirme la palabra alguna vez, me aseguraré de mencionarle que tiene fans nuevos. —Ni de coña.

—Sé positiva —dice mamá, y me besa la mejilla—. Namasté.

Voy al piso de abajo, donde esquivo el intento de papá de charlar conmigo. No estoy segura de cuando podré volver a mirarle a la cara, o si lo haré nunca.

En relación a eso, jamás volveré a comer mantequilla de cacahuete.

Mientras voy en coche al trabajo, me doy cuenta de que no tengo ni pizca de hambre. Bueno, no es de extrañar. Anoche saqué mi lado manatí y devoré el quince por ciento de mi peso corporal.

Cuanto más me acerco a mi destino, más crece mi ansiedad.

¿Qué me dirá Oliver cuando le vea?

¿Estoy poco menos que despedida? ¿O me arrastrará a su oficina y terminaremos lo que empezamos?

Si es esto último, ¿quiero yo que lo haga?

Cuando llego a Sealand, estoy aliviada y decepcionada a partes iguales porque Oliver no esté esperándome en el aparcamiento para despedirme.

Como una cobarde, me meto en la rutina del trabajo diario.

A las cuatro y media, sigo sin estar despedida, pero no he visto a Oliver, así que no tengo ni idea de cómo están las cosas entre nosotros.

Justo cuando estoy terminando de darle de comer a Piquito, siento una presencia en la estancia y me llega un ligero aroma de espuma marina.

Mi corazón da un salto.

—Hola —dice Oliver por detrás de mí.

Me doy la vuelta, intentando parecerle guay y despreocupada y no como alguien cuyos padres la han pillado sosteniendo su Aqua-manubrio en toda su jugosa gloria.

—Hola, tú.

Su expresión vuelve a ser inescrutable.

—Quería hablar contigo.

Allá vamos. ¿Estoy despedida o...?

—¿Has escuchado alguna vez el nombre SOS?

Yo le miro, pestañeando.

—¿El famoso mensaje que es la abreviatura de «salvad nuestras almas» o «Save Our Souls» en inglés, y que se utiliza cuando tu barco se está hundiendo, o las siglas de la Save the Ocean Society, la sociedad defensora del océano?

—Lo segundo —me dice.

—¿La SOS que celebra eventos de recaudación de fondos anuales aquí cerca? —Aclaro.

La conozco porque soy una acosadora mediática de Octoworld, que es un gran espónsor de esos eventos. Pero no le cuento eso a Oliver. No quiero recordarle ese paso en falso de Fabio y Lemon cuando soltaron sin pensar lo de mis deseos de trabajar para la competencia de Sealand.

—Sí. *Esa* SOS —me dice.

Yo le sonrío.

—No. Nunca había oído hablar de eso.

Él ni sonríe ni muestra una sola fisura en su inescrutable cara de póquer.

—Hay un evento de recaudación de fondos dentro de unas semanas.

—Vale —digo yo, mientras las pirañas de mi vientre empiezan a afilar los dientes. Esto no está yendo a parar donde creo que está yendo a parar, ¿verdad?—. ¿Asistirá Sealand al acto?

Él asiente.

—Voy cada año y normalmente me llevo conmigo a un miembro del personal.

Las pirañas están oliendo a sangre.

—¡Qué bien! Supongo que la competencia por ese puesto de acompañante será feroz.

—La verdad es que no. Algunos, como Dex, tenían «compromisos familiares» a mano cuando les invité.

¿Dex podría haber asistido al acto de recaudación de la SOS y no lo ha hecho? No solo se parece a una nutria; también debe de tener el cerebro de una.

Espera, eso no es justo. En realidad, las nutrias son muy inteligentes. Utilizan piedras para abrir las almejas, y si su jefe les pidiera que les acompañase a un evento importante, apuesto a que irían, o que inventarían una mejor excusa que «compromisos familiares».

—Entonces —digo, intentando no demostrar lo mucho que deseo esto en caso de que sea perjudicial para mis probabilidades—. ¿A quién llevarás esta vez?

Por favor, elígeme a mí. Porfi, porfi.

Su fachada pétrea se resquebraja por fin, y frunce el ceño.

—¿Por qué iba a sacarte este tema si no fuese a invitarte a ti?

¿Para burlarse de mí?

Me encojo de hombros, ocultando mi euforia.

—No quería dar nada por sentado.

—Ya veo. —La cara de póker regresa—. Considera esto como tu invitación formal. ¿Crees que podrás?

Yo estabilizo mi respiración.

—Creo que podré reservar tiempo en mi agenda.

—Genial. Te mando los detalles por email. —Gira sobre sus talones y se aleja.

Espera, ¿qué?

¿Eso es todo?

Es decir, estoy contenta por lo de ir al evento benéfico de mis sueños, pero ¿no había algo mucho más importante de lo que tendríamos que haber hablado? ¡Algo así como, no sé, y solo estoy dejándolo caer, su Aqua-manubrio regresando a mi boca, o el mono de su(s) lengua(s) por el que está pasando mi wunderpus?

¿Tal vez no quiera hablar de esas cosas tan privadas en el trabajo?

Vuelvo la vista hacia Piquito, como si buscara respuestas en él.

No esperamos que nuestro clero sea austero, pero aun así cuando le concedemos a alguien el honor de colocarla de Gran Sacerdotisa, no queríamos decir que debía coger ningún gran colocón.

———

Cuando llego a casa, tengo a Fabio y a Lemon esperándome... y riéndose de mí. Y eso es antes de que les cuente toda la historia de lo de anoche.

—¿Te colocaste con tus padres? —pregunta Fabio

sofocando una risa—. ¿Esa gente que actúa como si estuviese colocada aun cuando no toma drogas?

—También drogó a su novio. No te olvides de esa parte —interviene Lemon, con voz divertida.

Yo me cruzo de brazos.

—Yo no le drogué. Esa fue la abuela. Creo.

—Bueno —dice Lemon con una enorme sonrisa—. ¿Qué pasó? La abuela nos ha dicho que os fuisteis a asaltar la nevera de Oliver.

Doy un suspiro y les cuento todo, deteniéndome solo cuando me hacen burla y se ríen de mí... o sea, cada dos palabras.

—Gracias por apoyarme tanto —gruño—. Sois conscientes de que todavía pueden despedirme, ¿verdad?

Lemon parece levemente arrepentida, pero Fabio, sonriendo como un delfín, está cualquier cosa menos eso.

—Dudo que te pidiera que fueses con él a un acto benéfico si fuese a despedirte —dice Lemon.

—A menos que se trate de una cita —puntualiza Fabio.

Frunzo el ceño.

—No creo que sea ninguna cita. Se lo había pedido antes a Dex.

Fabio se humedece los labios con la lengua.

—Yo tendría una cita con Dex.

—Yo también —dice Lemon.

—Nuestra pequeña fruta agridulce está hecha toda

una Samantha hoy —replica Fabio—. ¿Y qué pasa con el bailarín de ballet?

Lemon baja la mirada.

—Tienes razón. No debería engañar al ruso.

—No es ninguna cita —digo con firmeza.

Fabio examina sus uñas con manicura perfecta.

—Si es una cita, eso quiere decir que él quiere acostarse contigo antes de despedirte. Eso es lo que pasaría en mi curro.

Lemon pone los ojos en blanco.

—Tú trabajas en la industria del porno. El sexo es eso que pasa siempre antes de que tu trabajo termine.

—Hablando de lo cual, me voy mañana —dice Fabio—. Tenemos un rodaje en Miami.

La alarma de mi móvil cobra vida.

Yo lo miro, confusa.

Ah. Vale. El recordatorio de que hoy es el día en que toca sacar la basura.

—Ahora vuelvo —les digo sin más explicación.

Si supieran lo de mis planes de pseudoacosadora, no dejarían de recordármelo nunca.

Cojo el cubo de basura y lo arrastro fuera... y justo a tiempo.

Oliver está pasando por delante, con Tofu.

—¡Hola! —saludo sin aliento.

—Hola —dice él.

Yo miro a Tofu.

—¿Debería fingir que no estoy aquí antes de que él me cuente, o tengo que unirme a vuestro paseo?

—Es demasiado tarde. —El rostro de Oliver es una vez más imposible de leer—. Ya te ha «contado».

¡Yupi! Consigo encogerme de hombros como si nada.

—Supongo que me uniré a vosotros.

Oliver asiente sin entusiasmo.

—Gracias.

—Empezamos a caminar, y él no dice nada.

Me aclaro la garganta.

—¿Le importa a Tofu de lo que hablemos?

—A él no —responde Oliver—. Pero yo quería hablar contigo de algo, si no te importa.

Yo asiento y respiro hondo. Por fin. Vamos a aclarar las cosas sobre lo que pasó anoche.

—Sé que estás fuera de tu horario laboral —prosigue Oliver—. Pero, ¿te importaría contarme algunos de tus planes a corto plazo para el enriquecimiento de los recintos?

¿Quiere hablar del curro? ¿Ahora?

—Casi he terminado con mis ideas para los manatíes —digo, luchando por ocultar mi decepción.

—¿Y qué hay de los otros?

Pues sí. Quiere hablar de curro... o sea, no tiene ninguna intención de hablar de lo de anoche.

Bueno, al menos parece que conservo mi trabajo... a menos que esta línea de interrogatorio sea para ayudarle a decidir hasta qué punto podría resultar inoportuno echarme.

Reprimo un suspiro y le cuento lo que quiero hacer

mañana para los caballitos de mar, y por los bagres el día después.

—¿Y después de eso? —me pregunta.

Yo se lo cuento, y así, sin más, acabamos hablando sobre juguetes para peces durante el resto del paseo... y ni una palabra sobre nosotros.

Cuando nos paramos delante de su camino de entrada, con Tofu ya suficientemente ejercitado, siento la atracción magnética hacia Oliver tirando de mí con más fuerza que nunca, y estaría dispuesta a apostar mi ovario derecho a que él también la siente. Pero para mi gran decepción, él no se inclina a besarme. Solo me dice «buenas noches» y se va.

En casa, Lemon y Fabio me están esperando con expresiones cómplices en su rostro.

—Eso ha sido patético —opina Lemon. —Habéis actuado como dos desconocidos.

Estoy segura de que no soy la única de mis hermanas que a veces se pregunta por qué no absorbió a todas las demás en el útero. De haberlo hecho, Lemon ahora sería un lunar en mi hombro, y los lunares no te pisotean cuando ya estás en el suelo.

—Me voy a la cama. —Me abro paso entre ellos a empujones.

—Ahora la has disgustado —dice Fabio con tono severo.

—Oye, Olive, lo siento —dice Lemon a mi espalda—. No intentaba ser cruel. Lo juro.

Me detengo y me giro para mirarla.

—No estoy enfadada contigo. No de verdad. —Me

paso los dedos por el pelo—. ¿Por qué estará él fingiendo que no ha pasado nada?

Lemon se encoge de hombros.

—¿Porque es tu jefe?

—Que tiene un historial negativo de romances en el trabajo —dice Fabio—. Y confía en mí, sé cómo es eso.

—Deja de hablar sin ton ni son —le sisea Lemon a Fabio. Luego se vuelve hacia mí y suaviza la voz al preguntar—: ¿Puede que Oliver solo necesite tiempo?

Suspiro.

—Puede.

Si Oliver necesita tiempo, está claro que necesita un montón.

Durante la siguiente semana, apenas le veo, y siempre que hablamos, es todo profesional... y me está volviendo loca.

Después de su rodaje porno, Fabio vuelve por un día y luego se va a Nueva York, dejando libre el sofá. Lemon empieza a dormir allí, lo que me facilita ocuparme de las frustraciones relacionadas con Oliver cuando tengo sueños húmedos con él... lo que, por cierto, es cada noche.

Pasa otra semana y Lemon sigue aquí, de vacaciones. No por primera vez, me pregunto en qué trabaja. Sea lo que sea, le permite tener unas horas de trabajo *realmente* flexibles. Cuando la presiono para que me lo cuente, se cierra en banda, lo que me hace preguntarme si la teoría que Blue tiene al respecto es cierta: Lemon ha visto tanto *Sexo en Nueva York* que ha decidido escribir una columna anónima sobre sexo en algún periódico por ahí.

Pasan un par de semanas con el trabajo y la familia ocupando mi tiempo. Entonces, unos días antes del acto benéfico de la SOS, me encuentro «accidentalmente» con Oliver junto al hábitat de los manatíes.

—Jefe —saludo, ocultando mi resentimiento.

—¡Hola! —responde él—. Me alegro de haberme topado contigo. Hay algo de lo que tenemos que hablar.

Buen intento. Pero no pienso volver a hacerme ilusiones. Estoy segurísima de que se tratará de algo de trabajo.

Él no me mira a los ojos.

—No estoy seguro de si hemos hablado sobre esto, pero Sealand no ingresa lo suficiente con las visitas.

Espera, ¿qué? ¿Es posible que se haya tomado todo este tiempo para conseguir ser capaz de despedirme? Supongo que es lógico. Estaba buscando una razón y se le ha ocurrido esto: cortes presupuestarios.

Frunzo el ceño y digo:

—Vale. ¿Y? —Esta vez sí que me mira a los ojos, y yo me siento ahogándome en esas profundidades color cian al instante.

—Y que nos hace falta tener patrocinadores importantes para seguir manteniéndonos a flote.

Mmm. Así que tal vez esta no sea una conversación

tipo «cortes presupuestarios». Siento una oleada de alivio.

—¿Patrocinadores? —pregunto.

—Sí, como Tampa Electric —dice él.

—¿Tampa Electric? —Parece ser que hoy me he vuelto igual que un lorito.

—La mayor productora de energía solar de Florida —dice él, sonando igual que un anuncio de la tele.

—Genial —le digo—. ¿Qué tiene nada de eso que ver conmigo?

Él se acerca más, envolviéndome en su aroma a espuma marina.

—¿Has oído hablar del Centro de Observación de Manatíes de Tampa Electric?

Yo digo que no con la cabeza.

—Desde 1986, la empresa ha venido utilizando agua de la Bahía de Tampa para enfriar algo llamado Big Bend Unit 4. Después de eso, el agua, que sigue estando limpia pero se ha calentado, fluye por un canal de desagüe, de vuelta a la bahía.

Asiento, empezando a ver a dónde va a parar esto.

—A los manatíes les encanta el agua tibia, así que desde ese año se han venido reuniendo junto a ese desagüe, especialmente cuando las aguas de la Bahía de Tampa se enfrían.

—Guau —digo yo—. Eso debe de salvarles la vida en los inviernos fríos.

Él asiente.

—Ese sitio es ahora una reserva marina protegida a

nivel federal. Se llama el Manatee Viewing Center y está abierto al público.

Yo desvío la mirada hacia Betsy y los demás manatíes. Aquellos que sean devueltos al mar podrían acabar juntándose al lado de esa central energética... una idea que me hace sentirme bien.

—Bueno —prosigue Oliver—. Tampa Electric es un gran espónsor del acto benéfico SOS. Contactaron conmigo y me dijeron que andaban buscando ideas sobre cómo hacer que los manatíes se sintieran todavía más cómodos en su reserva, sin darles de comer ni poner en peligro de otra forma su capacidad de sobrevivir en libertad, por supuesto.

Yo me rasco la barbilla.

—Podrían construir unos postes rascadores submarinos. —Señalo al que yo he creado con unos cepillos.

—Exacto —dice él—. Piensa en una lista de ideas. Se las presentaremos en un par de días, cuando vayamos a reunirnos con ellos en Tampa.

—¿A una reunión en Tampa? —Yo doy otro paso atrás de forma involuntaria—. ¿Nosotros?

Él asiente.

—Necesito que estés allí.

—¿Lo necesitas? —yo contengo el aliento. El «nosotros» que ha mencionado significa lo que yo esperaba que significase: nosotros dos.

Las pirañas de mi vientre se revuelven.

—Tienes que venir —dice—. No me sentiría cómodo adjudicándome el mérito de tus ideas. —Mira a Betsy, que justo elige ese momento para rascarse contra uno de mis postes con aire sensual.

Así es. Este es el aspecto que tienen las curvas en las sirenas de verdad. ¡Chúpate esa, humana!

—Además —prosigue Oliver—. Puede que tengan preguntas durante la reunión y tú serías la mejor candidata a contestarles.

—¿Cuándo será este viaje? —pregunto.

—Dentro de dos días.

Las pirañas desatan su feroz ataque.

—¿Cómo iremos hasta allí?

Por favor, dime que juntos en un coche.

—Necesitaré que tú vayas hasta allí a reunirte conmigo —dice él—. Yo me marcho hoy porque tengo unas cuantas reuniones más por esos lares.

—Oh —digo, ocultando mi decepción—. ¿Y dónde vamos a dormir?

—En el hotel Grand Hyatt de Tampa Bay —dice él.

Las pirañas se desmayan. Vale, no quiere que vayamos los dos por carretera en el mismo coche, pero lo de estar los dos en el mismo hotel suena muy prometedor. Probablemente comamos juntos. Y tal vez me lleve a ver los sitios turísticos. Después de todo, es un estupendo agente de viajes en lo referente a Florida.

—Supongo que puedo ir —murmuro.

Por primera vez en mucho tiempo, él sonríe, y yo me alegro de llevar protección solar, porque de lo contrario ese brillo cegador podría acabar derritiéndome en un charco.

Hablando de protector solar, se me está

terminando. Me quedan unos dos tubos, tal vez tres. Tengo que asegurarme de comprar más, especialmente a la vista de ese viaje inminente.

—No hace falta decir que este viaje está pagado por la empresa —dice él.

¿Como en unas vacaciones pagadas? ¿Con el tío con el que he estado teniendo sueños húmedos?

¿Dónde me apunto?

CAPÍTULO
Veinticuatro

DE CAMINO a la reunión de Tampa me encuentro atrapada en un atasco: la primera vez que me ha pasado desde que llegué a Florida.

Caca de carpa. Este clásico neoyorquino es tan bienvenido como las ratas gigantes. Espero no llegar tarde a la reunión. Si se me hubiese ocurrido que podría haber tráfico, no habría ido primero a instalarme en el hotel.

Nooo, ¿a quién quiero engañar? Necesitaba ponerme presentable antes de encontrarme cara a cara con Oliver, por no mencionar a la gente de Tampa Electric.

Para cuando entro en el aparcamiento, mis niveles de cortisol están por las nubes, y llego un minuto tarde.

Después de una enloquecida carrera, estoy jadeando cuando le explico a la señora de seguridad porqué estoy aquí. Como esta es la primera de varias reuniones, ella me da una tarjeta de identificación temporal. La cojo y me apresuro a entrar más adentro en el edificio con aire acondicionado, lo que hace que el sudor que cubre mi piel parezca estar convirtiéndose en carámbanos.

Estoy a punto de dar una genial primera impresión.

Corro hasta el ascensor, clavo el dedo en el botón y espero lo que me parece ser una hora.

—Hola—me saluda una profunda voz masculina que conozco bien, haciéndome dar un respingo.

Me doy la vuelta y me encuentro con Oliver.

Lleva un traje a medida y el cabello peinado en el moñito más bien arreglado que le había visto hasta la fecha.

¡Que Cthulhu me devore el corazón! Sé que todo este retumbar de mi pecho es debido a mi carrera anterior y al estrés por el tráfico, pero ver a Oliver engaña a alguna parte interna de mí para que sienta que esos efectos son debidos a todo ese enorme atractivo suyo.

Así es como podría sentirse una enamorada al reunirse con su amado. O un pulpo salido arriesgando su vida (y su miembro) para copular.

Oh, y la parte que me hace volverme más loca es que él no luce su reciente cara de póquer. Si no supiera todo lo que sé, pensaría que me estaba examinando con apreciación puramente masculina.

¿Tendrá un fetiche que yo desconozca por las chicas sudorosas y hechas un asco?

—Llegas tarde —digo, jadeante.

Las comisuras de sus labios se elevan.

—¿No significaría eso que tú llegas tarde también?

Malditos sean esos labios. Están haciendo que se me humedezcan las bragas.

—A diferencia de ti, yo no soy la personificación de Sealand en carne y hueso.

El ascensor se abre, y él me hace un gesto para que entre delante.

—De hecho, es a ti a la que han venido a escuchar, así que hoy tú eres la representante principal de Sealand, y no yo.

—Entonces, ¿por qué te has molestado en venir?

Él pulsa el botón del segundo piso.

—Apoyo moral.

El viaje en ascensor es rápido. Cuando salimos, un hombre trajeado nos recibe con una sonrisa lisonjera.

—Soy Jason —se presenta, ofreciéndonos su mano. Cuando se la estrecho noto que tiene la palma sudorosa, y no puedo evitar ver que me está mirando lascivamente.

Cuando llega el turno de Oliver de estrecharle la mano, pillo un gesto de dolor pasando rápidamente por el rostro de Jason antes de que Oliver le suelte la mano.

¿Le habrá apretado demasiado fuerte? Si es así, ¿por qué?

¿Es posible que haya notado su mirada lasciva?

Antes de que pueda explorar más esa línea de pensamiento, Jason nos conduce hasta una sala de reuniones donde ya nos espera un grupo de gente. Él hace las presentaciones, y resulta que es un gerente de proyectos, mientras que el resto de los asistentes son un surtido de peces gordos de la empresa.

—Ahora dejemos que Olive tome las riendas —dice Jason, con tono magnánimo.

Yo trago aire para calmarme y me lanzo a colocarles mi discurso, empezando por los postes rascadores. Cuando termino, ellos me hacen un millón de preguntas, la mayoría girando en torno a los costes.

—Este es un principio estupendo —dice Jason después de que la sesión de preguntas haya terminado—. ¿Por qué no procesamos todo esto, lo discutimos entre nosotros si es necesario y volvemos a reunirnos aquí mañana?

—Claro —digo yo, y luego miro a Oliver, que no ha abierto la boca en todo el rato.

—Suena bien —dice él—. Gracias a todos.

Nos levantamos, pero un ejecutivo le hace una pregunta a Oliver, dejándome en una extraña situación en la que no estoy segura de si debería esperarle o no.

Probablemente no. Hemos venido en coches separados, después de todo.

Puedo oler a ajo a medio digerir, y me vuelvo para encontrarme con Jason allí de pie, un poco demasiado cerca de mí.

—Deja que te acompañe a la salida —dice él.

—Claro —digo, titubeante.

Sigo a Jason hasta la puerta, que me sostiene para que salga.

—Entonces —dice cuando salimos al pasillo—, ¿es esta tu primera vez en Tampa?

Yo acelero el paso.

—Me he mudado de Nueva York a Florida hace relativamente poco, así que todavía no he tenido ocasión de explorar el Estado del Sol.

Al alcanzar el ascensor, lo llamo desesperadamente.

Jason sonríe, mostrando una hilera de piños tan blancos como tazas de váter.

—Tienes que dejarme que te saque por ahí esta noche. Conozco un restaurante alucinante que...

—Olive ya tiene planes —ruge una voz profunda por detrás de nosotros.

Me vuelvo y veo a Oliver. Tiene la mandíbula apretada y la mirada pétrea.

—¿Planes? —Yo me cruzo de brazos—. Recuérdame, ¿cuáles eran, exactamente?

No tengo ni idea de porqué estoy tan cabreada con mi jefe, así de pronto. Estaba a punto de rechazar torpemente los intentos de ligar de Jason, así que tendría que estar agradecida por el rescate.

Luego caigo en la cuenta.

Oliver está actuando igual que lo habría hecho Brett en esta situación. Y lo está haciendo después de pasarse semanas fingiendo que no hay nada entre nosotros.

¡Cómo se atreve!

—Una cena en Dim Subtraction —dice Oliver, con los ojos echando chispas—. A las siete.

Yo arqueo una ceja.

—¿Y por qué no puede Jason unirse a nosotros en la cena?

Jason da un paso atrás.

—No estoy seguro de que yo...

—Jason no puede unirse a nosotros porque tú y yo tenemos una cita. —Oliver mira a Jason con ojos entrecerrados mientras yo me quedo ahí parada, aturdida—. ¿A menos que quieras ser el aguantavelas?

—No, no —dice Jason—. Disfrutad de vuestra cena.

Llega el ascensor y en cuanto se abren las puertas, me lanzo dentro, casi tropezando.

¿Una cita? ¿Pero qué narices quiere decir con eso?

Espera, no. Probablemente fuese un farol. En ese caso, todavía estoy más mosqueada.

—Bueno, pues. —Me vuelvo hacia Oliver en cuanto se cierran las puertas—. ¿Qué tipo de código de vestimenta requiere nuestra cena?

Mi jefe suspira.

—En realidad, no tienes por qué ir.

Así que era un farol. Qué cabrón.

—No, no. Lo estoy deseando. ¿Tendría que ponerme un vestido de noche para hacer juego con tu traje?

Su mirada se torna lujuriosa.

—Si insistes.

—¿Nos vemos en el restaurante o me llevarás tú? —pregunto antes de que él pueda echarse atrás. Mi corazón se acelera mientras espero su respuesta.

El ascensor se abre y él se baja.

—Te recogeré a las seis y media. No te retrases esta vez.

Bendito Cthulhu y todos sus brazos. Esta cita va a ocurrir.

—Tú también has llegado tarde —le digo con lo que

queda de mi compostura; luego le doy mi número de habitación.

Sus labios se agitan.

—Ya lo tenía. Nuestros cuartos están uno al lado del otro.

—Oh. Vale. Hasta luego —consigo decir después de que el concepto de que nuestras camas estén separadas apenas unos metros penetre en mi sucia mente.

—Hasta luego —responde él. Luego se aleja hacia su Tesla.

Yo me lo quedo mirando con esa sensación de piraña hambrienta que he llegado a asociar con todo lo relacionado con Oliver.

No hay duda sobre lo que acabo de hacer.

He intimidado a mi jefe para obligarle a tener una cita conmigo.

CAPÍTULO
Veinticinco

Mientras conduzco de vuelta al hotel y me arreglo para la cena, sigo diciéndome a mí misma lo mala idea que es esta cita.

Para empezar, podría resultar ser el siguiente Brett. Ya he visto algunas señales de alerta, como su comportamiento celoso hacia Jason hoy y hacia Dex el otro día. El que yo encuentre sexi ese comportamiento posesivo es otra señal de alarma, igual que el hecho de que me sintiera enormemente atraída por él al conocerle. Está claro que los tíos que son mi tipo no me conducen a nada bueno.

Y lo que es peor: es mi jefe, ese que está en contra de las relaciones románticas en el trabajo.

Aun así yo me emperifollo, me maquillo a la perfección y espero junto a la puerta, mirando pasar los minutos en mi móvil.

En cuanto marca las seis y media, abro la puerta y me lo encuentro a él allí, a punto de llamar.

—¿Lo ves? Tarde —le digo, ignorando la voltereta que acaba de dar mi corazón al verle allí con ese traje.

Él me da un repaso de arriba abajo, con una mirada que me recuerda a una barracuda hambrienta acechando a su presa.

—Estás impresionante, escamitas.

Glub.

—¿Crees que hacerme la pelota te llevará a alguna parte? —le pregunto, haciéndome la interesante. Por dentro, estoy flotando como un globo de helio, y se me han olvidado todas mis preocupaciones de hace un rato.

Una sonrisa burlona retuerce sus labios.

—¿A dónde quieres tú que me lleve?

¿Jefe? ¿Qué es un jefe?

—Quiero que te lleve a sentarte enfrente de mí en un restaurante —consigo soltar, a duras penas. Oye, eso es mejor que «elige un orificio, cualquier orificio».

Voy hasta el vestíbulo flotando en una nube de hormonas, que acaba saliéndose de la gráfica cuando Oliver aparta a los porteros y a los botones, insistiendo en sostenerme todas las puertas en persona.

Cuando arranca el coche, la música de los créditos de *Pulp Fiction* brota atronadora por los altavoces, haciendo conjunto con mis latidos.

¿O se trata de «Pump It» de los Black-Eyed Peas?

—¿Eres muy fan de Tarantino? —pregunto cuando Oliver baja el volumen—. ¿O es que estamos a punto de atracar el restaurante en vez de comer allí?

Él sale del parking con una sonrisa.

—A atracarlo, claro. Nadie lo hace nunca, así que tenemos una oportunidad de oro. ¿Quieres ser Honey Bunny o Pumkin? ¿O quedarte con escamitas?

—Escamitas—digo yo—. Y tú serás Aquaman.

Sus cejas se levantan de golpe.

—¿No Namor?

—¿Quién percebes es Namor?

—¿Namor el Príncipe Submarino? —Me lanza una mirada teatralmente exasperada—. Es el rey de la Atlántida en el mundo Marvel, anterior a Aquaman, y además sabe volar.

Bueno, «Namor-manubrio» no suena igual de bien que Aqua-manubrio, pero no voy a entrar en eso ahora. Mientras mantengo la mirada a salvo, apartada de dicho manubrio, le pregunto:

—¿Te gustan los cómics?

—Me gusta todo lo que tenga que ver con el océano o el mar. —Sube el volumen de la música—. Como esta canción.

Yo le observo con curiosidad.

—¿Qué tiene que ver la canción de *Pulp Fiction* con el mar?

Él sonríe.

—Esto es «Misirlou», de Dick Dale y sus Del-Tones. Un clásico del surf rock. Y la melodía proviene de una canción originaria del folclore del Mediterráneo Oriental... un mar.

Yo me echo a reír y le hago preguntas sobre el resto de sus preferencias musicales que, no sorprendentemente, están todas relacionadas con el surf.

—¿Y qué hay de ti? —me pregunta—. ¿Te gusta el grupo Octopus, por motivos obvios?

Yo le digo que no con la cabeza.

—Me gusta mucho el Jawaiian.

—¿Es ese un cantante?

—No. Es un género musical. Reggae de estilo hawaiano.

Él juguetea con los controles de la pantalla de su coche, y enseguida tiene sintonizada una radio hawaiana.

—Suena a playa —dice cuando ya estamos aparcando junto al restaurante—. Me gusta.

Maldición. Cuando abre la puerta, desearía poder saltar sobre él y cabalgarlo, igual que Aquaman sobre un caballito de mar gigante. En vez de eso, echo un vistazo al elegante exterior del restaurante.

—Este sitio solía llamarse Dim Sub —dice Oliver, siguiendo la dirección de mi mirada—. Lo cambiaron a Dim Subtraction porque a mucha gente le sonaba a club de BDSM.

El antiguo nombre habría sido más adecuado a cómo me siento ahora... igual que una chica mala a la que alguien debería pegar en el culo... preferiblemente usando el Aqua-manubrio de Oliver.

Una maître rubia y con apariencia de modelo nos sienta al lado de una ventana, y luego su clon nos trae la carta de bebidas y nos pregunta qué deseamos.

—Sexo con un caimán.

—Le hago un guiño a Oliver —. Suena como un titular de esos de «Hombre de Florida...»

—Yo tomaré una Manhattanita Sabelotodo —dice Oliver—. Lleva lo mismo que el Abrepiernas de vuestro menú, pero servido en un vaso más masculino. —Se detiene, y luego añade—: Si pudieseis hacer que mi copa, y toda la comida, fuese vegana, estaría estupendo.

—La mía igual —digo, imaginando que si como carne, puede que él no quiera besarme después... pero no es que esté haciendo ningún plan ni nada.

—Se lo diré de su parte al chef y al camarero de la barra —le dice la camarera a Oliver con un tono sedoso que parece implicar que *sus* piernas están disponibles para abrirse. Luego coge los menús y remolonea a su lado un poco demasiado para mi gusto.

Para ser honestos con Oliver, él no la mira mientras ella se aleja contoneándose. En vez de eso, se inclina hacia mí y me dice con tono conspiratorio:

—Creo que los nombres de los cócteles que sirven aquí pueden haber contribuido a esa idea errónea sobre que esto era un «club de sexo».

Yo sonrío.

—¿Dónde está el menú con los platos? Me muero de hambre.

—No hay ninguno —dice él—. El dim sum que nos servirán será todo a elección del chef.

Intrigante.

Estoy a punto de interrogarle más cuando una nube que tapaba el sol se aparta y un rayo atraviesa una ventana y cae sobre mí.

Caca de carpa. No quiero actuar como una diva y pedirles que nos cambien de sitio, pero si nos quedamos aquí, tendré que volver a ponerme protector solar, y pronto.

Doy un suspiro y saco el tubo de protector.

Oliver no se inmuta, así que empiezo a ponérmelo, que es cuando la camarera regresa con nuestras bebidas y se me queda mirando como si yo fuese una criminal de guerra sifilítica.

—La exposición al sol no es buena para ti —le digo a Oliver con tono defensivo cuando se marcha la camarera.

—¿Incluso a esta hora del día y a través de un cristal? —Le da un sorbo a su bebida y asiente con aprobación.

—Diría que el índice de radiación ultravioleta aquí es de medio punto —le digo—. Pero eso significa que los rayos UVA que atraviesan el cristal todavía podrían volver loco a tu ADN, sin mencionar los efectos de envejecimiento de la luz azul, la infrarroja, y todo eso. —Para evitar lanzarme a darle una charla TED sobre la exposición al sol, doy un sorbo a mi bebida y averiguo que está más rica de lo que se podría deducir por su nombre.

—Tendría que ponerme protector solar al menos cuando hago surf —dice Oliver—. He dudado al respecto porque algunos de sus ingredientes son perjudiciales para los arrecifes de coral.

Meto la mano en mi bolso y saco uno de mis tubos de crema extra.

¿Estaría muy mal que le chupara ese dedo? Solo unos segundos, nada más.

Hago un esfuerzo y pongo una expresión impávida.

—¿Ciudades en islas flotantes, como en *Avatar*? Eso suena inspirador, de verdad.

Su sonrisa luce una leve sonrisa.

—La tecnología actual apenas puede manejar producir ciudades que puedan flotar en el agua... así que empezaremos por eso.

Le observo con interés.

—¿Ya existen algunas de esas?

—Hay algunos pequeños asentamientos en las fases iniciales de desarrollo. Cuando exista una ciudad flotante totalmente desarrollada, será algo genial tanto para los humanos como para las criaturas marinas. Por ejemplo, la parte de debajo de una estructura así podría ser un arrecife artificial.

Suelto una risita.

—Eso le dará un nuevo matiz a la expresión «los bajos fondos de la ciudad».

Él sonríe.

—Si existiera una ciudad flotante, ¿te gustaría vivir en ella?

Le doy un sorbito a mi copa.

—¿Cómo sería?

—Moderna. Solo usaría las tecnologías más impresionantes, como OTEC, y...

—Más despacio. ¿Qué es OTEC?

—Las siglas en inglés de la energía maremotérmica —dice él—. Esta utiliza la diferencia de temperatura

—Toma. —Se lo pongo a Oliver en las manos, y cuando mis dedos rozan los suyos, casi tengo un orgasmo por toda esa lujuria contenida. De alguna forma, todavía consigo sonar medio coherente al decir —: Los ingredientes activos de esto son minerales, y no contiene nada parecido a la oxibenzona, que es probablemente la sustancia química en la que estás pensando.

Él mira mi bolso con recelo.

—¿Cuántos de esos llevas normalmente encima? ¿Otra vez esto?

—¿No sabes que el contenido del bolso de una mujer es íntimo y privado?

—Lo siento. —Se guarda mi regalo en el bolsillo—. No volveré a cotillear.

Me resisto a pedirle que se ponga crema protectora ahora mismo. No quiero sonar igual que mi hermana con fobia a los gérmenes, Gia, cuando alguien comete el error de sacarle el tema de los virus, las bacterias o las salchichas.

—Así que —le digo—, ¿estás preocupado por los arrecifes de coral?

—¿Y quién no lo está? —dice él—. Pero esta noche no quiero hablar de cosas negativas.

—Entonces nada de ecología.

—No necesariamente. Algunas cosas pueden ser inspiradoras, como la idea de que existan ciudades flotantes. —Hace un círculo en el aire con su dedo índice levantado.

entre las aguas oceánicas profundas, más frías, y las superficiales, más cálidas, para producir energía.

—Ajá. Me parece como si debiera de sonarme a algo, pero es la primera vez que lo oigo.

Sus ojos chispean de entusiasmo.

—Esa es solo una de las muchas energías renovables que podría utilizar una ciudad flotante. También está la energía extraída de las olas, la solar... todo lo que puedas enumerar.

Yo miro mi vaso.

—¿Tendría que beber orina reciclada, como hacía Kevin Costner en *Waterworld*?

Él se encoge de hombros.

—Yo no me preocuparía por esa clase de cosas. Cada vaso de agua que has bebido en tu vida contenía moléculas que han pasado por el cuerpo de alguna criatura viviente... probablemente de algún dinosaurio.

Genial. Si alguna vez quisiera acabar con Gia, podría compartir esta joyita de información con ella.

Yo jugueteo con unas perlas inexistentes.

—Realmente sabes cómo estimular el apetito de una dama.

Él escudriña mis labios.

—¿Estamos hablando de comida?

Bueno, yo misma me he metido en esto. Antes de poder responder, me libro gracias a la camarera de aspecto nórdico que se acerca contoneándose con una enorme bandeja repleta de pequeñas vaporeras de bambú.

—Todo orgánico y de origen vegetal —le dice a Oliver—. ¡Que aproveche!

Contengo el impulso de gruñirle y me meto un pedacito en la boca.

No está mal.

Pruebo otro.

Decente... aunque creo que pertenece a la cocina equivocada. A la española, para ser más exactos.

Oliver parece estar disfrutando mucho del sabor de todo lo que prueba, y yo disfruto al ver esa expresión en su cara.

Después de catar un par de entrantes más, le pregunto:

—¿Es este un restaurante de cocina fusión?

Él se traga el bocado que estaba masticando.

—¿Por qué?

—Bueno, la mayor parte de todo esto me recuerda al dim sum, pero me sabe más como las tapas.

Él niega con la cabeza.

—Esto es auténtico dim sum chino.

—Sí, por supuesto. Y yo soy una sirena auténtica.

Él arquea una ceja.

—¿No te gusta?

—No está mal, pero es evidente que no es auténtico. —Dirijo sendas miradas hacia la camarera rubia y la igualmente maître rubia—. Puedes decirlo solo con ver al personal.

Él frunce el ceño.

—¿No es eso racista?

—¿Cómo? Tal vez comi-dista. Cualquier

restaurantucho de dim sum de Chinatown sería un millón de veces mejor que este sitio. Sin mencionar que hasta la forma que tienen que servirlo...

—Otra vez no —dice Oliver, suspirando—. ¿Estás a punto de decirme que has encontrado otra cosa más por la que Nueva York es superior a Florida?

Yo sonrío.

—No soy yo, son los hechos.

Él hace un gesto como si quisiera que nos diésemos un apretón de manos.

—Te apuesto que puedo enseñarte algo aquí en Florida que no puedes encontrar en Nueva York.

¿Está ese algo en sus pantalones? Porque... sí, por favor.

Por fuera, doy un resoplido.

—¿Cómo qué? ¿Un tío desnudo luchando contra una serpiente pitón? Eso sería algo que no puedes encontrar en Nueva York, gracias a Dios.

Su mano no se mueve.

—Sabes lo que quiero decir. Puedo proporcionarte una experiencia asombrosa aquí. Algo después de lo que me dirás «Oliver, gracias. Esto no es algo que pueda conseguir jamás en Nueva York».

—Dudo enormemente que puedas hacerme decir eso. —A menos que *esté* relacionado con su Aquamanubrio, en cuyo caso, perderé con gran placer.

—Entonces no corres ningún riesgo aceptando mi apuesta —coge otro dim sum poco auténtico con su mano libre.

—Vale. —Le estrecho la mano para aceptar la

apuesta... y el latigazo de placer que desciende hasta mis zonas inferiores me hace desear que *estuviésemos* hablando de algo inapropiado—. ¿Qué se llevará el ganador?

Por favor, di «sexo oral».

Una sexy sonrisa burlona aparece en sus labios.

—Si pierdo, me pondré una de esas camisetas de «I ♥ NYC».

Aparto la mano antes de tener un orgasmo.

—¿Y si pierdo yo?

—Haré una camiseta especialmente para ti —dice con una sonrisa malévola—. Dirá: «I ♥ Hombre de Florida».

Mmm. Las apuestas no podían ser más elevadas, pero ¿cómo podría él impresionarme tanto... fuera del dormitorio?

—Tenemos una apuesta —le digo—. Con una condición.

Él arquea una ceja.

—Si gano yo, también podré hacerte trencitas en el pelo.

Él frunce el ceño.

—Oye, tómalo o déjalo.

—Vale —accede él con un suspiro—. Iremos a ese sitio después de terminar con lo de las reuniones.

De acuerdo entonces. Si esta comida no es una cita, el mítico lugar donde planea llevarme suena como seguro que va a serlo.

No por primera vez, no puedo evitar preguntarme si tal vez, de alguna forma, algo podría ocurrir entre nosotros. A pesar de que él sea mi jefe y de todo lo demás.

Me asusta lo mucho que lo deseo... lo cual casi me hace desear también ponerle freno antes de que pueda empezar siquiera.

—Bueno, pues. —Me aclaro la garganta, que extrañamente se me ha quedado seca—. Háblame más sobre las ciudades flotantes.

Él lo hace. Después de eso charlamos sobre esto y aquello, y antes de darme cuenta ya vamos de camino de vuelta al hotel.

Cuanto más nos acercamos a la despedida, más me pregunto si me dará un beso de buenas noches... o algo más. Para cuando hemos salido del ascensor y llegado a mi puerta, siento la piel sonrojada y las bragas decididamente húmedas.

Trago saliva y me paso la lengua por los labios. De una forma seductora, espero.

—Entonces...

Su expresión se tensa mientras sus ojos se posan en mi boca.

—Entonces lo organizaré todo para el viaje. En cuanto terminemos con las reuniones de mañana, podremos salir.

Esta vez me muerdo el labio, por si funciona mejor.

—¿*Tantas* ganas tienes de que te gane la apuesta?

Y lo que es más, ¿por qué nadie me ha besado aún?

Sus ojos se oscurecen, y él levanta una mano.

Sí, sí, tócame.

Y él lo hace. Me levanta la barbilla con sus nudillos

cerrados, enviando un relámpago de energía directo hasta mi perla. Sus ojos color cian mantienen cautivos a los míos mientras él dice con una voz grave y ronca:

—Tengo muchas ganas de decirte: «te lo dije».

—En tus sueños —digo con voz entrecortada y el corazón martillándome salvajemente.

Sus fosas nasales se expanden.

—Oh, escamitas. En mis sueños, te hago mucho más que hablar.

Es oficial. Estoy teniendo problemas importantes para respirar, igual que un pulpo fuera del agua.

—¿Cómo qué?

Sea lo que sea: sí, por favor.

—Deberíamos dormir un poco —dice él, apartando la mano con obvia reluctancia.

Espera, ¿qué?

¿Qué tiene que pasar para que nuestros labios se junten? ¿Debería agarrarlo por su pelo, perfecto para dicha maniobra, y tirar de él hacia mí?

Si no fuese mi jefe, lo haría sin dudar.

Está a punto de darse la vuelta, así que suelto, desesperada:

—Tengo té en mi habitación. ¿Quieres una taza?

Él se detiene un segundo, y luego menea la cabeza con gesto apesadumbrado.

—Hemos tomado unas copas.

¿Está hablando en serio?

—Apenas estoy achispada.

Su mirada desciende hasta mi boca durante un milisegundo, haciéndome albergar esperanzas, pero luego da medio paso atrás. Su voz es grave y tensa al decir:

—Si la oferta de tomar té sigue estando ahí cuando no haya nada de alcohol en el panorama, la aceptaré.

Maldición. Si todo el mundo experimentara este nivel de sufrimiento por culpa de unas copas, no habría necesidad de que existieran los programas de doce pasos.

—Estoy lo bastante sobria como para hacer un té —insisto.

Sus manos se estremecen a los lados de su cuerpo antes de que vuelva a negar con la cabeza.

—Tal vez lo estés, tal vez no lo estés. Tengo que estar seguro.

¿Seguro sobre qué? Antes de que pueda preguntarle, se da la vuelta y desaparece en su cuarto. Un instante después, oigo su puerta cerrarse.

—Vale —gruño, luchando contra el impulso de echarla abajo de una patada como una agente de las fuerzas especiales. Levanto el tono para que pueda oírme—. ¡Puede que mi té no vuelva a estar disponible para ti!

CAPÍTULO
Veintiséis

El sonido lejano de alguien llamando a una puerta alcanza mis oídos.

Abro mis pesados ojos, y me encojo de golpe. Me duele la cabeza. ¿Será esto resaca? Noo. Más bien SPSCH: Síndrome de Privación Severa de Carne de Hombre.

—¿Quién es? —grito.

—Oliver —me responde él. ¿Sabes qué hora es?

Caca de carpa.

Cojo el móvil para ver la hora.

Pues sí. Llego tarde a la reunión.

Además hay como una docena de mensajes de Oliver sin leer.

—Un segundo —grito, y me arreglo todo lo rápido que puedo.

Abro la puerta y le miro con gesto contrito.

—No estoy segura de qué ha pasado.

Él levanta las cejas.

—¿Todavía piensas que el alcohol no te afecta?

Se me erizan los pelos de la nuca al oír eso, pero me contengo y no le replico. Es verdad que me he dormido.

—¿Qué hacemos ahora? —pregunto, en vez de eso.

—Nada. Les dije que cambiaran la hora de la reunión para que tú y yo pudiésemos ir primero a echar un vistazo al Viewing Center, por si eso te da algunas ideas más.

—Gracias. —Suelto una bocanada de aire, aliviada—. En realidad, es una buena idea que yo vaya a echarle un ojo al sitio.

Él asiente.

—Vámonos.

———

El Viewing Center es lo que cabría esperar: una gran estructura tipo fábrica, con unas tuberías que expulsan vapor. Lo inusual de eso son los felices manatíes que retozan en la bahía justo debajo.

—¿Estás seguro de que el agua está limpia? —pregunto a Oliver, asomándome a mirar las oscuras profundidades.

—Segurísimo —me responde él. El único impacto que causa aquí la compañía eléctrica es el agua templada.

Antes de que pueda decir más, Jason y otras personas más de la reunión de ayer se presentan y empiezan a hablarnos sobre la clasificación del sitio como reserva marina protegida, y de lo orgullosos que están todos por este «símbolo de compromiso medioambiental».

—Entonces, Olive —dice Jason—. ¿Tienes alguna idea nueva ahora que has visitado el sitio?

—Toneladas. —Señalo al muelle de madera en el que estamos—. Para empezar, podrían pegar unos cepillos a estos postes submarinos y crear unos rascadores más fácilmente que de la manera que yo les sugerí ayer.

Jason y el resto de ellos adoran las implicaciones de ahorro de todo esto y yo les digo unas cuantas cosas más que podrían hacer.

—¿Deberíamos llevar esto a la sala de reuniones? —pregunta Jason cuando se da cuenta de que me estoy volviendo a poner protector solar.

Oliver y yo estamos de acuerdo, así que volvemos al espacio con aire acondicionado, donde les lanzo unas cuantas ideas más caras y les respondo a unas cuantas preguntas.

—Parece que ya tenemos todo lo que necesitábamos —dice Jason al final—. De parte de todos, quería agradecerles a Olive y Oliver que hayan venido hasta aquí para echarnos una mano.

¿Por qué de repente me ha venido a la cabeza esa cancioncilla de mis tiempos de preescolar, y no puedo hacer que se vaya? *Olive y Oliver sentados en un árbol, S-E-B-E-S-A-N...*

¿Por qué los que se besan siempre se suben a un árbol, por cierto? ¿Son activistas medioambientales que se niegan a dejar que talen el mencionado árbol? Supongo que podría ver a Oliver en ese papel.

—¿... invitarte a comer? —concluye ofreciendo Jason justo cuando yo me doy cuenta de que había desconectado y no había notado como el resto de sus colegas se iban marchando de la sala de reuniones.

—No puede —dice Oliver, con una voz lo bastante helada como para congelar a un bacalao antártico, una criatura que posee unas proteínas especiales con propiedades anticongelantes—. Tenemos planes.

—Vale. Adiós —dice Jason apresuradamente, y sale pitando.

Por alguna razón, no puedo obligarme a sentir ningún enfado por la prepotencia de Oliver. Probablemente eso sea mala señal.

Yo le miro y arqueo una ceja.

—¿Puedo deducir que tú invitas?

Él asiente.

—Te invito a comer algo de camino a dónde vamos.

Ah, vale. Ese lugar mítico que él cree que le hará ganar la apuesta.

No puedo esperar a demostrarle que se equivoca.

———

Conducimos una hora por una autopista de Florida, y al pasar por una ciudad llamada Brooksville (que no hay que confundir con Brooklyn), Oliver para en el aparcamiento de un área de descanso y me mira con una ligera preocupación.

—¿Tienes alguna idea de dónde estamos? —me pregunta.

—¿En Florida?

Con una sonrisita gamberra, él se inclina hacia la guantera, lo que le coloca tan cerca de mí que casi me desmayo.

Respiro hondo, dentro y fuera, lo que ayuda, especialmente cuando noto que se aparta.

Es un antifaz para dormir, de esos que dan en los aviones. O, si tienes la mente sucia, que en el caso de la mía es algo que se desata con su cercanía, es un antifaz sexy para ponérselo a un amante entusiasta.

—Mi plan depende de que haya un elemento de sorpresa —dice Oliver, pasándome el antifaz—. No te preocupes. Está nuevo a estrenar.

Yo lo cojo con cautela.

—¿Quieres que me ponga esto?

Él se encoge de hombros.

—O puedes sencillamente admitir que yo he ganado.

Doy un bufido y me lo pongo, ocultando así un gesto de exasperación que hago con los ojos lo bastante exagerado como para tal vez no ser demasiado apropiado para hacérselo al jefe de una.

—Yo nunca me rindo.

¿Ha sonado eso demasiado sexual? Además, probablemente tampoco debería nunca emplear la palabra «nunca». Si él quisiera jugar a un juego de rol sexy en el yo fuese una sumisa con los ojos vendados que se rindiera a su...

—No pensé que hicieses que ganar me resultase tan fácil —dice él—. ¿Lista?

Yo asiento, y seguimos el camino.

Sentada ahí, con los ojos vendados, siento que me he convertido en Daredevil... o en mi hermana Lemon. Al desaparecer de escena la vista, mis otros sentidos se agudizan. Puedo oler el delicioso aroma a espuma marina de Oliver y sentir el calor que emana de su cuerpo musculoso. Además, aunque esto último podría ser cosa de mi imaginación, creo escuchar sus poderosos latidos... al menos hasta que vuelve a poner la música hawaiana.

Después de unas cuantas canciones, él baja el volumen.

—Ya casi hemos llegado.

Yo no digo nada, y siento como gira el Tesla. Intento no dejar que la curiosidad me domine, pero es duro.

Nos detenemos.

—Quédate en tu asiento —dice él—. Yo te abro la puerta.

Vaya. Puede que sea el antifaz, pero que él se ponga al mando me hace pensar cada vez más en escenarios de sadomaso... y creo que me gusta lo que estoy imaginando.

Su puerta se cierra, y la mía se abre.

—Te cogeré de la mano —murmura Oliver—. ¿Estás lista?

Asiento con tanto entusiasmo que casi me disloco el

cuello. Estaba de verdad, de verdad, deseando que las cosas nos llevaran a este punto.

Una mano fuerte y callosa sujeta la mía. Mi energía sexual contenida se dispara hasta las nubes.

—Ten cuidado al bajarte —dice mientras me ayuda.

—Vale —es todo lo que me puedo permitir decirle.

Mientras me guía por lo que probablemente sea un aparcamiento, siento el sol en la cara y noto algo de su luz que traspasa el antifaz.

Oye, la máscara me proporciona una proporción solar extra alrededor de los ojos, así de regalo.

Él me aprieta la mano.

¡Por el poderoso pico de Cthulhu! ¿Quién iba a suponer que andar cogidos de la mano con los ojos vendados sería así de excitante? Mi cerebro es un amasijo de hormonas, lo que es mi única excusa para preguntarme si no me estará llevando a un club de sexo de esos de fetiches... en medio de la campiña de Florida.

Tal como me siento ahora mismo, si ese fuera el caso, sencillamente le diría: «Oliver, gracias. Esto no es algo que pueda conseguir jamás en Nueva York».

No. No puedo perder. Además, en Nueva York tiene que haber clubs de sexo de esos. Para poder dejarme asombrada, esto tiene que ser algo únicamente típico de Florida.

Hablando de lo cual, ¿he oído alguna historia que empiece por: «Hombre de Florida le tapa los ojos a su cita y...»?

Mmm. Espero de verdad que el resto de ese titular no sea «... luego se la come, y no en el buen sentido».

Pero no, Oliver es vegano. Y aunque no lo fuera, confío en que no sea un caníbal. Pero claro, si él fuese caníbal en secreto, ¿no sería el veganismo la tapadera perfecta?

—Voy a por las entradas —me dice, sobresaltándome. —Quédate aquí, por favor.

Para mi gran decepción, me suelta la mano...Y yo la echo de menos al instante.

Una vez le oigo alejarse, decido ser traviesa y bajarme un poco el antifaz para ver algo un momentito.

Estamos al lado de lo que parece la entrada de un parque, y el cartel en la garita de las entradas declara orgullosa: Weeki Wachee.

Mmm. Hay un logo, una sirena dentro de una concha marina. Por ahora, todo bueno... aunque no pienso decirle eso a Oliver. No querría que creyera que está ganando y que se hiciera ilusiones inútiles.

—Tramposa —dice Oliver con tono serio, y así me doy cuenta de que ya está de vuelta, con las entradas en la mano.

Caca de carpa. Pillada. Vuelvo a subirme el antifaz.

—Perdón.

—Por favor, haz lo que te digo, o lo consideraré como que te rindes —dice con fingida severidad.

—Sí amo —digo con mi mejor imitación de una esclava sexual.

—¿Habías oído hablar alguna vez de este sitio? —me pregunta.

—No. ¿Qué es?

Él suena muy ufano cuando dice:

—Ya lo verás.

Yo me encojo de hombros y dejo que me guíe hasta dentro. Mientras andamos, oigo a algunas personas murmurar acerca de que yo vaya con los ojos vendados, pero no podría importarme menos, gracias a la mano de Oliver que sujeta la mía.

Después de un breve paseo, me dice que vuelva a esperar.

Incapaz de contenerme, vuelvo a mirar a escondidas.

Interesante. Hay toboganes acuáticos allá a lo lejos. ¿Será esto algún tipo de parque temático? Tenemos de esos en Nueva York y en la vecina New Jersey, así que no hay forma de que esto me impresione lo suficiente como para perder la apuesta.

Además, está todo lleno de críos correteando, lo que pone el último clavo en el ataúd de mi fantasía sobre el club erótico.

Veo como una mujer se acerca a Oliver. Una mujer que es demasiado atractiva para mi tranquilidad mental.

¿Será la sorpresa un trío? Si es así, pienso mosquearme. En lo que a mi jefe respecta, tengo cero ganas de compartir.

Los observo hablar furtivamente unos segundos. Luego Oliver se da la vuelta para volver a dónde estoy yo, así que me subo rápidamente el antifaz.

—La sorpresa no está preparada —dice él—. ¿Te gustaría hacer otra cosa mientras esperamos?

—¿Cómo qué? —pregunto.

—Ahora lo verás —me dice, y me conduce más adentro en el parque... o como sea que se llame esto.

Nos detenemos unas cuantas veces y Oliver habla en voz baja con algunas personas, pero no me atrevo a volver a mirar a escondidas.

La siguiente vez que nos detenemos, Oliver me dice que puedo quitarme el antifaz «por ahora».

Me descubro los ojos y examino donde estamos.

Vaya. Estamos junto a un kayak de color naranja para dos personas, y hay una masa de aguas tranquilas delante de nosotros, esperándonos.

—¿Qué te parece? —Oliver señala con la cabeza el arroyo, el río o lo que sea que es esto.

Yo observo como flota un leño corriente abajo.

—Recuérdamelo... ¿es la temporada de apareamiento del caimán?

Porque si los humanos tuviesen temporadas de esas, la mía sería justo aquí y ahora.

Él sonríe.

—Típica neoyorquina. Preocupada por los caimanes.

Yo me aparto del kayak.

—Eso suena como un sí.

—Pues es un no. La temporada de apareamiento no ha empezado todavía. Pero incluso aunque sí lo hubiera hecho, me tienes a mí para mantenerte a salvo.

Se me acelera el pulso. Está claro que los genes que he heredado de las mujeres de las cavernas están manifestándose. ¿Qué otra cosa podría explicar lo excitada que me pongo ante la perspectiva de que él sea mi protector grandote?

Saco el móvil y busco las estadísticas de los ataques de caimanes. Desde finales de los setenta hasta ahora, los fallecidos se cuentan solo en alrededor de veinticinco. Da miedo, pero no está tan mal, teniendo en cuenta todos esos artículos en los que un hombre de Florida se pelea con un caimán, o lo apalea, o lo tiene de mascota, o intenta tirárselo.

Oliver echa un vistazo a mi pantalla y resopla.

—Es más fácil que resultes herida porque te caiga un coco en la cabeza que por culpa de un caimán.

Genial. Examino la orilla en busca de palmeras demasiado cercanas al agua pero no encuentro ninguna.

Luego me guardo el móvil.

—Vale. Vayamos en kayak.

Él asiente con aprobación, y antes de que yo pueda pestañear, se quita la camisa.

Emito un sonido como de ahogar una exclamación, mientras mi cuerpo entero explota en llamas.

Aunque ya le he visto antes en toda su musculosa gloria, estoy tan excitada ahora mismo que esta nueva exposición de piel me hace sentir como si mi wunderpus estuviese a punto de implosionar.

Oliver agarra un remo y se acerca al kayak.

—¿Estás loco? —le pregunto, recobrando por fin mi capacidad de hablar.

Él se tira de una oreja.

—¿Qué?

—¡No te has puesto protector solar!

La sexy boca de Oliver se abre, pero de ella no sale nada. Solo se queda allí quieto, en silencio, mirándome sacar un tubo del bolso y embadurnarme igual que tendría que haber hecho él.

—Así —le digo—. Ten en cuenta que la superficie por la que me tengo que preocupar palidece en comparación con la tuya... y no estoy bromeando.

¿Ha sido eso un ligero meneo de cabeza? Bueno, al menos no se ha burlado de mí como habrían hecho la mayoría de mis hermanas. En vez de eso, me sorprende cuando dice:

—¿Me puedes ayudar?

Hay un cosquilleo en mi pecho y en algunas otras zonas de mi cuerpo.

—¿Quieres que te ponga una capa de crema solar?

Él sonríe.

—Si no te importa.

¿Que si no me importa? ¿Le importaría a un pulpo engullir una jugosa almeja? ¿Le importaría a un manatí darse un bañito en un jacuzzi?

Me embadurno las manos de crema y me acerco rápidamente.

Las fosas nasales de Oliver se expanden de golpe cuando se las pongo en el pecho.

¡Guau! Su corazón late como un tambor. ¿Estaría mal que le extendiera la crema con la lengua en vez de con las manos?

Me decido por el método digital de aplicación, y me

centro en extender la crema y en conservar mis babas dentro de la boca.

Sus ojos siguen el movimiento de mis manos con ansia y su pecho sube y baja. El bulto de sus pantalones es inconfundible.

Una parte malévola de mí está encantada. ¿Por qué tendría que ser yo la única que sufre?

Sin mencionar, que esté caliente.

Una vez termino con los pectorales, voy hacia abajo para encargarme de sus abdominales, y si fuese posible desmayarse por estar demasiado salida, perdería el conocimiento ahora mismo.

Cuando la parte de delante está, le pido que se dé la vuelta.

—¿Sabes? —murmura él cuando lo tengo de espaldas—. Cuando te pedí que me ayudaras, en realidad solo me refería a la espalda.

Bueno, demonios, tampoco me paró cuando estaba haciéndole lo de delante.

Estrujo el tubo para sacar más crema y empiezo a ponérsela en su poderosa espalda, sin parar de preguntarme si podría colar algún orgasmo de nada mientras nadie me mira... o pedirle a él que me posea allí mismo, en el kayak.

Como si hubiese estado esperando a este preciso momento, un kayak azul se desliza por las aguas y una feliz pareja mayor nos saluda con esa característica amabilidad que tienen en Florida.

¡Cabrones cortarrollos!

—Hazte los brazos tú solo —le digo, gruñona,

cuando termino con su espalda.

Él coge el protector solar y se lo pone en los brazos, y ahora desearía haber tenido mi estúpido pico cerrado. Podrían haber sido mis manos las que se deslizaran sobre esos bien marcados bíceps y tríceps.

—¿Preparada? —me pregunta.

Asiento, tragándome mis babas, y él lleva el kayak hasta el agua... lo que hace que los músculos relucientes se le marquen aún más, y me recuerda a la primera vez que vi *Magic Mike*.

Se sienta delante, y en cuanto empieza a remar, me viene todavía más a la mente la imagen de strippers masculinos...lo que hace que sea todo un reto fijarme en la vida salvaje con la que nos cruzamos, incluyendo montones de bonitos pájaros, algunos caimanes todavía no tan salidos como yo, y una serpiente.

Hacia el final del viaje en kayak, empiezo a considerar hacer que volquemos para poder pajearme por debajo del agua.

—¿Qué te parece? —pregunta Oliver, llevándonos hasta la orilla con otra sencilla flexión de sus músculos.

Yo me seco el sudor de la frente mientras me bajo.

—Creo que podríamos haber hecho algo parecido en el Central Park de Nueva York. Si tu sorpresa principal es algo como esto, vas a perder, a lo grande.

Él suelta una risita mientras saca el kayak del agua y me alcanza el antifaz.

—Es la hora.

Esto va seguido por un orgasmo en mi mano mientras me guía. Esta caminata es la más larga hasta el momento, pero estoy disfrutando tanto de su contacto que no deseo que termine.

Al final, entramos en algún edificio y me deja quitarme el antifaz.

—Que conste que esto es solo la mitad de la sorpresa —dice Oliver—. Que lo disfrutes.

Yo miro lo que tengo alrededor ansiosamente.

Formamos parte de un público de pie delante de un telón de teatro. Una luz se centra en una mujer que afirma que estamos a punto de presenciar un espectáculo que ninguno de nosotros ha visto antes.

Mmm.

Una música como de club de striptease empieza a sonar atronadora por los altavoces, y el telón se levanta lentamente.

¿Qué diablos...?

El telón revela un tanque de agua gigantesco.

Sea lo que sea esto, ya me parece interesante.

Luego veo la sorpresa... y me doy cuenta de que podría perder esta apuesta.

El agua no está llena de pulpos, que había sido mi primera suposición, y que ya me habría supuesto bastantes problemas para ganar.

Esto es incluso peor.

Este tanque está lleno de... sirenas reales y en carne y hueso.

CAPÍTULO
Veintisiete

Vale, tal vez no sean las auténticas criaturas míticas per se. Pero esas mujeres llevan colas de gran calibre y están buceando con ellas, así que esto es todo lo real que puede ser.

Cojo la mano de Oliver y la aprieto agradecida, observando fascinada como las sirenas flotan por ahí. No estoy segura si es por sus majestuosas colas o por la cercanía de Oliver, pero mi pobre libido se revoluciona a tope.

Luego, para colmo de males homoeróticos, noto que cada sirena lleva en la mano un tubo de aspecto fálico. Y que se ponen a chupar de esos tubos de forma sugerente. Por supuesto, lo que hacen de verdad es tomar oxígeno, pero aun así...

Todos aplaudimos; yo la que más.

Las sirenas hacen un bucle en el agua.

¿También hacen trucos? Maldita sea.

En algún momento, una dama sin cola empieza a

hablar bajo el agua... o a sincronizar sus labios con la voz que se escucha, para ser más científicos. Menciona a algún tipo que encontró los manantiales (que es donde estamos ahora, aprendo) y luego decidió abrir un teatro subacuático... con sirenas.

Fuera quien fuese ese tío, era un visionario, a la par con Steve Jobs y Elon Musk.

Al son de la canción «Do You Believe in Magic», las sirenas hacen algunas piruetas subacuáticas más, y luego fingen comer y beber debajo del agua.

Tras esto vienen más elementos de asombrosa natación sincronizada, y luego escuchamos la historia de este sitio, que es extremadamente impresionante, al igual que la lista de famosos que han visitado los manantiales.

Como si lo hicieran para Oliver, hablan del problema de la polución, centrándose en los nitratos de los fertilizantes, tal vez con la esperanza de que esa asquerosa asociación reducirá lo salidos que estamos todos antes de que nos vayamos. En mi caso, no funciona.

—¿He ganado? —pregunta Oliver cuando termina el espectáculo de las sirenas.

De ser honesta, la respuesta sería sí. Pero soy una chica mala, así que le miento entre dientes, diciendo:

—Ha estado bien, pero...

—Quédate con esa idea —dice él—. La sorpresa todavía no ha terminado. Ven.

Me lleva hasta un cuarto trasero.

Yo me quedo ojiplática cuando veo un montón de colas y otra parafernalia de sirenas tirada por ahí.

¿Me ha conseguido una visita VIP entre bastidores con las sirenas? Si es así, será bastante difícil fingir que no ha ganado.

La mujer con la que estuvo hablando cuando llegamos al parque entra en el cuarto y veo que era una de las sirenas del espectáculo.

—Oliver —dice ella, con una sonrisa—. ¿Es esta la alumna?

¿Alumna?

¿Significa eso lo que creo que significa? ¿Que tengo la oportunidad de aprender a ser una sirena de la mano de una verdadera experta? Eso es muchísimo más guay que el acceso VIP. Es un sueño, a la altura de...

—*Podría* ser la alumna —dice Oliver, y luego se vuelve hacia mí con una expresión diabólica—. Suponiendo que quiera.

Lo miro con los ojos entornados.

—¿Por qué no iba a querer?

Él me levanta la barbilla con el dedo índice para que nuestras miradas se encuentren.

—Oh, ya sé que quieres. La pregunta es, ¿lo quieres tanto como para admitir que estás impresionada? ¿Que esto *no es* algo que puedas conseguir en Nueva York?

Trago saliva, sintiendo que su tacto me abrasa.

—Vale. —La palabra me sale entrecortada—. Tú ganas. Si he de ser sincera, ya habías ganado con el espectáculo. Esto solo es la guinda del pastel.

Él aparta el dedo, y mi barbilla lo echa de menos al instante.

—Eso pensaba yo.

Ahora está tan ufano... pero no se da cuenta de que llevar una camiseta donde ponga «I ♥ Hombre de Florida» es un precio pequeño a pagar a cambio de la ocasión de aprender trucos de sirena. Sin mencionar que dada esta experiencia que ha preparado para mí, lo sexy que es, y nuestros intercambios, puede que haya un hombre de Florida que yo ♥, así que la camiseta puede ser una representación acertada de la realidad.

—Acompáñame, pequeña saltamontes —dice la sensei sirena. Al menos eso es lo supongo que dice. Estoy tan excitada que tengo la mente un poco nublada.

—Espera aquí —le dice a Oliver—. Solo se admiten sirenas.

Entonces me lleva a otra habitación.

¡Guau!

Filas y filas de colas de sirenas nuevas de exquisitos materiales nos rodean. También hay biquinis de todas las tallas, pero eso es menos excitante.

—Elige una —dice mi sensei sirena con un brillito de complicidad en los ojos—. Te la podrás quedar para ti.

Así es como un virgen salido debe de sentirse la primera vez que va a un burdel. Las colas son alucinantes, y es muy difícil elegir solo una... pero al final, lo consigo.

—Póntela —me dice la sensei—. Y un traje de baño.

Hago lo que me indica.

¿Había mencionado que llevar una cola de sirena puesta tiene el extraño efecto de excitarme sexualmente? Y eso es en circunstancias normales. Hoy que ya estoy subidita por la presencia de Oliver, para cuando me pongo la cola, me alegro de haberle dejado en la otra habitación. Si no, los titulares de las noticias de mañana podrían decir: «Hombre de Florida agredido sexualmente por sirena ninfómana en parque público».

Mi sensei saca una silla de ruedas y me dice que me siente.

—Es difícil caminar con la cola puesta —me explica.

Me siento en mi trono honorario y la sensei me empuja hasta el agua que hay allá afuera.

Para explicar lo excitada que estoy: la idea de ponerme crema solar ni siquiera se me pasa por la cabeza ahora mismo.

—¿Hay algo que hayas visto durante el espectáculo que te gustaría que te enseñara primero? —me pregunta mi sabia sensei una vez estoy mojada (con agua del manantial, no en el otro sentido... ese barco ya zarpó hace rato).

—Quiero aprenderlo todo —le digo, con reverencia.

Ella asiente con aire sabio y empieza a enseñarme, empezando por la habilidad fundamental de respirar por el tubito, el arma más importante de una sirena Weeki Wachee.

Seguidamente vivo las mejores horas de toda mi

vida, excepto tal vez por ese ratito enrollándome con Oliver el otro día.

Justo cuando los labios y las uñas empiezan a ponérseme azules de tanto estar en el agua, la sensei me dice:

—Ya basta por hoy, pero puedes volver cuando quieras. Oliver ha dispuesto que aprendas todo nuestro currículum.

¿En serio? Cuando me lleva hasta donde me espera Oliver yo sigo sin habla, y todavía estoy sobrecogida mientras caminamos de vuelta al coche, aunque soy vagamente consciente de que Oliver me está explicando cómo ha conseguido montar toda esta sorpresa. Para abreviar, las sirenas del Weeki Wachee actuaron una vez en Sealand, que es como acabaron debiéndole un favor.

Cuando nos detenemos junto a su coche, yo le miro a los ojos.

—No sé cómo agradecértelo.

Una sensual sonrisa se dibuja en sus labios.

—He ganado. Esa es recompensa suficiente.

—No lo es. Esto ha sido alucinante.

Me abre la puerta y me hace un gesto para que me suba. Una vez estamos los dos en el coche, me dice:

—Tengo que hacerte una confesión. Te he estado mirando mientras estabas en el agua.

Yo arqueo una ceja, a la vez que un hilillo de calor se retuerce dentro de mí.

—¿Y?

—Y siento como si hubiese ganado por partida doble.

¿Le ha gustado lo que ha visto? Ese es justo el tipo de adulación que conseguiría que él se metiera en mis bragas si no se hubiese ganado ya un pase de temporada, dos veces.

Él arranca el coche.

—¿Cómo es que yo nunca había oído hablar de este Weeki Wachee? —pregunto mientras salimos del aparcamiento.

—No tengo ni idea. En 2008, se convirtieron en un parque estatal... así de importantes son. Weeki Wachee es una de las atracciones más antiguas de Florida, y acoge una de las cavernas submarinas más profundas del país.

Me vuelvo y me despido de Weeki Wachee con la mano antes de preguntar:

—¿Hay alguna otra gema oculta aquí en Florida de la que deba saber?

Como ya he perdido, podría también llegar hasta las últimas consecuencias y dejarle que se chulee sobre su estado de nacimiento todo lo que quiera. Sin mencionar que siempre hay una posibilidad de que yo saque una o dos citas más de todo esto.

No tengo que decírselo dos veces a Oliver. Si se cansa alguna vez de ser el dueño de Sealand, siempre puede montarse una agencia de viajes... se le da muy bien. Durante todo el camino de vuelta, me inunda de ideas interesantes de viajes por Florida, aunque cuando aparcamos y cogemos el ascensor del hotel hasta nuestro piso, mi mente ha virado a otros asuntos.

Asuntos como «¿qué puedes hacer después de la mejor cita de tu vida?» y «¿en qué posiciones lo haces?»

—Entonces —dice Oliver, cuando llegamos a mi puerta—. Aquí estamos.

Yo asiento, decidida a aprovechar el momento.

—Así es. Y con cero alcohol en la sangre.

Sus ojos se entrecierran.

—¿Qué me estás diciendo, escamitas?

Yo me relamo los labios.

—Quiero hacerte ese té. Un montón.

CAPÍTULO
Veintiocho

MOVIÉNDOSE más rápido que un pez espada colocado de anfetaminas, Oliver se abalanza sobre mí y se apodera de mi boca.

Yo suelto la bolsa con mi nueva cola de sirena y le devuelvo el beso poniendo todas mis ganas. Nuestras lenguas se enredan ávidas mientras absorbemos el sabor, el olor, el tacto del otro. Sus manos recorren mi cuerpo con un ansia apenas contenida, y mis dedos se clavan en sus hombros, deleitándose en la sensación de sus músculos poderosos flexionándose por debajo de ellos y del calor que irradia su piel.

Él se aparta, respirando con dificultad. Su voz es ronca.

—¿Tu habitación o la mía?

El lugar de responder, saco mi llave, abro la puerta y lo arrastro dentro tirando de su camisa.

En cuanto se cierra la puerta, él se arranca la

mencionada camisa y yo vuelvo a comerme con los ojos su musculoso torso. Esta vez, no hay ninguna pareja anciana en un kayak que pueda impedírmelo. Espero.

Nuestros labios vuelven a encontrarse y se quedan unidos mientras nosotros nos arrancamos la ropa el uno al otro, medio bailando, medio caminando más adentro de la habitación, cada vez más cerca de la cama. Para cuando me aparto para recuperar el aliento, estoy en bragas y sujetador, y él en calzoncillos.

En sus tentadores bóxers.

Él me recorre con una mirada lujuriosa.

—Eres espectacular, escamitas. Lo sabes, ¿verdad?

—Calla, y desnúdate —le digo, sin aliento, mientras me desabrocho el sujetador.

Con las pupilas dilatándose, él deja caer sus bóxers.

Se me hace la boca agua al contemplar su Aqua-manubrio en toda su gloria.

Casi como si hubiese caído ahora en la cuenta, me quito las bragas empapadas.

—Espectacular —dice él con voz entrecortada.

Y entonces, vuelvo a tenerlo encima, con sus manos de pulpo recorriendo mi cuerpo y su lengua explorando mi boca. Como respuesta, mis pezones se ponen duros y de punta, como caracolas marinas, y siento los pechos que los rodean más grandes y pesados. Incapaz de contenerme, echo mano a su Aqua-manubrio, y le doy una ligera caricia.

Oliver gruñe dentro del beso, y mi wunderpus está

prácticamente gritando: «Sí, eso es. Méteme eso dentro, ya».

Sus manos me abrasan el cuerpo allí donde me tocan y, como si tuviese más de dos (¿ocho?), me levanta y me extiende sobre la cama.

—Abre las piernas —me ordena con voz ronca.

Por la liberación de oxitocina de Cthulhu. ¿Voy a tener ocasión de jugar a la tímida sumisa después de todo?

¡Yupi!

Ruborizándome, como corresponde a mi papel, y porque no puedo evitarlo, hago lo que me dice.

Sus fosas nasales se expanden.

—Tócate.

Pues sí. La fantasía en la que el jefe me da órdenes se está haciendo realidad.

Me chupo los dedos para asegurarme de que estén todos húmedos y luego extiendo mis pliegues con una mano mientras encuentro el punto G con el índice de la otra.

—Así, así —dice él, con sus ojos color cian relucientes.

Yo acaricio el punto en círculo y un gemido se escapa de mis labios.

—Muy bien. —Sus palabras suenan como un ronroneo de león—. Ahora dame esos dedos.

Vuelvo a obedecerle y observo, estupefacta, como él los lame hasta dejarlos limpios.

—Delicioso —murmura—. Quiero más.

¿Ah, sí?

Antes de que pueda pedirle que se explique, tengo su boca sobre mi sexo, y su lengua yendo certera a por mi perla mientras su barba me frota sensualmente los pliegues.

¡Que Cthulhu me proteja! Todo mi cuerpo se contrae con una oleada de lujuria, se me curvan los dedos de los pies, y me corro en toda su boca con un sonoro grito mientras las sensaciones estallan por mi cuerpo con tal fuerza que veo fuegos artificiales por detrás de mis párpados apretados.

—Sí —le oigo decir cuando recupero el sentido—. Ahora prueba tu sabor en mis labios.

Pestañeo aturdida, abro los ojos y me encuentro con su beso devorador. Sabe distinto de lo normal y me encanta... pero creo que cualquier cosa, hasta el cianuro, me encantaría si me lo administraran a través de esos labios.

—¿Es tu turno? —pregunto con voz sensual, apartándome. Eso hace que él se incline hacia atrás también, con su Aqua-manubrio dando saltitos de anticipación y sus párpados descendiendo a medio mástil.

Por fin. Sin padres ni mantequilla de cacahuete a la vista, puedo hacer esto sin que me interrumpan.

Me deslizo hacia abajo y lo lamo igual que a un helado.

Él gruñe algo ininteligible.

Levanto la vista y mis ojos se encuentran con su mirada azul cian, mientras me deslizo su Aqua-manubrio dentro de la boca.

Ahora sus ojos son salvajes.

Le paso la lengua bajo la base.

Él se sacude en mi boca y noto el sabor del fluido preseminal.

Maldita sea, esto me está poniendo cachonda. Nunca antes me había dado cuenta, pero chupar una polla es todavía más excitante que llevar puesta una cola de sirena. Al menos cuando viene unida a la persona correcta... la polla, quiero decir, no la cola. Aunque ahora que lo pienso, Oliver con una cola sería sexy de una forma distinta.

Él enrosca mi pelo en su mano, así que yo redoblo mis entusiastas esfuerzos. Entonces gime y los músculos de su trasero se tensan y destensan. Justo cuando estoy entrando en materia de verdad, él me tira del pelo y yo libero la boca para lanzarle una mirada inquisitiva.

—Ponte a cuatro patas. —Esa orden expresada con voz ronca rezuma dominación y lujuria a partes iguales.

No solo hago lo que digo, sino que también meneo mi desnudo trasero para mostrarle lo buena chica que puedo ser cuando tengo los incentivos adecuados.

Vuelvo la cabeza para mirar su tenso rostro y pregunto:

—¿Así?

Me responde agarrándome por las caderas, y su Aqua-manubrio empuja contra mi abertura antes de penetrarme con un solo movimiento elegante.

El aire se escapa de mis pulmones.

¡Guau! ¡Guau! ¡Guau!

Es tan grande que debería de dolerme, pero por contra, me llena perfectamente, y el ligero estiramiento solo añade más tensión lujuriosa a la que se está acumulando en mi interior.

—Quiero correrme dentro de ti —gruñe él.

—Joder —jadeo yo—. Sí, por favor.

¡Ay! Puede que haya liberado al Kraken.

Su siguiente embestida es potente. La siguiente es todavía más potente... y me gusta tanto que se lo hago saber con un gemido.

Oh. Cthulhu. Mío.

Con un rugido, empieza a moverse dentro y fuera de mí con renovado vigor como el pistón de un motor, y mi tensión interna se hace tan intensa que clavo las uñas en las sábanas.

Ya está. Así es cómo se sentiría la tabla de surf de Oliver si él fuese montado en ella en medio de un tsunami. También es cómo me quedo inservible para cualquier otro hombre.

Eso me arranca un grito de los labios.

—Sí, escamitas —gruñe él, mientras me sigue follando—. Córrete conmigo.

Sí.

Sí.

Esa es la mejor idea de la historia de las ideas.

Yo chillo su nombre cuando un orgasmo masivo toca tierra.

Él se mete más dentro de mí, su Aqua-manubrio se

hace imposiblemente duro y libera su semilla dentro de mí dando un gruñido animal.

¡Bum! Su orgasmo me provoca otro a mí, y yo gimo y gimo, hasta que mis brazos acaban por fallarme y caigo sin fuerzas sobre la cama.

CAPÍTULO
Veintinueve

OLIVER ME ABRAZA desde atrás haciendo la cucharita y poniendo su cara en mi pelo.

—Ha sido alucinante.

Exhalo lentamente.

—¿No es eso quedarse corto?

—Mis disculpas. —Puedo escuchar como sonríe en sus palabras—. Ha sido espectacular, asombroso, de fuera de este mundo.

Yo resoplo por la nariz.

—Eso todavía no le hace justicia. Supongo que esta es una de esas situaciones en las que tienes que estar presente para poder apreciarla.

Una risita.

—Yo he estado del todo presente.

Sonrío con la cara contra la almohada.

—¿Una ducha?

—Claro. —Siento como me levantan en el aire y me llevan hasta el baño.

Suelto una risita, disfrutando del viaje.

Cuando nos acercamos al cubículo de la ducha, él me pregunta:

—¿Puedes tenerte en pie?

Yo sonrío.

—Alguien por aquí parece sentirse *muy* bravucón con respecto a sus habilidades.

Él me deja en el suelo y abre el grifo.

Sé cómo esa agua se está sintiendo ahora mismo.

—Métete conmigo —se pone debajo del chorro y se echa gel de baño en sus grandes manos.

Yo le sigo obediente y él empieza a enjabonarme, lo que me parece fantástico y delicioso.

Caca de carpa. Ya me ha arruinado para siempre poder estar con otros hombres. ¿También pretende arruinarme el sencillo placer que es la ducha?

Parece que sí. Las suaves caricias de sus manos (las ocho), el masaje en la cabeza que me hace al lavarme el pelo, la forma en que sus músculos brillan bajo las gotas de agua... esas son exactamente la clase de cosas a las que podría acostumbrarme rápidamente... y no sería luego capaz de vivir sin ellas.

—¿Ahora te toca a ti? —le pregunto, cuando ha terminado con mi espalda.

—Tengo otra cosa en mente —murmura él, y yo me giro para mirarle.

Glub. Una nueva y flamante erección me guiña un ojo.

Ejem. Incluso después de ese litro de jabón que

acaba de usar conmigo, me siento sucia... en el sentido travieso del término.

Le hago cosquillas en la parte de abajo de su Aquamanubrio igual que haría con la barbilla de un gato.

—Me gusta lo que tienes en la cabeza.

Con una sonrisa maléfica, Oliver vuelve a apoderarse de mis labios, y su lengua se mete dentro cada vez más profundamente para acariciar cada una de las superficies de mi boca.

Es buena cosa que estemos en la ducha, porque si no seguro que sería visible un charquito a mis pies ahora mismo.

Me aprieta la espalda contra las resbaladizas baldosas, me agarra por el culo, me levanta unos centímetros y me penetra otra vez.

Yo suelto un jadeo y enrosco las piernas en sus caderas mientras me sujeto a sus hombros con las manos, agarrándome como una loca mientras él entra y sale de mí. Esta vez su ritmo es más suave, más lento, como si nuestra frenética sesión anterior hubiese sido el aperitivo y este un plato principal saboreado con cuidado.

El agua es totalmente nuestro elemento. Esto es todavía más sexy que cuando me poseyó en la cama. El sonido de la ducha amortigua mis gemidos, pero no el palmear de la carne desnuda y húmeda, y esos sonidos me excitan hasta el límite de la locura. Él gruñe y profundiza el beso, y un poderoso orgasmo se prepara en mis entrañas mientras sus empentones se aceleran.

Supongo que hemos vuelto al modo aperitivo. O tal vez este sea el delicioso postre.

—Estoy cerca —jadeo en su boca.

Él me clava los dientes en el labio inferior y me penetra más profundo, llevándome por encima del límite.

Mi grito al correrme es tan alto que puede que lo hayan oído en todas las habitaciones cercanas. Todo mi cuerpo se tensa y relaja espasmódicamente, y un abrasador y caliente éxtasis estalla en mis terminaciones nerviosas. Todavía no he recuperado el aliento cuando Oliver se corre, diciendo mi nombre con voz gutural y palpitando contra mí... un movimiento que me genera una réplica orgásmica.

¡Guau! Doble, triple guau.

Tengo las piernas como fideos cocidos, pero, por fortuna, él está allí para sostenerme.

—¿Estás bien? —murmura mientras vuelve a colocarme debajo del agua y luego me lava tiernamente el sexo.

—Oficialmente y propiamente jodida —le respondo débilmente—. Aparte de eso, como una rosa.

Él me dedica una mirada de pura satisfacción masculina. Después de sacarme del cubículo de la ducha, me seca con una toalla y me lleva de vuelta a la cama.

—No es justo —le digo mientras me tapa con la manta—. Yo no te he lavado *a ti*.

Él me guiña un ojo.

—Pues tendrás que compensármelo. De alguna forma.

Bostezo.

—Sí. Mañana.

—A primera hora —dice él con fingida severidad—. No vuelvas a quedarte dormida.

¿Quedarme dormida y perderme *esto*?

Jamás.

Le coloco un mechón de pelo detrás de la oreja e intento sonar seria cuando le digo:

—Oliver, gracias. —Bajo la mirada hacia su Aquamanubrio—. Esto no es algo que pueda conseguir jamás en Nueva York.

Mi recompensa es escuchar su carcajada y ver como sus abdominales se flexionan. Después me da un suave beso en los labios.

—Que duermas bien.

Con una sonrisa estúpida, cierro los ojos y me quedo frita al instante.

CAPÍTULO
Treinta

Me despierto notando unos fuertes dedos que acarician mi cara. Abro los ojos y veo que es Oliver, frotándome la piel con algo.

¿Se habrá corrido en mi cara?

No me importa, pero habría preferido estar despierta para eso.

Pero no. Está vestido del todo.

Él aparta la mano y yo me froto los ojos.

—¿Qué pasa?

Él sonríe.

—Son casi las diez y media, y el sol estaba a punto de darte en tu bonita cara.

Oh. Esa sustancia que me estaba poniendo era protector solar.

Me doy la vuelta y veo que tiene razón. Los rayos del sol casi han llegado a mi almohada.

Qué hijos de puta.

Luego mi mente soñolienta cae en la cuenta de lo

más importante. Oliver estaba preocupado porque yo me expusiera al sol.

Aunque no acabase de experimentar el mejor sexo de toda mi vida, me lo quedaría basándome solo en ese gesto.

Él se inclina para terminar de aplicarme la crema, pero yo me aparto.

—Creo que primero me gustaría lavarme los dientes.

Él sonríe.

—Vale, pero no tardes mucho. En realidad, pronto tendremos que salir.

Siento como se me encoge el corazón.

—¿Sí?

Él asiente.

—Tengo un largo viaje en coche por delante.

—¿Ah, sí?

Él me aprieta el muslo por encima de la manta.

—Me voy a San Agustín antes del evento benéfico de la SOS para reunirme con algunos de los asistentes.

Caca de carpa. No puedo evitar hacer un mohín.

—Pero te debo una sesión de enjabonado.

Él sonríe con tristeza.

—Dormías tan a gusto que no he querido despertarte.

Ahgh, al final *sí* que me he dormido. Si hubiese sabido lo que había en juego, habría puesto una alarma. O tal vez dos.

—¿Cuándo te vas? —pregunto.

Él consulta su reloj, y su expresión cambia.

—¡Joder! En diez minutos.

Yo me levanto de un salto y voy corriendo hasta el baño para ponerme presentable.

Para cuando salgo, a Oliver solo le quedan cinco minutos... así que los empleamos sabiamente, enrollándonos como si dependiésemos el uno del otro para respirar.

O tal vez no tan sabiamente. Ayer por la noche mi hiperactiva libido quedó satisfecha, pero vuelvo a estar salida y Oliver tiene que irse.

¿Por qué es la vida tan injusta a veces?

—Bueno, pues. —Me aparto y me toco los labios sensibles—. ¿Cuándo te veré?

Él suspira.

—En el evento benéfico. Lo siento. Hice estos planes antes de que nosotros...

—No pasa nada —le miento. Pero por dentro estoy teniendo una rabieta como si fuese mi cumpleaños y me hubiesen dejado sin pastel.

No verle hasta mañana me parece como un castigo.

—Vale. —Me da un suave beso en la mejilla—. Me voy.

Se marcha antes de que yo pueda hacerle un millón de preguntas.

Desorientada, me siento en la cama para recuperar el aliento.

No me puedo creer que haya pasado esto.

Me he acostado con Oliver.

Dos veces.

¿Será esto un acontecimiento de tan monumental

importancia para él como lo es para mí? ¿O lo verá como un rollo de una noche?

Las dudas empañan mi buen humor, igual que la tinta de un pulpo asustado. Aunque esto no sea un rollo de una noche, ¿podríamos él y yo salir de verdad? Trabajo para él, y él tiene esa política de personal en contra de confraternizar por un buen motivo...

Gruño por dentro. Esta es la clase de cosa que debería haber aclarado con él *antes* de lanzarle la invitación a «tomar té», y no después. Aunque, en mi defensa, ayer fue la primera vez que me puse una cola de sirena durante un periodo de tiempo extendido, que podría ser algo comparable a que un tío se inflase de Viagra.

Me ruge el estómago,

Vale. Tendría que comer algo.

Mientras bajo a desayunar, se me ocurren preguntas más prosaicas para Oliver, tales como: «¿Tengo que volver ya al trabajo o puedo quedarme a disfrutar de Tampa un poco más?».

Por un lado, él me habló del Museo Salvador Dalí que hay aquí cerca, pero por otro, hoy es día laborable y nuestros negocios en Tampa ya han concluido. Oh, y como él se ha ido por motivos laborales, ¿no implica eso que volvemos al trabajo?

Cuando termino de desayunar, decido que escribirle un mensaje preguntándole por lo del trabajo sería tan incómodo como dormir en el techo... y no se me escapa que este es solo un pequeñísimo ejemplo de por qué los genitales y los jefes no deben mezclarse.

En fin. Volveré al trabajo y ya está. Apuesto a que si él se entera de que he estado hoy en Sealand, le impresionará mi ética laboral.

En el camino de vuelta, llamo a Lemon y le cuento lo que ha pasado. Me arrepiento de inmediato porque ella se pone a chillar como una cerdita adolescente.

Espero a que acabe y le digo:

—Así que ahora no tengo ni idea de cómo nos deja eso, siendo él mi jefe y demás.

—¿Qué más da? —dice ella, entre risitas—. Él es lo bastante sexy para poder aguantar un poquito de incomodidad.

Pongo los ojos en blanco.

—¿Has trabajado alguna vez en un entorno laboral normal?

Ella suelta un bufido.

—Es igual. Pero tengo una idea. Somos las dos idénticas, así que probablemente él sería igual de feliz de acostarse conmigo que contigo. Y yo no trabajo para él, así que...

Casi me salgo de la carretera.

—Ni te arrimes, joder.

—¿Lo ves? —Puedo escuchar como sonríe a través del teléfono—. Ahora ya sabes lo que sientes de verdad.

—Siento ganas de haberte estrangulado con el cordón umbilical cuando estábamos dentro de mamá

—le digo—. Además, ¿qué hay de ese bailarín de ballet ruso?

—Es obvio que lo decía en broma —dice ella—. Por sexy que sea ese tío tuyo, el ruso lo es más.

—Vale. —*Sigue diciéndote eso a ti misma.*

—De todos modos, ¿cuándo estarás de vuelta? —me pregunta.

Me encojo de hombros. Entonces me doy cuenta de que ella no puede verme y le digo:

—Después de las cinco. Voy de camino al trabajo.

—Vale, entonces supongo que nos veremos mañana por la tarde. Me voy otra vez a Orlando.

—¿A ver qué? —pregunto.

—Harry Potter World y luego el Blue Man Group.

Suelto una risita.

—¿Primero, me hablas de acostarte con *mi* hombre y ahora me dices que vas a ir a ver a todo un grupo de hombres de Blue?

———

En el mismo momento en que aparco delante del edificio principal de Sealand, me llega un mensaje de Oliver:

He olvidado mencionarte algo antes de irme. Una recomendación. Para el acto benéfico de SOS, vístete para impresionar.

Me quedo mirando mi teléfono, horrorizada y estupefacta.

¿En serio? ¿Estaré maldita, como esos piratas de la

Perla Negra? Todavía no se han enfriado las sábanas en las que hemos dormido y él ya se está convirtiendo en un Brett 2.0, diciéndome qué debo ponerme.

Mi respuesta es seca:

Tú preocúpate por tu propio atuendo que yo ya me encargaré del mío.

Entro rápida y furiosamente en Sealand mientras espero su respuesta.

Mi teléfono emite un sonidito.

Por supuesto. Si tú quieres aconsejarme a mí qué ponerme, te haré caso... salvo si es una camiseta con la frase «I ♥ NYC».

Vale, así que se le da un poquito mejor que a Brett salir de atolladeros... ¿pero es eso algo bueno siquiera?

—Hola, Olive —dice Dexter, sobresaltándome—. Me alegro de que estés aquí. Quería pedirte un favor.

Sacudo la cabeza, para despejar mis pensamientos.

—¿El qué?

—Es sobre el acuario del pulpo. Parece ser que no solo es a prueba de pulpos —sonríe, avergonzado—. Yo tampoco sé cómo abrirlo.

Caca de carpa. Es bueno que haya vuelto al trabajo hoy y pueda darle a Piquito de comer. Casi se ha convertido en una víctima de su propia inteligencia... o de la estupidez humana.

Dex se frota su nuca de nutria.

—Entonces, ¿qué me dices? ¿Me puedes enseñar a abrirlo?

Yo hago un mohín.

—De verdad, *de verdad* me gusta alimentar a Piquito yo misma...

Debe entender la idea de que una se pida una criatura en concreto. Hay un motivo por el cual él es el cuidador principal de las nutrias. Aun así no tengo ni idea de si «Solo yo le doy de comer al pulpo» cuadra con las políticas de Sealand. Espero que sí, o si no tendré que luchar con uñas y dientes para que lo sea.

—Lo comprendo. —Dex balancea su peso de un pie al otro—. Es para más adelante. No vas a poder darle de comer precisamente cuando no estés aquí.

Me aguanto las ganas de decirle algo como «Bueno, obvio». En vez de eso, le conduzco al acuario para poder demostrarle qué es qué.

A lo largo de mi lección, no puedo dejar de sentir que Dex está actuando de forma extraña, pero no estoy segura de por qué.

—Gracias —me dice cuando acabo de darle la lista de comidas favoritas de Piquito.

Yo dejo de mirar a Piquito, que ha estado observando nuestra conversación con esos inteligentes ojos suyos.

—No hay problema.

Dex se da la vuelta para irse.

—No te preocupes —me dice, volviendo la cabeza cuando ya está a medio camino de la puerta —. Puedo enseñarles a los demás como hacer esto.

—¿Ah, sí?

—No es ningún problema —me dice—. Tú debes de tener muchas cosas en la cabeza ahora mismo.

¿Las tengo? Antes de poder decirle que en realidad no me importa enseñar a todos los demás, él ya se ha ido.

Decididamente, eso ha sido raro.

En fin.

Ya que el acuario está abierto, echo una golosina.

Oh, Gran Sacerdotisa, no hemos podido evitar notar que has olvidado enseñarle al Diácono Nutria la regla más importante en lo que respecta a adorarnos a nosotros, El Dios Emperador del Gran Acuario. «Las comidas ricas no deben dejar de manar».

Alguien arrastra sus pies a mis espaldas.

Me doy la vuelta y veo que se trata de Rose.

Ella suspira y me lanza una mirada extraña.

Mmm. ¿Qué posibilidades hay de que sea tan buena en recursos humanos que ya haya conseguido oler «sexo con el jefe» en mí?

—Me alegra haberte encontrado —dice ella—. Necesito un favor.

Yo pestañeo.

—¿Qué pasa?

Señala el vibrador con forma de tentáculo del acuario de Piquito.

—¿Podrías documentar todas las herramientas de enriquecimiento ambiental que llevas creadas hasta ahora, así como la forma de mantenerlas?

Mmm. Esa es una petición muy rara... A menos que ya esté pensando en despedirme en base a lo que ha olido con sus súper sentidos de recursos humanos.

Noo. Estoy siendo paranoica.

—¿Para cuándo lo necesitas? —pregunto.

Ella se rasca la barbilla.

—¿Hay alguna posibilidad de que puedas hacerlo antes de que acabe el día?

—Claro. —Darle de comer a Piquito era mi única prioridad de verdad hoy.

—Gracias.

¿Es solo cosa mía, o parece desproporcionadamente aliviada?

Me dirijo a mi ordenador y empiezo a trabajar en lo que me ha pedido Rose. Ya que no me ha dicho lo detallado que debía ser, hago el documento a prueba de tontos... una lección aprendida gracias al acuario de Piquito. Explico cómo cambiar los vídeos de la tele del acuario de los manatíes, e incluso como encender y apagar dicha tele.

Cuando estoy acabando, miro la hora. Acaban de dar las cinco, o sea que es hora de volver a casa.

Alguien carraspea detrás de mí.

Giro la silla, levanto la vista y me encuentro con Aruba.

—Señorita Hyman —me dice—. Perdone que la interrumpa.

¿Aún sigue aquí? Creía que todos en este sitio se iban a las cinco en punto.

—Habíamos acordado que me llamarías Olive —le digo—.

—Lo siento —dice ella—. *Olive*, ¿podría robarte un momento?

—Claro. —Cada vez más y más curioso.

Aruba se deja caer en una silla de oficina cercana.

—Si estuviese interesada en crear juguetes para criaturas marinas, como haces tú, ¿hay algún libro que me recomendarías que leyera o algo así?

Yo ladeo la cabeza.

—No me había dado cuenta de que estuvieses interesada en ese tema.

Eso es quedarse corta. Sus palabras exactas fueron: «Cualquier cosa es mejor que hacer juguetes para peces dorados».

Aruba hace girar su silla hacia la derecha y hacia la izquierda.

—Mira, perdona si antes he sido un poco cardo.

Por supuesto. Lo llamaremos un poco... y cardo.

—Eso es agua pasada.

Ella suelta un suspiro de alivio.

—Lo único que yo he hecho ha sido entrenar a los delfines. Y por mucho que los quiera, he pensado que aprender a hacer lo que tú haces me daría la ocasión de aumentar mi campo de trabajo.

Frunzo el ceño.

—¿Quieres empezar a ayudarme?

Por halagada que me sienta, y a pesar de su disculpa, todavía no es una aprendiza que yo elegiría voluntariamente.

Aruba pestañea con cara de no entender.

—Pensaba que cuando te hubieses ido... ya sabes, ¿no? Da igual.

La cadena completa de acontecimientos extraños

hace clic, como una caja puzle creada para un pulpo particularmente inteligente.

Lo veo todo rojo.

Me levanto de golpe y rujo:

—¿Qué quieres decir con «ido»?

Ella empuja su silla para alejarla de mí.

—Ejem. Es por ese correo del Dr. Jones. Nos pedía que nos preparásemos para cuando tú ya no estuvieses en Sealand, así que yo...

No escucho el resto porque los latidos de mi sangre están atronando en mis oídos.

Acaba de confirmar mi horrible sospecha, y duele como un puñetazo en el estómago.

Oliver y yo nos acostamos, y ahora ha decidido arreglar la metedura de pata a nivel de recursos humanos que ese acto ha creado utilizando el método más traicionero posible.

Me va a despedir.

CAPÍTULO
Treinta y Uno

—Te mandaré un correo con algunas recomendaciones de libros —murmuro antes de salir de la habitación como si yo fuese un atún y Aruba uno de sus delfines favoritos.

Todo encaja. La forma en que Rose me ha pedido que redactase ese documento y lo raro que se ha comportado. Por qué Dex quería aprender cómo cuidar de Piquito.

Oliver le ha dicho a todo el mundo que me van a dar la patada.

Apuesto a que tampoco tendrá ninguna reunión en San Agustín. Probablemente esté en su despacho o en casa.

Impulsada por una furia total, corro hacia su oficina.

Por suerte para él, y para mis antecedentes criminales, no está allí.

Gruño furiosa y corro a mi coche. Acelerando como

una lunática, llego a su casa en un abrir y cerrar de ojos y me detengo dando un frenazo en su entrada.

Llamo al timbre y luego golpeo su puerta con el puño, imaginando que se trata de su cara.

Un hombre me abre la puerta. Durante un segundo, creo que tal vez sea Oliver con un nuevo corte de pelo, pero luego me doy cuenta de que decididamente no se trata de él. Porque ni quiero matar a este tío ni tirármelo.

—Hola —dice el desconocido.

—He venido a ver a Oliver —digo entre dientes.

El tipo me dirige una sonrisa sexy.

—Tú debes de ser Olive. ¿Qué es lo que ha hecho ahora?

Yo respiro hondo para calmarme.

—Y tú debes de ser uno de sus hermanos.

—Ash, para servirte. —Echa un vistazo al perro que tiene a los pies—. Mi hermano me ha pedido que le vigilara el aperitivo... y ya que estoy, que le enseñara a surfear. ¿Te gustaría dejarle algún recado?

Yo le digo que no con la cabeza.

—Necesito hablar con Oliver.

Ash se pasa la mano por el pelo (mucho más corto pero aun así bonito).

—No se supone que deba volver hoy. Me dijo que tenía varias reuniones importantes antes de la conferencia y luego tomaría unas copas con algunas personas. Ya debes de saber cómo es él con lo de beber y conducir.

—Vale. —Me aparto de la puerta—. Gracias.

Regreso a trompicones hasta mi coche y lo llevo hasta la entrada de la casa de mis abuelos.

El subidón de adrenalina que empezó en Sealand se está convirtiendo en un bajón de proporciones épicas.

Me arrastro hasta el cuarto de invitados, y mis piernas me parecen medusas puestas de calmantes.

Mis abuelos no están en casa, parece ser. ¿Habrán ido a Orlando con Lemon?

Es mejor así. No creo que ahora mismo sea capaz de tratar con nadie.

Luchando contra mis enormes ganas de llorar, me dejo caer sobre mi cama sin quitarme la ropa.

¿Cómo he podido ser tan estúpida?

¿Cómo he podido permitir que otro hombre más utilice mi corazón de saco de boxeo?

La señal de alarma ya estaba ahí presente: mi atracción hacia él. Al parecer, los gilipollas son mi tipo, así que ¿por qué estoy sorprendida de que Oliver haya resultado ser otro más?

Apuesto a que estaba planeando acostarse conmigo una vez más antes de tirar de la manta y dejarme en bragas. ¿O por qué si no me iba a invitar al acto benéfico de SOS? Hasta ha tenido las pelotas de especificarme que tenía que ponerme guapa para él.

Increíble.

Lo peor es que ya no tengo la energía para localizarle y hacerle saber muy clarito lo que pienso. Sin embargo, tampoco puedo quedarme en este limbo en el que sé que él no sabe que yo lo sé.

Saco el móvil y escribo llena de furia:

Conozco tu plan de echarme. No te molestes. Lo dejo. El trabajo, y a ti también. No quiero volver a ver tu cara nunca más.

Eso es. Igual que arrancarse una tirita. Salvo que la sensación es como si me hiciese todo mi cuerpo y mi mente a la cera, una y otra vez.

Sintiendo un frío extraño, me enrollo en una manta.

A pesar de todas mis comparaciones entre Oliver y Brett, siento como si esto fuese infinitamente peor que una ruptura... aunque he conocido a Oliver durante mucho menos tiempo y él no es oficialmente mi novio.

Debe de ser por esa sorpresa de las sirenas que Oliver organizó para mí. Aunque se tratase de una jugada para meterse debajo de mi cola, fue más bonito que todos los gestos amables que Brett y todos mis otros ex me ofrecieron, juntos.

Que Cthulhu maldiga su coxis. El sexo fue tan alucinante que probablemente nunca vuelva a experimentar algo semejante. Y no solo era el sexo... Solo el hecho de pasar tiempo con él era...

¿Qué estoy haciendo? ¿Por qué me torturo de esta forma?

Lo que debería preocuparme ahora es Piquito.

¿Voy a permitir que se quede con Oliver?

Noto como si mi estómago se hubiese vuelto un bloque de hielo.

¿Habrá planeado Oliver esto con tanta antelación? Se empeñó en advertirme de que si dejaba Sealand, no podría llevarme a Piquito. ¿Ya estaba planeando entonces joderme de forma literal y metafórica?

No tengo ni idea, y lo que hace que esto sea imposible de gestionar es que Piquito se encuentra feliz en su nuevo acuario, así que lo mejor para él sería dejar que Oliver se lo quedara.

Empieza a darme vueltas la habitación, y yo cierro los ojos, apretándolos para contrarrestar el ardiente escozor de las lágrimas.

Siento como si todo el cuerpo me pesara, especialmente el pecho, y a pesar de que hago todos los esfuerzos que puedo, mis lágrimas empiezan a brotar.

No dejan de hacerlo hasta que el agotamiento se apodera de mí y yo me quedo dormida.

CAPÍTULO
Treinta y Dos

Me despierto con la nariz tapada y la garganta irritada.

El sol ya ha salido. Eso quiere decir que he dormido desde la hora de cenar hasta el día siguiente hasta tarde.

Supongo que estaba *así* de exhausta emocionalmente.

Después de dormir, me siento un poco más fuerte... y tengo una decisión que tomar.

¿Voy a al acto benéfico de SOS o no?

Por un lado, sería un buen lugar para establecer contactos para mi siguiente empleo. Por el otro, Oliver estará allí, y me haría falta dormir mucho más para sentir que estoy lista para encontrarme con él cara a cara.

Vale, nada de acto benéfico. Lo cual me lleva a un dilema secundario: ¿debería molestarme en levantarme de la cama siquiera?

Después de una breve deliberación, decido que sí. En el pasado, siempre que me he sentido mal, hacer algo, sin importar lo pequeño que fuese, siempre me ha hecho sentirme mejor.

Salgo de la cama y sigo con mi rutina matinal.

Pues no.

No me siento mejor.

Miro mi móvil.

El acto benéfico empezará pronto. Si fuese a ir, tendría que correr.

Incapaz de contenerme, miro mi mensaje a Oliver.

Parece que todavía no lo ha leído... probablemente demasiado ocupado codeándose con el resto de asistentes al acto benéfico.

Caca de carpa. Eso significa que todavía piensa que se ha salido con la suya.

Debo mantenerme cuerda.

Abro el portátil y vuelvo a mirar en plan acosadora la web de Octoworld. Si existiese la justicia en este universo, encontraría una vacante allí para compensarme por las cartas de mierda que me acaba de repartir la vida.

Pues no. No tienen ninguna nueva vacante. Pero sí que noto algo interesante, sin embargo. Según su sección de noticias, este año vuelven a ser patrocinadores del acto benéfico SOS. ¿Me pregunto si...?

Compruebo las redes sociales de Ezra Shelby y mis sospechas se confirman. Estará representando a Octoworld en el acto benéfico.

Parece como si el universo no se hubiese cansado todavía de patearme los dientes.

De no ser por esta jodienda con Oliver, hoy podría haber conocido a mi ídolo.

Pero también, todavía puedo... si estoy dispuesta a toparme con Oliver.

No, no lo estoy. No puedo arriesgarme a abofetearle la cara en público. Además, en este punto, llego tarde para la parte de las presentaciones y saludos del acto.

Titubeante sobre qué más hacer, abro el correo para enviarle a Aruba una lista de los recursos que necesita si quiere hacer mi trabajo.

En mi buzón hay dos mensajes no leídos de ayer.

Uno es de Oliver, así que le hago una higa, pero el otro es de una persona que nunca antes me había escrito: Ezra.Shelby@octoworld.com

Se me dispara el pulso.

No puede ser, ¿verdad?

Abro el correo de mi ídolo con dedos temblorosos.

Querida Olive,

Tengo muchas ganas de conocerte mañana. Hace unas semanas, tu jefe actual y buen amigo mío, Oliver, me habló del asombroso trabajo que has venido realizando en Sealand. También me mencionó lo mucho que adoras los pulpos, y que has estado intentando que te contratásemos aquí en Octoworld. Lo he mirado y he visto que tu currículum nunca pasó del departamento de Recursos Humanos. Mis disculpas. Si todo va bien mañana, crearé un puesto solo para ti... algo que será muy parecido a lo que haces en Sealand, pero con un énfasis mayor en los pulpos. Si no te importa, por favor, mañana tráete cualquier nota o diseño que tengas para...

Aparto los ojos de la pantalla, parpadeo unas cuantas veces y luego vuelvo a leer las primeras dos frases.

Pues sí. Tengo una entrevista con la mismísima Ezra Shelby... y fue Oliver el que la organizó.

¿Sería por su cargo de conciencia?

No, imposible que lo fuese. Le habló a ella sobre mí «Hace unas semanas».

Aturdida, abro el correo de Oliver para ver si puede arrojar algo de luz sobre esto.

Hola, Olive.

Acabo de recibir noticias de Ezra y me he enterado de que ha arruinado lo que se suponía que iba a ser otra sorpresa. Supongo que ahora ya sabes por qué te invité a venir conmigo al acto benéfico de SOS. Era para que te encontrases con ella. En fin. Espero que la impresiones tanto como yo creo que lo harás. Por mi parte, estoy tan seguro de que va a contratarte que les he dicho a los de Sealand que se preparen para cuando tú ya no estés...

Dejo de leer, ahogando una exclamación.

Por las garras de Cthulthu, he cometido un tremendo error.

Oliver no decidió despedirme después de que nos acostásemos. Solo prestó atención a lo que Fabio y Lemon dijeron sobre que mi sueño era trabajar con Ezra, y luego decidió convertirlo en realidad... aunque eso quisiera decir que él se quedase corto de personal.

Por eso me dijo que me vistiera para impresionar. Era para esta entrevista.

Y yo voy y se lo agradezco mandándole ese mensaje tan desagradable.

Miro mi móvil.

Todavía no lo ha leído.

Vuelvo a escribirle.

Ignora lo que he dicho. Eres el mejor.

Qué bonito. Sueno como una chiflada. Y, aj, tampoco está leyendo eso... obviamente.

Me mordisqueo la uña, nerviosa, y le llamo. Él no contesta. Probablemente esté demasiado ocupado haciendo algo bonito para la desagradecida que soy.

Me pongo en pie.

Tengo que hacer algo. Tengo que ir con él. Tengo que contarle que me estaba saboteando a mí misma. Tengo que explicarle que he tenido unas relaciones muy malas, y que a veces me hacen ver las cosas justo lo opuesto que a través de unas gafas de color de rosa. Oh, y tengo que darle las gracias. Y besarle. Y lo que es más importante, agarrarle y no dejarle escapar jamás.

Además, podría ser buena idea no dejar pasar esa entrevista que él ha preparado para mí.

La entrevista de mi vida.

Me visto todo lo deprisa que puedo, pero luego me doy cuenta de que tengo un enorme problema.

Con el viaje a Tampa y todo lo de después, me he olvidado por completo de comprarme más protector solar, y ahora mismo no me queda nada.

Caca de carpa.

¿Qué hago?

Corro escaleras abajo para pedirles un poco a mis abuelos. Puede que su marca no sea la más óptima, pero cualquier protección es mejor que nada.

—Ah, Alcaparrilla —me dice el abuelo, con una sonrisa—. ¿Preparada para desayunar?

Yo le digo que no con la cabeza.

—No tengo tiempo. Llego tarde al acto benéfico. Espero que tengan entrantes. ¿Me puedes dar tu crema solar?

Él suspira.

—Me temía que esto iba a ocurrir. No tenemos.

Frunzo el ceño.

—¿Cómo lo hacéis para salir a la calle?

Él se encoge de hombros.

—Nuestro médico nos dijo que exponernos al sol es bueno para nuestros niveles de vitamina D, así que hemos estado...

—No. Podéis tomar suplementos de vitamina D. Cuando vuelva, vamos a hablar de esto largo y tendido... tanto de los efectos nocivos del sol como de las cualidades que debéis buscar en vuestro nuevo médico.

—Estupendo —gruñe él—. No puedo esperar.

Con el corazón encogido, corro al garaje y miro si, por algún tipo de milagro, hay protector solar por allí en alguna parte.

Pues no. No hay nada de eso. Y tampoco está mi coche.

Un momento. ¿Dónde está mi coche?

Ah, vale. Lo dejé en la entrada.

Abro la puerta del garaje.

El maligno sol brilla ominoso fuera del garaje.

Caca de carpa.

No estoy segura de poder hacer esto.

No. Sí que puedo. Debo. Serán solo unos metros, y una vez dentro del coche, el parabrisas bloqueará la peor parte de la radiación ultravioleta... que es mejor que nada.

Sí.

Será mejor no pensar en ello y simplemente hacerlo.

Doy un pasito hacia la luz.

Luego otro.

Y luego otro más.

Me siento como si estuviese en la película *Poltergeist* y alguien estuviese a punto de gritarme: «¡no vayas hacia la luz!».

Pero debo hacerlo, así que lo hago.

Encogiéndome, salgo... solo para encontrarme cara a cara con algo todavía peor que la radiación ultravioleta.

Una persona a la que creía no volver a tener el disgusto de ver.

A pesar de los polis que van tras él, de la orden de alejamiento y de la vigilancia de Blue, aquí está él.

Mi ex, Brett.

CAPÍTULO
Treinta y Tres

Esta vez, cuando miro su cara la emoción predominante que siento es enfado, con una pizca de temor. También un enorme alivio por haber roto con él cuando lo hice. Está claramente trastornado. Además, así era soltera cuando conocí a Oliver.

Mierda. Oliver. Ya llego tarde, y no necesito que Brett me entretenga más.

Nota aparte: ahora que veo a Brett, me doy cuenta de lo estúpido que ha sido comparar a Oliver con él.

Oliver es mejor hombre, un millón de veces más.

—Hola, cariño —dice, arrastrando las palabras.

Qué poco original. Le miro con furia.

—¿Qué haces aquí? Los polis casi te atrapan la última vez. ¿Estás seguro de querer volver a correr ese riesgo?

Su mandíbula se tensa.

—¿Es que no podemos hablar como dos adultos?

—Como mucho, podríamos hablar como un adulto

y medio. —De hecho, estoy siendo generosa concediéndole ese medio.

Él avanza hacia mí y, aunque hoy no huele igual que una destilería, hay algo raro en sus pupilas.

¿Es posible que esté colocado?

La punzada de temor crece hasta convertirse en una seria preocupación. Ya ha atacado a Blue y ahora ha venido a acosarme hasta aquí, hasta Florida así que, ¿quién sabe qué más sería capaz de hacer?

—¿Por qué no podemos hablar nada más? —insiste, y yo retrocedo cautelosamente hacia el garaje.

—Porque nosotros no tenemos nada de qué hablar —le digo, echando un vistazo por encima del hombro para calcular lo lejos que estoy de la puerta, por si acaso tengo que echar a correr para librarme—. Hemos terminado. Eso tendría que entrarte en tu dura mollera.

—¿Terminado? —Sus puños se aprietan y se relajan.

—Terminado. Acabado. Finiquitado. Ahora vete, y tal vez no les diga a Blue y a la poli que has venido. —Me obligo a dejar de retroceder cuando alcanzo la puerta del garaje—. Tengo que ir a un sitio, y ya llego tarde.

Su rostro se nubla.

—Vas a tenerme que escuchar por fin.

Levanto la barbilla, y me encuentro con su mirada furiosa.

—Si das otro paso, gritaré.

Él suelta un bufido.

—Si no te callas la puta boca yo *te haré* gritar.

De repente, se escucha el delator sonido de un rifle al ser amartillado, y la voz seria y fría como el hielo del abuelo ruge desde la puerta principal:

—En realidad, eres tú el que va a ponerse a gritar.

Y con un estallido ensordecedor, Brett cae de espaldas sobre el camino de entrada.

CAPÍTULO
Treinta Y Cuatro

¡Oh, gran Cthulhu! El abuelo le ha disparado a Brett.

En un flash, visualizo en mi cabeza al abuelo esposado y con un mono color naranja. Pero por otra parte, en lo que a disparar gente respecta, Florida es un estado donde se aplica la ley «Stand your ground», lo que creo que significa que si alguien te amenaza y tú estás en tu propiedad, puedes dispararle.

Aun así. Matar a Brett es...

Brett gime de dolor y se agarra el trasero.

Oh. ¿No está muerto?

—Ya no eres tan duro ahora, ¿verdad? —gruñe el abuelo con aire satisfecho. Luego recarga el arma con cartuchos bean bag y vuelve a apuntarle con ella—. Si se te ocurre mover un dedo antes de que lleguen los polis, te disparo otra vez.

Yo miro al abuelo, aturdida.

—No le has matado.

Él se saca el móvil del bolsillo.

—Todavía no. Tal vez tenga suerte y se intente mover un par de veces.

Se me escapa un suspiro de alivio. Doy un paso hacia el abuelo y luego recuerdo a dónde iba. Titubeante, pregunto:

—¿Necesitas que me quede para cuando aparezca la poli?

—No, tú vete a ese acto benéfico. Este zopenco te ha amenazado justo delante de mi cámara de seguridad. Estoy seguro de que con eso la policía no necesitará más.

Yo me muerdo el labio.

—Vale. También ha quebrantado una orden de alejamiento, se ha saltado la condicional y ha invadido una propiedad privada... otra vez.

—Ellos se encargarán de él —dice el abuelo—. Vete.

Yo paso con cuidado por encima del gimoteante Brett y me meto en mi coche.

—Cuéntaselo también a Blue —le digo antes de cerrar la puerta.

El abuelo asiente, y yo arranco.

Blue tiene contactos en las agencias de seguridad, así que sea lo que sea lo que se le viene encima a Brett, ella podría ser capaz de hacer que fuese incluso peor... y en este punto, yo me sentiría más cómoda si a él le encerraran en la cárcel. Y se convirtiese en la zorra de otro preso.

Aparto de mi cabeza todos los pensamientos sobre Brett, además de mis recobrados temores sobre la radiación ultravioleta, me voy de allí y homenajeo una escena de *The Fast and the Furious* todo el camino hasta San Agustín.

Para mi inmensa decepción, el aparcamiento es exterior y queda a una manzana del edificio.

Otra vez no.

Rebusco en mi guantera, con la esperanza de que pusiese allí algo de protector solar y me hubiese olvidado de él.

Pues no.

Nada.

Salgo del coche y doy un valiente paso hacia mi destino. Luego otro. Y luego otro más.

No puedo evitar tener visiones de erupciones solares y lluvias de plasma bullendo en la ardiente bola sobre mi cabeza, con gotas saltarinas del tamaño de un país. Prácticamente puedo sentir como me arde la piel, me mutan las células y el colágeno y la elastina resultan dañados.

En el futuro, debería llevar al menos un parasol en el maletero del coche, por si acaso. Tal vez un traje de ninja también. Pero claro, ya que hablamos de eso, sería mejor que llevara, también por si acaso, una docena de tubos de protector solar extra también.

Aunque no estoy segura de si eso me servirá de nada, me echo a correr.

Tengo la cara caliente. Demasiado caliente. Imagino que eso es lo que los primeros que fueron en misión de rescate sintieron en Chernóbil aquel fatídico día en que el reactor explotó. Al menos un par de veces, creo que voy a dejarlo sin más y refugiarme en alguna sombra cercana, pero no lo hago.

Si existe algo de justicia en el universo, Oliver tendría que perdonarme solo por el hecho de enfrentarme a toda esta radiación ultravioleta por él.

Sintiendo como si hubiese sobrevivido a una ordalía digna de entrar en las hazañas de los mitos griegos, entro volando en el edificio al que me dirijo y pierdo unos preciosos segundos recuperando el aliento.

—¿Nombre? —me pregunta una señora en la entrada.

Yo lo digo, jadeante, y ella me tacha en la lista que tiene delante.

—¿Cómo de tarde llego? —pregunto, todavía sin aliento.

Ella levanta la vista.

—Estas cosas son como las bodas. Nada empieza nunca a su hora.

Cuando entro, veo que tiene razón. Todo el mundo está todavía socializando.

¡Sí! Ahora a encontrar a Oliver.

Atravieso una multitud de personas desconocidas y escaneo todos sus rostros.

No.

No.

¡Allí!

Está ahí de pie solo al lado de una escultura de hielo.

¡Oh, no! Se está acercando el teléfono a la cara.

Caca de carpa.

No puede ser que esté leyendo...

Debe de estarlo. Igual que el cielo durante una tormenta, su cara se transforma, nublándose peligrosamente.

Yo compruebo mi propia pantalla y maldigo.

Acaba de leer mi mensaje.

Tenía la peregrina esperanza de llegar allí antes de que eso ocurriera, quitarle el teléfono y borrar el mensaje... pero ese plan se acaba de ir al garete. ¿Tal vez humillarme ante él serviría de ayuda? Vale la pena probar.

Me dispongo a dirigirme hacia él cuando alguien me da un toquecito en el hombro.

Me giro y pestañeo al ver a la elegante mujer que tengo delante. Me cuesta un momento reconocerla porque en sus fotos de las redes sociales no lleva tanto maquillaje.

—¿Olive? —me pregunta.

Yo asiento igual que una boba.

Ella me ofrece su mano.

—Ezra Shelby.

Yo se la estrecho un pelín demasiado vigorosamente.

—Lo sé. La he reconocido.

Ella me sonríe, amable.

—Gracias a las redes sociales, ya nadie es un desconocido.

Yo asiento, todavía deslumbrada.

Ella mira el reloj.

—¿Podríamos tener esa pequeña charla ahora?

Caca de carpa.

¿Cómo puedo decirle que no? Me está haciendo un inmenso favor.

Le lanzo una rápida mirada a Oliver.

No. Ahora mismo no puedo hablar con nadie más aparte de con él. Tengo que solucionar esto.

Engullo aire y le digo a Ezra:

—Lo siento muchísimo, pero no puedo hablar ahora mismo. Tengo algo urgente que decirle a Oliver.

Si esto significa que no puedo conseguir el trabajo de mis sueños, que así sea.

Ella parece confundida, pero asiente. Nadie debe de haberse comportado de esta forma tan poco profesional con ella jamás.

Y a la porra con lo de causar una buena impresión.

Es igual. Lo más importante ahora es decirle a Oliver que lo que acaba de leer en su pantalla no iba en serio. Las posibilidades de que me perdone son escasas, pero al menos tengo que intentarlo. Nunca me lo perdonaría si no lo hiciera.

Dejo a Ezra ahí plantada y corro hacia él, ignorando el débil sonido de una notificación en mi móvil mientras corro.

Cuando Oliver me ve, sus ojos se agrandan.

—¡Escucha! —le espeto—. Antes de que me mandes a la mierda, déjame hablar.

Sus ojos se agrandan todavía más.

—Siento no haber llegado aquí antes de que leyeses

ese estúpido mensaje —le suelto—. Se presentó Brett y...

¿Sus facciones ya estaban tan nubladas antes?

Da miedo. Parece querer matar a alguien.

—¿Que se ha presentado tu ex? —gruñe—. Ese cab...

Hago un gesto de quitarle importancia con la mano.

—Olvídate de él. El abuelo le ha pegado un tiro en el culo con munición de fogueo.

La expresión tormentosa de Oliver no varía, así que yo hablo más rápido.

—Mira, no quería decirte lo que te puse en el mensaje. Es decir, sí que lo quería decir cuando lo escribí, pero ya no. Fue algo estúpido. Es evidente que tengo algunos problemillas, pero estoy trabajando en ello. Fue básicamente un malentendido. Todos se comportaban como si me hubieses despedido y yo...

Él me hace callar de la mejor manera posible: apretando sus suaves labios contra los míos. El beso es profundo, sensual y extremadamente poco apropiado para el lugar en el que estamos... y exactamente lo que no me había dado cuenta que necesitaba.

Me siento como si un manatí acabase de bajarse de mi pecho.

Cuando él me deja ir por fin, tengo que recuperar el aliento.

—¿Significa eso que no me odias? —consigo preguntar.

Él me coge la cara con la mano, con ternura.

—Escamitas, ¿cómo se te ocurre preguntarme algo así?

Mi suspiro de alivio haría que cualquier yogui se sintiese orgulloso.

—Bueno. —Oliver baja la mano y dirige la vista hacia el lugar donde yo estaba hace unos segundos—. ¿Cómo ha ido tu conversación con Ezra?

Yo sigo su mirada.

—Todavía no he hablado con ella —admito—. Al parecer, tenía que besarte primero.

Él menea la cabeza, y no estoy segura de si su gesto de desaprobación es auténtico o en broma.

—¿Y a qué estás esperando? Ve a por ella. Después seguimos donde lo hemos dejado.

Yo le sonrío.

—Vale.

Dudo que ahora esté igual de encantada de hablar conmigo, pero tendré que intentarlo.

Mientras me dirijo a donde está ella, miro mi móvil. Al parecer tengo mensajes de varias personas, Oliver incluido.

¿Dónde estás? es su respuesta a mis mensajes de psicótica.

La calidez inunda mi pecho. Puedo leer entre líneas en esa respuesta. Iba a venir a buscarme y a hablar conmigo/besarme hasta que recuperara la cordura.

¡Yupi!

Otro de los mensajes es de Blue.

A Brett ya se lo ha llevado la policía. No espero que vuelva a ver la luz del día durante algún tiempo.

Otro más es del abuelo con básicamente la misma

información que el de Brett, pero con más tacos dirigidos a él.

Me siento flotando sobre mis pies. Para ser alguien que puede que haya fastidiado su oportunidad de trabajar en Octoworld, me siento exageradamente feliz.

Cuando llego hasta Ezra, ella me sorprende con un guiño que es más típico de una amiga y para nada propio de una jefa potencial.

—Eso tenía toda la pinta de ser un asunto tremendamente urgente del que tenías que ocuparte —dice con una sonrisa y abanicándose con la mano—. Puede que hayáis hecho subir la temperatura de la sala unos cuantos grados.

Yo sonrío un poco avergonzada.

—Espero que puedas ver por qué sería mejor que yo trabajase en cualquier otro sitio que no fuese Sealand.

—Hablemos de ello —dice ella, y la conversación se convierte rápidamente en una entrevista de trabajo informal.

En un abrir y cerrar de ojos, estamos intimando gracias a nuestro mutuo amor por los pulpos... un gran comienzo. A la mitad de la charla, parece que la he impresionado con mis inventos e ideas, o al menos asumo que así es, porque al final me ofrece un empleo.

—Lo acepto —digo apresuradamente.

Ella sonríe.

—¿No quieres saber cuál es el sueldo?

Caca de carpa. Suspiro.

—Supongo que eso no ha sido útil para mis negociaciones salariales, ¿verdad?

Su rostro se torna serio.

—Creo en pagar a la gente un sueldo justo. ¿Qué tal te sonaría esto? —Saca una tarjeta de visita y escribe en ella un número que es un treinta por ciento más de lo que me paga Sealand ahora mismo... y eso que ellos ya son generosos.

Como antes no me he hecho la interesante, no me molesto ahora en ocultar mi entusiasmo... aunque sí consigo evitar ponerme a dar saltitos de alegría.

—Si eso no te convence —me dice—. ¿Entiendo que tienes tu propio pulpo y que te gustaría que se quedase en Octoworld? Me encantaría hacerlo posible y cubrir todos los gastos de su mudanza.

La miro boquiabierta.

—¿Cómo has...?

—Oliver —me interrumpe—. Me ha pedido que a cambio le ceda uno de los otros habitantes actuales de Octoworld, lo cual no es ningún problema.

No me lo puedo creer. Estaré rodeada de pulpos, ganando más dinero y viendo a Piquito todos los días.

—Eres muy persuasiva —le digo con una amplia sonrisa—. Si hubiese tenido cualquier duda sobre trabajar para ti, que no la tenía, ahora seguro que aceptaba el puesto. Muchísimas gracias.

Ella me devuelve la sonrisa.

—Estoy deseando trabajar contigo. Pero creo que hay más de ese asunto tremendamente urgente que te está esperando.

Me vuelvo siguiendo su mirada y me encuentro con los ojos color cian de Oliver.

—Iré a encargarme de ello —le digo a Ezra, y me apresuro a regresar junto a él.

—¿Quieres que demos un paseo? —murmura él, tendiéndome su mano—. Estamos cerca de un sitio precioso que quería enseñarte.

—Claro. —Le cojo la mano. Mientras él me conduce hacia afuera, agarro un par de entrantes y me los trago sin masticar.

Cuando llegamos a la salida, me doy cuenta de que hay un enorme problema y me detengo.

—No llevo protector solar.

Él arquea las cejas.

—¿Cómo es eso posible?

—Se me acabó. Podría decirse que he estado algo distraída.

Él sonríe con complicidad.

—Creo que se trata del destino. —Para mi asombro, se saca un tubo de crema del bolsillo... y es de mi marca favorita—. Me tomé tus palabras en serio y a partir de ahora empezaré a usar esto de forma regular —me explica.

Yo me lo quedo mirando fijamente. ¿Es posible que alguien pueda ser de verdad un espécimen masculino así de perfecto?

—¿Quieres que te ayude a ponértelo? —murmura él.

Sin habla, asiento, y él me cubre de protector solar, tocando al hacerlo mi cara, mi cuello y mis brazos... y provocando explosiones orgásmicas en el proceso.

—¿Así está bien? —me pregunta cuando ya estoy cubierta con una espesa doble capa.

—Fantástico —digo sin aliento—. Mejor que nunca en mi vida.

Él sonríe, se guarda la crema y vuelve a cogerme de la mano.

El sitio al que vamos resulta ser un pequeño puente sobre un estanque de peces koi rodeado de verdor, con peces gigantes que seguro que están sobrealimentados gracias a los turistas.

En otras palabras: un lugar lo suficientemente romántico para sacar fotos de bodas.

Yo levanto la vista del estanque y la dirijo al rostro de Oliver.

—Tendríamos que hablar.

—Claro. —Tira de la mano que todavía sujeta y me atrae para darme otro de esos besos que te abrasan las bragas.

—Guau —jadeo cuando nos separamos—. Tus argumentos han sido geniales. Aun así, quería disculparme por...

—No lo hagas. —Me pone un dedo contra los labios—. Considéralo olvidado.

—Vale, ¿pero puedo al menos decirte gracias? Por la sorpresa de las sirenas y por organizar esto de Ezra. He conseguido el trabajo, por cierto.

—De nada. Y con respecto a ese trabajo, yo no tenía ninguna duda de que lo harías.

Esta vez yo le beso a él, y si no estuviésemos en un sitio público, mi gratitud sería muchísimo más clasificada X. Pero como sí, me aparto con reluctancia y le arreglo la corbata.

—Hay otra cosa más —murmuro, levantando la vista para mirarle.

Sus ojos chispean.

—Yo también tengo algo más que decirte, pero las damas primero.

—Bueno. —Me aclaro la garganta, seca como el desierto—. Me he dado cuenta de que siento algo por ti. Son sentimientos no muy diferentes a los que un pulpo tiene hacia las gambas.

Una sonrisita sexy se dibuja en sus labios.

—Qué coincidencia. Yo también iba a decirte que sentía algo por ti. Lo que yo siento no es muy distinto de lo que un manatí siente por una lechuga romana.

¡Guau! Los manatíes *adoran* su lechuga romana.

Él me sostiene la cara entre las manos.

—Olive you.

Oh. Dios. Mío

Fabio ha logrado corromper a otra víctima más con esos chistes suyos del infierno.

Le doy un pellizquito a Oliver en el hombro.

—Si esperas que yo te diga «Olive you también» u, «Oliver you», ni lo sueñes. —Pongo mis manos sobre las suyas, apretándolas más contra mi cara. Pero sí que te diré que yo también te quiero.

Para sellar el trato, nos besamos otra vez.

Y otra.

Y otras cien veces más.

Epílogo
OLIVER

¿DÓNDE COJONES ESTÁ?

Vuelvo a registrar el vestíbulo con la mirada.

No. Todavía no hay ni rastro de mi hermano.

¿Y si se ha confundido de sitio?

Entro en Octoworld a paso ligero. Lo último que querría sería a llegar tarde por culpa de mi hermano.

Mientras cruzo las salas de Octoworld, espero de verdad, y no por primera vez, que ninguno de los miembros de la familia de Olive tenga chapodifobia: fobia a los pulpos. Estoy bastante seguro de que mis parientes están bien, aunque dudo que los cafres de mis hermanos lo admitieran si tuviesen miedo de los cefalópodos, ya sean calamares o pulpos.

Pero, por otra parte, ¿será eso por lo que Ash ha desaparecido? ¿Estará acurrucado en un rincón, paralizado al ver algún pulpo? Casi valdría la pena llegar tarde para poder presenciar eso.

Decido volver al vestíbulo. Por el camino, veo la

obra de mi escamitas por todas partes. Mi favorita es probablemente la instalación que tengo ahora mismo a la izquierda, en la que dos pulpos en acuarios adyacentes están tirando frisbees al cristal que los separa. Olive lo preparó después de descubrir lo mucho que disfrutan sus criaturas atacando a compañeros de su propia especie lanzándoles objetos al azar. Ezra tiene suerte de no ser Jane Goodall, porque eso convertiría a este lugar en Chimpworld y los Frisbees serían cacas.

Corrección a lo anterior. *Aquí* está mi invento favorito. Piquito pasa por mi lado en un pequeño acuario móvil que puede controlar con sus brazos, igual que una bicicleta alienígena. En un logro digno de un ingeniero de la NASA, Olive construyó este acuario-vehículo de forma en que puede acoplarse con el acuario más grande donde vive Piquito ahora, y mucha gente viene a Octoworld para presenciar este portento.

Cuando vuelvo al vestíbulo, sigo sin ver ni rastro de mi padrino.

¿Por qué había creído que hoy sería distinto? ¿Por qué me habré imaginado que por fin él iba a tomarse algo en serio?

Un gemido de éxtasis surge desde un armario de servicio cercano e interrumpe mis elucubraciones cada vez más airadas.

¿En serio? ¿Otra vez esto?

Echando chispas, me acerco rápidamente y abro la

puerta de golpe antes de poder pararme a pensar en lo que hago.

Gracias a Dios, estaba en lo cierto. La cabeza que se vuelve y me dirige una mirada ufana es la de mi hermano y no, pongamos, la de uno de mis futuros familiares políticos.

De forma atípica para Ash, se está comportando como un caballero... o eso, o está tapándome la cara de su conquista por pura casualidad.

Luego veo un vestido de dama de honor en el suelo. Mierda. No hace falta ser Sherlock Holmes para deducir que estaba tirándose a Ezra. Les dije a mis hermanos y a mis amigos que si alguno de ellos miraba siquiera con ojos de cordero a alguien que se pareciese remotamente a Olive, les cortaría las pelotas. Así que Ezra es la única dama de honor que no está estrictamente prohibida.

—Llegamos tarde —rujo, y cierro la puerta.

Un minuto más tarde, Ash sale tranquilamente del armario.

—Hermano, ¿te importaría acompañarme al baño?

Frunzo el ceño.

—¿Desde cuando estás tan en contacto con tu lado femenino?

Él señala hacia el armario con la cabeza.

—No seas un capullo.

Ah. Quiere darle a su amiga, que espero seriamente que sea Ezra, la ocasión de escabullirse sin tener que encontrarse conmigo.

Vale. Sin responderle, me encamino al baño más cercano.

—Gracias —dice con voz muy alta antes de reunirse conmigo.

Ya que estamos, voy a hacer uso de las instalaciones, y él hace lo mismo. Cuando estamos listos, lo miro furioso.

—Será mejor que esa no sea ninguna de las hermanas Hyman.

—Soy un caballero —dice él. Luego, al ver mi mirada asesina, añade—: No, no era.

Pobre Ezra.

—Llegamos tarde —gruño—. Date prisa.

Empujo la puerta y salgo a grandes zancadas en dirección al atrio.

—No corras —dice Ash al alcanzarme—. No es como si pudiesen empezar sin ti.

Meneo la cabeza y pongo el pie en la alfombra roja que alguien ha colocado para la ocasión.

¡Fiuu! Ella todavía no ha llegado. Ash podrá seguir vivo un día más.

Al pisar un pétalo de flor, sonrío. Tofu tenía que ser el perro que llevara las flores, y parece que ha hecho su trabajo como un buen chico.

Mientras camino, veo a mi familia y amigos en el lado derecho y a los de Olive en el izquierdo.

Al final de la sala se encuentran mi otro hermano y el resto de mis padrinos, y frente a ellos, las hermanas de Olive, y Ezra, cuyo aspecto desaliñado confirma mis anteriores sospechas.

Evito mirar de frente hacia las cinco quintillizas idénticas Hyman. Aunque puedo diferenciar a Olive de ellas fácilmente, las demás me resultan espeluznantemente iguales a pesar de sus diferentes peinados y maquillajes. Las gemelas Hyman, más mayores, también se les parecen mucho, especialmente llevando esos vestidos de dama de honor idénticos, así que ahora mismo es como si hubiese siete chicas repetidas.

Oh, y donde debería estar el sacerdote se encuentra Fabio... nuestro oficiante.

Un momento. No estoy siendo justo. Fabio *es* un sacerdote hoy. Como una broma que acabó llegando demasiado lejos, se ordenó en la Primera Iglesia Unida de Cthulhu, una organización religiosa auténtica registrada en Arizona.

Sí, y aun así la gente hace bromas con Florida...

Al verme, Fabio ejecuta un saludo oficial de Cthulhu llamado «El saludo barbilla-tentáculo»: se cubre la boca con los dedos hacia abajo y los hace vibrar.

Yo ocupo mi sitio y me uno a los demás mirando a la entrada por donde va a llegar la novia.

Mi corazón empieza a golpear con fuerza en mi pecho.

Llegó el momento. Todos esos pasos anteriores: admitir que nos queríamos, irnos a vivir juntos, prometernos... nos han conducido hasta aquí: la boda, rodeados de nuestros seres queridos... Y de pulpos.

Unos riffs de guitarra agradablemente inquietantes

suenan en vez de la habitual Marcha Nupcial. Es Metallica, y la canción se titula «The Call of Ktulu», o la llamada de Ktulu. Escribieron mal el nombre del Gran Antiguo a propósito, porque hacerlo de forma correcta se supone atraería a la bestia, y decidieron no tentar a la suerte.

Los padres de Olive entran primero. Entonces, su padre sostiene la puerta y mi novia entra majestuosa en la sala.

Todos ahogan una exclamación y yo la miro boquiabierto. Ella no ha dejado que la viera antes de la ceremonia, así que lo único que yo sabía de antemano es que le encantaba su vestido.

Ahora no puedo apartar los ojos.

Está tan espectacular como la primera vez que la vi, pero hoy hay un resplandor etéreo en sus hermosos rasgos. Su cabello rubio rojizo resplandece en un peinado intrincado, sus ojos verdes brillan y su piel pálida tiene un resplandor perlado que me hace tener ganas de lamerla por todas partes.

En cuanto al vestido, a mí también me encanta. Destaca todas y cada una de sus curvas de una forma tan hábil que un chute de sangre no deseada sale disparado hacia mi polla.

Calma, chico. Hay demasiada gente mirando. Ya habrá otra ocasión más favorable. La tendrás en solo unas horas.

Para nuestra noche de bodas, mi escamitas y yo vamos a averiguar cómo se supone que funciona la reproducción de las sirenas. Alerta, spoiler: no habrá nada de caviar implicado.

No. Pensar ahora en la noche de bodas no es la mejor de las ideas.

Empiezo a pensar en cosas poco sexis, como vertidos de petróleo, algas de la marea roja y peces globo. Parece funcionar. El agente nombre en clave-Aqua-manubrio descansa un instante, así que me arriesgo a mirar el resto de mi novia.

No es ninguna sorpresa que lleve un vestido estilo sirena, aunque no de los típicos. Este tiene escamas por debajo de la cintura, y es lo más parecido que podrías encontrar a llevar una cola de sirena en tu boda y ser capaz de caminar al mismo tiempo.

Yo sonrío. Dudo que ahora mismo sea el único que esté luchando contra su libido. Cuando mi escamitas se pone su cola de sirena, se transforma en una fiera salida, en el mejor de los sentidos. Hay una razón por la cual le he regalado tantas de esas cosas... una por cada día festivo, hasta para el Día de la Bandera.

Cuando llegan hasta mi lado, el padre de Olive me guiña un ojo, lo que me retrotrae a sus masajes del día de Acción de Gracias. Su madre susurra algo animándonos a los dos, pero no puedo escuchar qué. Probablemente sea algo como «el matrimonio va de dar y recibir tantos orgasmos como sea humanamente posible» o «los orgasmos ayudan a los cerdos a concebir, así que ¿por qué no también a los humanos?».

—Puedo pedirles su atención, por favor —dice Fabio al micrófono con la voz solemne de un sacerdote de Cthulhu—. La hora de la verdad ha llegado.

Me vuelvo a mirar a Olive y siento como si mi

corazón estuviese a punto de salírseme del pecho de un salto, como un salmón en la temporada de desove.

—Estimados seres etéreos —dice Fabio a la gente—. Nos hemos reunido aquí hoy para ser testigos de la unión de dos entes celestiales mediante una tradición atemporal a la que nosotros, los sacos de carne humana nos referimos como «el matrimonio» —Hace el gesto de comillas en el aire, y este se parece a los tentáculos que se retuercen en esos dibujos animados que ve la abuela de Olive.

Olive y yo intercambiamos sendas sonrisas de complicidad. Estaba claro que Fabio estaba muriéndose por la oportunidad de actuar fuera del porno y se está metiendo de verdad en el papel.

—El ochenta y cinco por ciento de nuestro vasto universo es materia oscura... —Fabio se pasa el micro de una mano a otra—... y nosotros no somos más que destellos diminutos de luz en medio de ese frío vacío infinito.

Sí. Agradable y alegre, tal como tendría que oficiarse cualquier boda.

Fabio se acerca el micrófono a la cara, como si fuese a lamerlo de forma ceremonial.

—Nuestras débiles mentes deberían estar atónitas ante lo improbable que era que el ente celestial Olive y el ente celestial Oliver llegasen hasta este punto, pero aquí estamos, a punto de ser testigos de que el despiadado universo se ha vuelto un lugar solo un poquito más cálido e infinitesimalmente menos hostil.

Apartando el micro, añade con voz normal:

—Los anillos, chicos. Vamos, vamos.

Ash me da un anillo y Ezra hace lo propio con Olive.

Fabio vuelve a hablar por el micro.

—Como hemos aprendido en ese famoso documental sobre los hobbits y Sauron, que en realidad es un esbirro del Señor Verdadero, Cthulhu, los anillos tienen un gran poder. —En una imitación impresionantemente cercana a la voz de Gollum, añade —: Intercambiad vuestros Tessorosss.

Doy un paso adelante y deslizo mi anillo por el delicado dedo de Olive. ¡Ay! Nuestras manos se rozan y yo me veo forzado a recitar mentalmente otro discurso que calme mi polla mientras Olive me pone el otro anillo en mi dedo.

Nuestras miradas se encuentran, y hay una alegre sensación de irreversibilidad. De algo así como el destino.

—Ahora —prosigue Fabio—. ¿Quiere el ente conocido como Olive aceptar al ente conocido como Oliver como su legítimo esposo?

A ella le brillan más los ojos.

—Sí quiero.

—¿Quiere el ente conocido como Oliver aceptar al ente conocido como Olive como su legítima esposa?

Me siento súper consciente, como si me hubiese inflado a anfetaminas.

—Sí quiero.

Fabio asiente con solemnidad y vuelve a hacer el saludo del tentáculo en la barbilla otra vez.

—Así sea. Por el poder que me ha sido conferido por el Estado de Florida, el Dios Emperador de los Acuarios y por supuesto, por los Benditos Tentáculos de Cthulhu, yo os declaro marido y mujer.

Sonrío y la calidez se desparrama por todo mi cuerpo.

Ya está.

Es oficial.

Ella es mía.

—Puedes besar al ente novia —dice Fabio, y yo lo hago.

La beso con todo mi ser mientras los demás estallan en hurras y vítores.

Anticipo

¡Gracias por formar parte del viaje de Olive y Oliver! Para saber más y registrarte para mi lista de nuevas publicaciones, visita www.mishabell.com/es/.

¡Pasa la página y lee extractos de *Mujer (casi) fatal* y *Engaños reales*!

Extracto de Mujer (casi) fatal de Misha Bell

Me llamo Blue —podéis añadir aquí cualquier bromita sobre la música Blues—, y soy una mujer fatal en prácticas. Mi objetivo es entrar en la CIA. Por desgracia, tengo un problemilla de nada con los pájaros, y lo máximo que he conseguido acercarme a mi sueño es trabajando para una agencia gubernamental que está perturbadoramente y rápidamente al tanto de todas las fotos sexis que enviamos, de nuestras quejas en grupos privados de Facebook, y hasta de las recetas secretas de la familia para las galletas con pepitas de chocolate.

Sé que como espía soy todo un cliché, el de la agente que trabaja en un despacho pero desea fervientemente hacer trabajo de campo. Sin embargo, tengo un plan: voy a infiltrarme en el hermético Hot Poker Club, donde he localizado a un misterioso y sexy desconocido que estoy convencida de que es un espía ruso.

¿Y una vez dentro, qué? Lo único que tengo que hacer es seducir al supuesto espía sin enamorarme de él, para poder descubrir su verdadera identidad y demostrarle a la CIA mis credenciales de mujer fatal. Yo nunca pierdo la concentración en el trabajo, así que eso será coser y cantar para mí. ¡Ah, sí! ¿He mencionado ya que él es sexy?

Lo estoy haciendo por mi país, no por mis ovarios, lo juro con el meñique.

ADVERTENCIA: Ahora que has terminado de leer esto tu dispositivo se autodestruirá en cinco segundos.

———

Meto un dedo en el ano de silicona de Bill.
—¿Qué demonios haces? —exclama Fabio, susurrando horrorizado—. ¡Se lo estás clavando! Tienes que ser más delicada. Cariñosa.
Con un gruñido de frustración, aparto la mano de golpe.
El ano de Bill emite un ávido sonido de succión.
—¿Lo ves? —le digo—. Echa de menos mi dedo. No puede ser que la cosa haya sido *tan* mala.
—Oye, Blue. —Fabio me mira, entornando sus ojos ambarinos—. ¿Quieres mi ayuda o no?

—Vale. —Me lubrico el dedo y examino mi objetivo una vez más. Bill es un torso de silicona sin cabeza, con abdominales, un trasero y un pene (¿o sería mejor llamar a eso un consolador?) enhiesto, al menos normalmente. Ahora mismo, la pobre cosa está aplastada entre el estómago de Bill y mi sofá.

—¿Qué tal si finges que es tu coño? —La nariz de Fabio se arruga con un gesto de asco—. Estoy seguro que *eso* no lo atacas como si fuera un botón de ascensor.

—Cuando me masturbo, normalmente me acaricio el clítoris —murmuro mientras me pongo más lubricante en el dedo—. O uso un vibrador.

Fabio simula una sonora arcada.

—No me pagas lo suficiente como para tenerme que escuchar ese tipo de mierdas.

Yo suspiro y describo unos cuantos círculos seductores con el dedo alrededor de la apertura de Bill, y luego introduzco lentamente solo la punta del índice.

Fabio asiente, así que yo meto el dedo más adentro, hasta la primera falange.

—Mucho mejor —dice—. Ahora intenta señalar apuntando entre su ombligo y su polla.

Yo me encojo. Odio la palabra «polla» y cualquier cosa relacionada con las aves. Aun así, hago lo que me dice.

Fabio menea la cabeza con gesto dramático.

—No dobles el dedo. No le estás pidiendo a nadie que venga.

Saco el dedo y vuelvo a empezar.

Esta vez lo meto derecho.

—¡Vaya! —exclamo, después de llegar a la segunda falange—. Por ahí hay algo. Al tacto me parece como una nuez.

Fabio resopla.

—*Es* una nuez, tontita. La he puesto yo ahí dentro por motivos educativos. La próstata, o el punto P, está más o menos por donde andas tú ahora, pero la de verdad tiene un tacto más blando y suave. Ahora que has llegado hasta ella, masajéala suavemente.

Mientras yo le doy placer a la nuez de Bill, Fabio hace que el maniquí tiemble para simular cómo actuaría un hombre real. Luego empieza a ponerle también voz a Bill, utilizando todas sus habilidades interpretativas de estrella del porno.

«Bill» gime y gruñe hasta que tiene, en palabras de Fabio «el P-orgasmo que los gobierne a todos».

Yo vuelvo a sacar el dedo. Tengo sentimientos encontrados acerca de mi logro.

Fabio me coge por la barbilla y me levanta la cabeza.

—Enséñame la lengua.

Sintiéndome como una niña de cinco años, saco la lengua del todo.

Él niega con la cabeza con aire desaprobación.

—No es lo bastante larga.

Yo vuelvo a metérmela en la boca.

—¿No es lo bastante larga para qué?

—Para alcanzar la nuez, obviamente —Y suelta un

suspiro exagerado—. Supongo que no me quedará otra que trabajar con lo que tengo.

Aj. ¿Puedo abofetearle?

—¿Qué tal si trabajamos en su palito?

El suspira de nuevo y le da la vuelta a Bill.

—¿Te has tomado esas pastillas para la garganta que te he dicho?

No es la primera vez que me surgen dudas acerca de mi instructor. La meta de este entrenamiento es sencilla: Quiero ser una espía, lo que implica adquirir habilidades de seductora/mujer fatal. Visualizad el personaje de Keri Russell en la serie *The Americans*. Según la trama de fondo, ella fue a una espeluznante escuela de espías en la que se daban clases de seducción. De hecho, esas escuelas aparecen mucho en películas de espías rusos... la última salió en *Anna*. Por desgracia, esas escuelas son más difíciles de encontrar en la vida real. Así que pensé en sustituir eso por contratar a una profesional, pero la prostituta a la que pedí ayuda se negó. Lo mismo que todas las estrellas porno femeninas con las que contacté por las redes sociales. Como último recurso, se lo pedí a Fabio, un amigo de la infancia que ahora trabaja como estrella del porno para hombres. Como está en el porno gay, asegura que es capaz de dar placer a un hombre mejor que cualquier mujer.

—Sí, las he estado chupando —le confirmo—. Tengo la garganta adormecida y casi no siento la lengua.

—Genial. Ahora métete toda esa verga hasta la garganta. —Fabio señala a Bill.

Yo calculo con los ojos la longitud de lo de Bill con aprensión.

—¿Estás seguro de esto? ¿No harían las pastillas que el pene también se quedase entumecido? Si Bill fuese real, claro está.

Él arquea una ceja.

—¿Bill?

Me encojo de hombros.

—Pensé que si iba a tener relaciones con él, no debería ser alguien sin nombre.

Fabio me da unas palmaditas en el hombro.

—Las pastillas son solo para que tengas más confianza. Una vez veas que esto te cabe, estarás más relajada cuando te veas en la situación real, y no necesitarás nada que te adormezca la zona. No te preocupes. Te enseñaré a respirar bien y todo eso. En un abrir y cerrar de ojos, serás toda una profesional.

—Vale —me quito mi peluca sexy y la dejo en el sofá. Antes de que Fabio me diga nada, le aseguro que me la dejaré puesta durante un encuentro real.

Así, más cómoda, me inclino y me meto a Bill en la boca todo lo adentro que puedo.

Mis labios tocan la base de silicona. ¡Guau! Esto es más profundo de lo que había sido capaz de tragar con ninguno de mis ex... y ellos no la tenían tan grande. Tengo el reflejo nauseoso muy sensible. En condiciones normales, hasta limpiarme la lengua con un cepillo de dientes me causa problemas. Pero gracias al entumecimiento, el consolador de silicona ha entrado hasta el fondo.

Esto es interesante. ¿Me ayudarán también estas pastillitas a soportar las torturas con agua? Si voy a convertirme en espía, tengo que aprender a soportar las torturas por si acaso me capturan. Por supuesto, las torturas con agua no son mi mayor preocupación. Si el enemigo tiene acceso a un pato... o en realidad, a cualquier pájaro, soltaré todos los secretos de estado del mundo para que mantenga a esa emplumada monstruosidad alejada de mí.

Sí, vale. Tal vez la CIA tuviese una buena razón para rechazar mi candidatura. Por otra parte, en *Homeland*, otra de mis series favoritas, dejaron que Claire Danes se quedase en la CIA con todos *sus* problemas. Lo que me recuerda que tengo que practicar para hacer que me tiemble la barbilla cuando yo quiera.

Fabio me da unos golpecitos en el hombro.

—Suficiente.

Yo me aparto y me trago el exceso de saliva.

—No ha estado tan mal. ¿Lo vuelvo a hacer?

Él niega con la cabeza.

—Creo que necesitas un estímulo para mejorar tu motivación.

Sé de lo que habla, así que saco el teléfono.

—Eso es. —Se frota las manos como los villanos de las películas antiguas de James Bond—. Vuelve a enseñarme la foto.

Abro la imagen con el nombre en clave Calentorro McEspía.

Un agente encubierto del FBI sacó esta foto porque andaba tras uno de los hombres que aparecen en ella, pero no de mi objetivo. No. Todo el mundo piensa que Calentorro McEspía es solo un tío cualquiera... pero *yo* creo que es un agente ruso.

Fabio suelta un silbido.

—Cuanta carne de hombre de primera.

Es verdad. En la foto, un grupo de hombres de aspecto extremadamente delicioso se sientan en torno a una mesa dentro de un *banya* de estilo ruso: un híbrido entre una sala de vapor y una sauna; solo llevan puestas unas toallas, y en el caso de Calentorro McEspía, un par de gafas de sol no reflectantes estilo aviador que deben de tener algún recubrimiento antiniebla. Con el sudor que perla sus músculos relucientes, todos parecen como salidos de un sueño húmedo que se hubiese hecho realidad.

—Están jugando al póquer —digo—. Por eso yo he estado tomando lecciones de póquer.

—Sí, ya me imaginaba algo así , ya que la foto se llama Hot Poker Club —Fabio pronuncia emocionado las últimas tres palabras—. ¿Te das cuenta de que eso suena como el título de una de mis películas?

Me encojo de hombros.

—Uno de los agentes del FBI le puso el nombre, no yo. Iban tras otro tío que estaba en esa habitación y yo les estaba ayudando como parte de la colaboración entre agencias.

Fabio usa el dedo para agrandar con el zoom a Calentorro McEspía.

—¿Y este es el que te interesa?

Yo asiento y me empapo de la imagen una vez más. Calentorro McEspía es el que tiene los músculos más duros y la mandíbula más fuerte de todo ese grupo de tíos impresionantes. Sus rasgos masculinos bien cincelados son vagamente eslavos, un hecho que me hizo sospechar de él desde el principio. Tiene el pelo rubio oscuro, sano como el de un anuncio de champú. Ni siquiera mis pelucas tienen un aspecto tan bonito.

Si al final me enterase de que este hombre era el resultado de unos genetistas rusos que intentaban crear el perfecto espécimen masculino/súper soldado/agente de campo, no me sorprendería en absoluto. Tampoco me chocaría averiguar que él fue la inspiración para el equivalente ruso del muñeco Ken (¿Iván A. Macizo?). Aunque yo no creyera que él sea un espía, me infiltraría igual en esa partida de póquer solo para poder arrancarle esas estúpidas gafas y verle los ojos. Aunque me los imagino...

—Estás babeando —me interrumpe Fabio—. Aunque no es que pueda culparte.

Casi me atraganto con mi traidora saliva.

—No, no lo estoy.

—Sí, claro. Para ser honestos, ¿vas tras él porque podría ser un espía o porque quieres casarte con él?

—La primera opción. —Escondo el móvil—. Espía o no espía, el matrimonio es algo que queda fuera de toda discusión para mí. Mi actitud actual hacia las citas comparte su acrónimo con el nombre de la agencia para la que trabajo, la Agencia de Seguridad Nacional, en cuanto a lo de las parejas, ASN o Agente Sin Novios. De todos modos, no es eso de lo que va todo esto. Si yo consigo descubrir la tapadera de un espía por mi cuenta, a la CIA no le quedará más remedio que admitirlo y repensarse su rechazo a mi candidatura. Y aun en caso de que no me aceptasen, habría hecho de América un lugar más seguro. Los espías rusos siguen siendo una de las mayores amenazas para nuestra seguridad nacional.

—Claro, claro —dice Fabio—. Y que esté así de bueno no tiene nada que ver con que tú, específicamente, te hayas centrado en él.

Yo frunzo el ceño.

—Que esté así de bueno hace que sea el agente perfecto. Piensa en James Bond. Piensa en Tom Cruise en *Misión Imposible*. Piensa en…

Fabio levanta las manos en el aire como si yo hubiese amenazado con dispararle.

—La dama protesta demasiado, ¿no mi lady?

Yo señalo hacia el falo de silicona.

—¿Lo vuelvo a hacer? Creo que se me está pasando el entumecimiento.

Por alguna razón desconocida, me siento súper motivada a hacerle de garganta profunda a alguien.

Fabio saca su móvil.

—Claro. Tú sigue trabajando en ello, pero yo me tengo que marchar corriendo. Mi cita de Grindr me espera.

Me enseña una foto de un pene.

—Tío —le digo—. ¿Es que no tienes bastante acción en el trabajo?

Fabio da un golpecito juguetón a la erección de Bill y esta se menea de lado a lado igual que un péndulo guarro.

—Por eso doy gracias al cielo porque me atraigan los hombres. Su impulso sexual es mucho más potente.

—Eso es sexista. Solo porque las mujeres no se tiren a todo lo que se menea, no quiere decir que nuestros impulsos sexuales sean más débiles...

Él vuelve a darle un golpecito a la masculinidad (¿o será maniquinidad?) de Bill.

—Si no andas siempre con la polla y el culo doloridos, es que hay algo que falla con tu impulso sexual. Y punto.

Yo vuelvo a encogerme. ¿Qué tendrán que ver las hembras de pollo, con sus picos y sus garras afiladas, con los penes? ¿Por qué no llamar al órgano masculino pitón, bratwurst o micrófono? Cualquiera de esos nombres sería más apropiado.

Fabio sonríe y vuelve a darle otro golpecito al apéndice en cuestión.

—Perdón por haber dicho «polla». Soy tan...

Antes de que pueda acabar la frase, un remolino de pelo pasa volando. Un gigantesco felino aterriza sobre la tableta de chocolate de Bill y ataca con sus uñas afiladas como cuchillas al falo en pleno movimiento pendular.

Fabio suelta un chillido en falsete y se aparta del escenario del crimen de odio en proceso.

El dueño de las garras es mi gato, Machete, y aparentemente, todavía no ha terminado, porque clava sus uñas hasta el fondo en lo que queda de la maniquinidad de Bill.

—Eso es simplemente obsceno. —Fabio se ha puesto de pie, con las piernas cruzadas como si tuviese que ir urgentemente al baño—. Tendrías que llevar a tu gato a terapia.

Igual que si entendiese lo que mi amigo acaba de decir, Machete le lanza una mirada felina cargada de odio.

Como siempre, puedo imaginarme lo que Machete diría en un universo imaginario de pesadilla en el que los gatos supiesen hablar:

El macho de silicona no ha podido huir de Machete. Al de carne, más blandito, ya le tocará después.

—Ven aquí, bonito —canturreo mientras me agacho para coger al gato.

Machete debe de sentirse extremadamente magnánimo hoy porque me deja que lo coja y me permite conservar mis dos ojos.

Fabio suelta una risita y yo le miro, intrigada.

—Tu gato estaba intentando matar a Bill, como en la peli, *Kill Bill*.

Machete le suelta un bufido a Fabio.

Machete no lo encuentra divertido. Uma Thurman tiene un gran registro, pero no sabría interpretar a Machete.

Sonrío.

—Debe de haberte oído llamar a eso una polla. —

Hago un gesto hacia el desastre del órgano de Bill—. Mi cielito me protege de los pájaros —Acaricio la piel sedosa de Machete y él me recompensa con un ronroneo grave—. La primera vez que lo traje a casa, él asesinó para mí lo que resultó ser una almohada de plumas de ganso.

Fabio mira hacia la puerta.

—Yo solo sé que tiene pinta de haber participado en un montón de peleas callejeras antes de que lo adoptases. Y de haber perdido muchas veces.

Es verdad. En realidad, Machete tenía incluso peor aspecto cuando lo vi en el refugio. Esa fue también la única vez en que yo recuerde haber apreciado algún tipo de vulnerabilidad en él.

No hace falta decir que utilicé mis recursos del trabajo para encontrar a sus anteriores propietarios y poco después, ellos aparecieron misteriosamente en una lista de exclusión aérea... justo antes de unas importantes vacaciones.

Dejo de acariciarle un momento y Fabio recibe otro bufido.

—Será mejor que me vaya —dice Fabio, echándose hacia atrás.

Yo le sigo. Una videollamada aparece en uno de los monitores de mi pared. Sí, tengo varias pantallas en la pared. En mi casa las tengo configuradas de una forma inspirada por todas las películas en las que los espías observan a alguien desde una sala de vigilancia.

Fabio se olvida del peligro gatuno para detenerse y mirar la pantalla. Si mi amigo fuese de la especie de

Machete, su curiosidad hace tiempo que le habría matado.

—Es mi videoconferencia con Gia y Clarice —le explico— Puedes irte.

Fabio hace un mohín.

—¿Quién es Clarice?

—Mi profesora de póquer —le respondo—. Vete.

Él parece estar a punto de tener una pataleta.

—Pero yo quiero decirle hola a mi Gia...

—Vale. —Acepto la llamada y Gia y Clarice aparecen las dos en pantalla.

―――

Visita www.mishabell.com/es/ para pedir hoy mismo tu ejemplar de *Mujer (casi) fatal*.

Extracto de *Engaños reales* de Misha Bell

¿Un audaz príncipe quiere pagarme un montón de pasta para que le entrene para aguantar la respiración bajo el agua durante diez minutos? ¿Dónde me apunto?

Salvo que... yo no soy asesora de efectos especiales. Cuando batí el récord de inmersión sin aire lo hice con un truco. Por supuesto, no puedo decirle eso a mi cliente, el principesco y sexy Anatolio Cezaroff, también conocido como Tigger. Sobre todo, si quiero poder pagar el alquiler.

Por otra parte, no estoy exactamente cómoda con los gérmenes. Me refiero a todos los gérmenes, incluyendo los que se ocultan al acecho en los hombres más atractivos del mundo. Así que enamorarme de mi guapísimo cliente queda descartado, y yo tengo la firme intención de mantener las distancias.

Es decir, hasta que él se ofrece a entrenarme a mí en la cama.

—¿Holly? —pregunta desde la calle una voz masculina desconocida.

Levanto la vista hacia el recién llegado y de repente, me toca a mí quedarme boquiabierta.

No sabía que esta clase de perfección masculina existiese fuera de Hollywood.

Rasgos marcados. Una nariz romana. Unos ojos color avellana vagamente felinos que se clavan en mi rostro con aire depredador, haciendo que me sienta igual que una gacela a punto de ser devorada.

Me trago de forma ostensible el exceso de saliva de la boca.

El torso musculoso y de hombros anchos del desconocido está cubierto con una camiseta blanca y a pesar de los vaqueros rotos de cintura baja que marcan sus estrechas caderas, hay algo regio en él... una impresión apoyada por el extraño diseño de la hebilla de su cinturón. Parece el tipo de blasón que un caballero medieval pondría en su escudo.

Me han dicho que tiendo a comparar demasiado a la gente con los famosos, pero con este tío es algo difícil hacerlo. ¿Tal vez si la historia de amor entre Jake Gyllenhaal y Heath Ledger en *Brokeback Mountain* hubiese dado fruto en forma de hijo…?

Que va, este es incluso más guapo que eso.

Al darme cuenta de que le estoy mirando demasiado fijamente a la cara para lo que se considera educado, bajo la vista y noto que sostiene sendas tiras de cuero en sus manos. Aparentemente, correas.

Medio esperando ver esclavas sexuales sujetas con ellas, me encuentro en vez de eso con dos perros muy raros.

Al menos creo que esas criaturas son perros.

Uno tiene unas manchas blancas y negras que le hacen parecerse a un panda. De hecho, dado su enorme tamaño, no puedo descartar que no se trate de un oso *de verdad*. Y por si no bastara con parecerse a una especie osuna en peligro de extinción, la bestia lleva gafas de aviador.

¿Será porque no ve bien, o es que este panda está a punto de practicar snowboard?

La segunda criatura no lleva nada en los ojos y me recuerda a un koala, solo que mucho más grande y con una lengua canina colgando.

Me obligo a volver a mirar a ese amo suyo tan ridículamente guapo.

—Hola —es lo único que soy capaz de decir. Mis hormonas hiperactivas parecen haberme despojado de la habilidad de hablar.

El desconocido estrecha sus ojos color avellana.

—Tú *eres* Holly, ¿verdad?

Esta es tu oportunidad, canturrea mi maga interior. *Engaña a este sexy desconocido. Haz que se le caigan los pantalones al suelo.*

Con un heroico esfuerzo, dejo a un lado la lujuria y

me froto las manos por dentro, como un villano de película. Hasta que adopté mi actual personaje pálido y de pelo negro, me confundían regularmente con mi gemela idéntica, incluyendo a la gente más cercana a nosotras. Nuestras caras tienen exactamente la misma forma ovalada, con pómulos marcados y nariz con personalidad. Literalmente, he nacido para este engaño en particular.

Hago que mi voz suene ligeramente más pija y pregunto:

—¿Por todos los santos, quién iba a ser si no?

Eso es. Si sabe que Holly tiene una gemela llamada Gia (o sea, yo), lo dirá en voz alta ahora y yo terminaré con la broma.

Tal vez.

Apuesto a que soy capaz de engañarle aunque sepa que yo existo.

Él me mira fijamente.

—Has cambiado de peinado.

—Es un *cosplay* de la Familia Addams —digo, haciendo mi mejor imitación de la voz de Morticia Addams. No es mi mentira más convincente, pero el tío parece estar a punto de tragársela igual. Entonces descubro un problema. Wally, que está pestañeando, confuso, está a punto de decir algo. Le doy una patada en la pierna por debajo de la mesa y le pregunto al desconocido con tono alegre:

—¿Conoces a Wally?

Tengo la esperanza de que el tío bueno le ofrezca su

mano para saludarle y se presente, haciendo que yo me entere de cómo se llama.

Mi maléfico ardid queda desmontado por el panda, que tira de la pernera del pantalón del tío bueno con los dientes. Al verle, el koala hace lo mismo en la otra pernera, pero sus movimientos son torpes, como los de un cachorro, y al final le hace un agujero en los pantalones.

Si es así como los perros consiguen que les hagan caso, no es de extrañar que él lleve unos pantalones tan raídos. Y además: ¡Puaj, qué asco! Espero que se lave esa saliva de perro de los pantalones. YA.

—Un segundo, chicos —dice el desconocido a sus amigos peludos con un tono cálido y paternal que despierta algo en mi pecho—. ¿No veis que estoy hablando con Holly?

¡Premio! Cree que soy Holly.

El desconocido levanta la vista de los perros y le da a Wally un repaso de arriba abajo. ¿También piensa que mi amigo se parece a Willem Dafoe? (cuando hizo del mentor de Aquaman, no en el papel de Goblin Verde de *Spiderman*).

Antes de que pueda preguntárselo, la mirada del desconocido se vuelve hacia mí.

—Ese no es tu novio.

Yo pestañeo. ¿Conoce al novio de Holly? ¿De dónde saca mi hermana a todos estos tíos buenos? Este es todavía más sexy que su Álex.

—No, ciertamente —le digo, tratando de imitarla de nuevo—. Este chico es solo un amigo-amigo.

La sonrisa irónica del extraño es como una sacudida en mi clítoris.

—No creo que los hombres y las mujeres puedan ser solo amigos.

Oh, pero sí que pueden. Mis hermanas y yo hemos sido amigas de un tío en particular desde hace siglos, y él nunca nos ha tirado los tejos a ninguna. Sí, bueno, es gay, pero aun así...

Wally se pone en pie, todo dignidad herida.

—Mira, amiguete, soy alérgico a los perros, así que si no te importa...

—¿Amiguete? —Los ojos felinos del extraño tienen un aire burlón al volverse y encontrarse con los míos—. ¿Lo ves? No le gusta que me meta en su territorio.

El calor que recorre mi cuerpo ahora ya no tiene nada que ver con la lujuria. ¡Vaya un descarado!

—No soy el territorio de nadie. —Y seguro que no el de Wally. Nunca me ha tirado los tejos, en los dieciocho meses que hace que nos conocemos.

La cara de Wally pone roja, y su mano aprieta con más fuerza el cuchillo que aún no me había devuelto.

¿En serio? ¿Puede la testosterona volverte *tan* estúpido?

—Ella tiene razón, amiguete —dice Wally con su voz más amenazante, que, para ser sinceros, suena un poco como a cuando hace su imitación de Triki, el monstruo de las galletas—. Será mejor que te largues con viento fresco.

El extraño hace un gesto de desagrado con el labio superior. Si ha visto el cuchillo, no lo demuestra. Otra víctima del envenenamiento por testosterona, no cabe duda.

—¿Con viento fresco? —Se vuelve a mirarme—. ¿Dónde has encontrado a este Wally?

Bueno, ya vale. Soy la única que puede hacer bromas del rollo «¿Dónde está Wally?» a costa de mi amigo.

El sexi desconocido acaba de pasarse de la raya.

Echo mi silla para atrás y me levanto todo lo que dan mi metro sesenta y siete.

—¿Qué tal: «lárgate a tomar por el culo»? ¿Es esa una elección más acertada de palabras para ti?

Entonces es cuando el panda le gruñe a Wally, un sonido amenazador que uno no esperaría escuchar saliendo de un perro tan mono, aunque grandote. Esto me recuerda a esa noticia sobre un hombre que intentó abrazar a un panda en un zoo y acabó en el hospital después de que el asustado oso le atacara.

Wally palidece y deja el cuchillo sobre la mesa. Al menos, le deben de quedar diez neuronas vivas dentro de esa dura mollera suya.

El extraño acaricia la cabeza del oso con gafas y murmura algo tranquilizador en un idioma que parece de Europa del Este.

Ajá. No tenía acento cuando me ha hablado, pero el inglés debe de ser su segundo idioma. Si no, no les hablaría a sus perros en esa lengua extranjera.

Mierda. Con nuestra suerte, este tío bueno debe de ser de la mafia rusa.

—Siéntate —le ordeno a Wally con un susurro, y para mi alivio, me hace caso.

Deben de quedarle veinte neuronas.

Los hermosos ojos del extraño me recorren el rostro antes de volver a entrecerrarse y afirmar:

—Tú no eres Holly. Ella es una chica buenecita. —Un atisbo de esa sonrisita maléfica de antes regresa a sus labios y su voz se torna más grave—. Mientras que *tú* eres mala.

Hasta aquí hemos llegado. Se acabó lo de ser la Señora Ilusionista Agradable.

Me acerco lentamente hacia él.

Aunque... tal vez eso no haya sido tan buena idea.

Ahora que estoy más cerca, puedo ver lo alto que es. Y lo anchas que son sus espaldas. El gigantesco perrazo ha fastidiado mi perspectiva, creando la ilusión de que su amo era de tamaño normal. No lo es. Peor aún, huele divino, como a olas de mar y algo indescriptiblemente masculino.

Hacer un truco en estas condiciones pondrá a prueba todas mis habilidades.

Espera. ¿Se volverán locos los perros ahora que estoy tan cerca?

Como si me hubiese leído la mente, el extraño les lanza una severa orden y ambos se colocan tras él con aire avergonzado.

¿Tenía esa orden la intención de hacer que *yo* quiera comportarme como una perrita buena y obediente? Porque es más o menos lo que siento que quiero hacer...

¡No, joder! Voy a seguir con mi plan, lo que requiere que me acerque lo suficiente como para poder vaciarle los bolsillos.

—¿Quieres ver lo mala que puedo ser? —pregunto, con la voz más seductora que puedo conseguir conjurar.

¿Es normal para los ojos humanos convertirse así en dos ranuras, como si este hombre fuese un león?

—¿Como de mala es eso, *myodik*? —murmura el desconocido.

¿Acaba de decir «my dick», mi polla en inglés? Noo. Era algo en el idioma ese que ha usado con los perros. Aun así, su polla está ahora firmemente metida en mi cabeza, lo que no ayuda con mi situación de sobrecarga hormonal.

Me obligo a apartar las imágenes clasificadas X de mi mente y me paso la lengua por los labios con intención.

—Voy a robarte la cartera. O el reloj. Tú eliges.

Ese supuesto ofrecimiento de darle opciones es en realidad una manera de desviar su atención, obviamente. Mi auténtico objetivo no es ninguna de esas dos cosas, pero él no tiene que enterarse de eso.

Sus fosas nasales se ensanchan al tiempo que su mirada desciende hasta mis labios.

—¿Es solo de robarme de lo que me estás advirtiendo?

Si me fuese posible olvidar mis reparos acerca de los gérmenes y considerar colocar mis labios contra los de otra persona, lo haría ahora mismo. Es la vez que más ganas he sentido de hacer algo así.

—¿Cuál es el problema? —pregunto, con aliento entrecortado—. ¿Te rajas?

Él se da unas palmaditas en el bolsillo de los vaqueros.

—¿Y qué tal si me robas la cartera?

Tomo aire para serenarme.

—Gracias por enseñarme donde está.

Antes de que pueda responder, meto la mano en ese bolsillo. Necesito una distracción mayúscula para lo que realmente estoy intentando robar.

¡Por las cejas de Houdini! ¿Es eso lo que creo que es?

Pues sí. No cabe duda. Al pasar mis dedos enguantados por la cartera, noto algo más tras la tela de sus pantalones.

Algo grande y muy duro.

Bueno... Alguien está definitivamente contento de que le roben.

¿Puede que *sí estuviese* diciendo «my dick» antes?

Hago lo que puedo por sostenerle la mirada y no aclararme la garganta, repentinamente seca.

—¿Puedes notar como te la robo?

Mientras hablo, voy desabrochando la elegante hebilla... porque su cinturón es mi auténtico objetivo.

Sus párpados descienden a media asta, y su voz se hace aún más grave.

—Tus finos deditos están exactamente donde yo los quiero.

Mierda. Entre mis guantes y su ridículo *sex appeal*, estoy teniendo dificultades con el cierre.

Pero no. No me pueden pillar. Eso sería como revelar un secreto mágico... el tabú más grande que se me podría ocurrir.

—¿Estos deditos? —pregunto con tono sexy, acariciando suavemente su erección a través de las capas de la tela, empleando la distracción que esta jugada de zorra genera para tirar más fuerte del cierre con mi otra mano, abriéndolo por fin.

Me gustaría ver a David Blaine haciendo *esto*.

El gruñido gutural y grave del desconocido tiene un carácter animal, y hace que mis pezones se pongan tan duros que siento como si estuviesen a punto de volvérseme del revés. Él ahora se parece a un león a punto de atacar.

Trago saliva, saco la mano rápidamente de su bolsillo e intento dirigirle una sonrisa traviesa. Pero no me sale del todo bien.

—He cambiado de idea. Voy a robarte el reloj.

Le agarro por la muñeca y se la aprieto con fuerza mientras tiro de su cinturón con la otra mano.

¡Sí! Lo conseguí. Escondo el cinturón detrás de mi espalda y miro el reloj haciendo un mohín.

—Pensándolo mejor, creo que te permitiré que conserves tus posesiones.

Su gesto tiene un aire triunfal. Probablemente esté convencido de que su *sex appeal* ha superado mis habilidades de carterista. Como casi es verdad, no puedo culparle por creerlo.

Me aparto de él con cuidado.

—Oh, por cierto, ¿no habrás perdido esto?

Le enseño mi botín.

Sus ojos, abiertos como platos, bailotean entre mi mano y sus pantalones.

—¿Cómo...? —pregunta.

Esa pregunta es música para mis oídos.

—Extremadamente bien —respondo, pero esta vez no me sale con mi fanfarronería habitual.

Él extiende la mano para que le devuelva el cinturón.

—Eres una mujer peligrosa.

Cuando doy un paso hacia él para devolvérselo, suceden dos cosas al mismo tiempo. El panda vuelve a intentar conseguir su atención tirando de su pernera izquierda. Como no quiere ser menos, el koala hace lo mismo en el lado derecho... solo que, esta vez, no hay ningún cinturón que sostenga los pantalones, que se le caen.

Hasta el suelo.

No. Me. Jodas.

La erección más grande en la historia de todos los falos se eleva y, aunque esto podría ser solo cosa de mi imaginación, me guiña un ojo.

¿Todo este tiempo iba a pelo?

Pues sí, *my dick*. Vaya con su polla.

Me quedo boquiabierta, contemplando esa enormidad. Aunque la toqué y noté su tamaño cuando estaba revolviendo su bolsillo, jamás me habría imaginado algo así.

Suave. Recta. Con unas deliciosas venitas. Pidiendo a gritos que alguien la toque, la chupe, la lama... pero yo no puedo ser ese alguien, por motivos que ahora mismo me cuesta recordar.

Debería ser obligatorio tener un permiso para portar armas ocultas para poder llevar eso escondido. Y también el permiso que haga falta para manejar maquinaria pesada. Y una licencia de caza. Tal vez una licencia para matar, al estilo de 007...

Escucho a Wally soltar una exclamación sin palabras por detrás de mí. Pobrecillo. Apuesto a que hasta *él* está a punto de caer de rodillas para probarla un poquito, y por lo que yo sé, es hetero.

Yo no puedo apartar la mirada.

Si esa polla fuese una varita mágica, sería una de las Reliquias de la Muerte... la que Voldemort blandía al final. Y si fuese una banana, sería el aperitivo del tamaño perfecto para contentar a King-Kong.

El desconocido tendría que estar rojo de vergüenza y cubriéndose a toda prisa, pero en vez de eso, una sonrisa de chulería eleva las comisuras de sus labios.

—¿Te gusta lo que ves?

Pues sí. Tanto que quiero sacar un teléfono y hacerme un selfi con esa cosa.

Para mi enorme, y sí, quiero decir *enorme*, decepción, él se sube los pantalones. Su voz se torna ronca.

—Como he dicho, eres mala. Muy, muy mala.

Me arranca el cinturón de mis dedos sin fuerzas, se

lo pasa por las presillas del pantalón y se aleja con sus perros, dejándome ahí parada, con la boca abierta.

—¿Puedes creerte lo de ese tío? —pregunta Wally como a lo lejos, con tono ultrajado.

No, no puedo.

No me puedo creer que esto haya pasado de verdad, y punto.

Lo único que sé es que esto no era lo que tenía en mente cuando decidí dejar a ese tío sin pantalones.

———

Visita www.mishabell.com/es/ para pedir hoy mismo tu ejemplar de *Engaños reales*.

www.ingramcontent.com/pod-product-compliance
Lightning Source LLC
LaVergne TN
LVHW031536060526
838200LV00056B/4514